COMO  EN LAS PELÍCULAS

CIARA SMYTH

COMO EN LAS PELÍCULAS

CROSS
BOOKS

Para Steph, porque no habremos de bailar de nuevo.

Título original: *The Falling in Love Montage*

© 2020, Ciara Smyth

Publicado por acuerdo con Rights People, London

Traducción: Ariadna Molinari Tato

Diseño de portada: Planeta Arte & Diseño / Bruno Valasse
Fotografía de la autora: © 2018 Darren Craig

Derechos reservados

© 2022, Editorial Planeta Mexicana, S.A. de C.V.
Bajo el sello editorial CROSSBOOKS M.R.
Avenida Presidente Masarik núm. 111,
Piso 2, Polanco V Sección, Miguel Hidalgo
C.P. 11560, Ciudad de México
www.planetadelibros.com.mx

Primera edición impresa en México: abril de 2022
ISBN: 978-607-07-8593-1

Impreso en los talleres de Impresora Tauro, S.A. de C.V.
Av. Año de Juárez 343, Col. Granjas San Antonio,
Iztapalapa, C.P. 09070, Ciudad de México
Impreso y hecho en México / *Printed in Mexico*

1.

No creo en el amor a primera vista ni en las almas gemelas ni en ninguna de esas porquerías que salen en las películas; ya sabes, como conocer a alguien por una coincidencia completamente improbable, mirar a esa persona a los ojos y experimentar un amor auténtico, profundo y eterno. He leído montones de artículos sobre el regreso triunfal de las comedias románticas, pero creo que no es más que la resaca noventera de un género que intenta volver a ser relevante. Como las gargantillas de plástico, la sombra de ojos con brillantina y los *reboots* de series televisivas.

En lo que sí creo es en los ósculos. Ya saben, baboseos, picoretes, quicos, besugos, chupetones, besos eternos, comerse la boca… O, como dicen los franceses, besos. No se les da el mérito necesario, a pesar de ser un fenómeno hermosísimo.

Comerle la boca a alguien era a lo que más podía aspirar si iba a la fiesta posterior al examen, pero no bastó para sacarme de mis calcetas esponjosas y pants. Estaba exhausta. Había pasado dos semanas extenuantes sentada en un vestíbulo sin aire acondicionado, mientras la oleada de calor propia del periodo de exámenes me hacía sudar tanto que los muslos me escocían cada vez que me ponía de pie. Por otro lado, papá había logrado que vestirme y salir corriendo a una fiesta se convirtiera en una posibilidad atractiva.

—Saoirse —gritó.

Por cierto, mi nombre se pronuncia *siir-sha*. Sé que Saoirse Ronan ha emprendido una gira mundial dedicada a enseñarle al mundo que se pronuncia *sur-sha*, y claro que ella es uno de nuestros tesoros nacionales, ¡pero es *siir-sha*! Nos está pasando a joder al resto de las Saoirses de Irlanda. No entiendo por qué esa pobre chica no pronuncia su propio nombre como yo quiero.

Percibí cierto entusiasmo en la voz de papá, pero yo necesitaba un minuto más para reaccionar. Tenía el cerebro tan aletargado que aún no empezaba a mandarle señales al resto del cuerpo. Todo lo que había almacenado en la cabeza hasta hacía poco se había esfumado. Quizá así fue como empezó. O tal vez le pasaba a todo el mundo ¿Qué originó la guerra franco-prusiana? ¿Me importaba acaso? ¿Recordaría la ortografía exacta de Württemberg? No lo creo.

—¡Vamos, Saoirse! —gritó de nuevo, con una notoria falta de paciencia.

Me dibujé una sonrisa falsa en el rostro y recordé que mi papá estaba intentando ser considerado por primera vez en la vida. De hecho, dos horas antes lo había visto guardar una botella de champaña en el refri cuando volvió a casa del trabajo.

Suponiendo que sacara las calificaciones necesarias, en octubre cruzaría el canal de San Jorge para asistir a Oxford. Mamá estudió ahí. Papá estaba obsesionado. Se lo contaba a cualquiera que conociera. Algunas personas fingían interés; otras, como el cartero, dejaban de tocar nuestro timbre. Por culpa de papá, cada vez que nos enviaban un paquete teníamos que ir a recogerlo a la oficina de correos.

Imagino que pensaba que sería agradable que mamá y yo tuviéramos eso en común, pero sacar buenas calificaciones en mis exámenes no era lo que más me interesaba compartir con ella.

Cuando mandé mi solicitud, Hannah y yo acabábamos de cortar, así que poner el mar de Irlanda entre nosotras me pareció buena idea. Pero luego llegó junio y la posibilidad cada vez más tangible de abandonar a mamá me hizo dudar. De hecho, empecé a dudar de la simple idea de estudiar una carrera universitaria. Pero no podía confesárselo a papá si no quería verlo sacar humo por las orejas.

—No tenemos copas de champaña —dijo cuando entré a la cocina; fruncía el ceño mientras examinaba nuestra montaña de tazas—. ¿La de plátano o la de rayas?

Nuestra cocina era brillante y acogedora, con un especiero destartalado de madera colgando de una pared, cachivaches en todas las superficies, libros de cocina con páginas adheridas entre sí con salsa y gavetas de madera torcidas que el abuelo hizo con sus propias manos cuando nos mudamos aquí porque no teníamos dinero para cosas como la renovación de la cocina. Papá no sabía cocinar en realidad, así que las especias habían empezado a humedecerse y los libros de cocina se habían llenado de polvo.

—La de rayas —contesté.

—De acuerdo. —Sonrió y se pasó una mano por el cabello rizado y aún completamente negro, a pesar de que ya casi cumplía cuarenta y cinco años. Claro que, cuando lo pensé, me di cuenta de que debía teñírselo—. Entonces, hoy tocó Historia, ¿verdad? ¿Fue lo que esperabas? ¿Bernadette Devlin y Bismarck?

—Sí. Pero ahorita no tengo ganas de entrar en detalles. Estoy frita.

—Bien, bien. Pues brindemos, entonces. ¡Hay mucho que celebrar!

Disfruté el sonido sordo que hace el corcho cuando se saca de la botella. Técnicamente, la que tenía mucho que celebrar era *yo*. El último año escolar había sido un infierno por culpa del examen final de bachillerato, pero al menos ya lo había pasado y no tendría que volver a hacerlo jamás. Papá, en cambio, no se habría enterado de que había presentado todos mis exámenes si no hubiera tenido el calendario pegado en el refri desde hace nueve meses. Irónicamente, él era el de la memoria prodigiosa.

—Ya terminaste tus exámenes —anunció, con la taza en alto— y pronto te irás a Oxford…

—Aún no es definitivo —contesté, con el estómago revuelto.

—Claro que sí. Y te la pasarás increíble.

Titubeó un momento, lo que era señal de que andaba rumiando algo más. De pronto entendí por qué sentía yo un nudo en la panza. Llevaba meses suplicándole que le permitiera a mamá volver a casa. Siempre ponía un millón de pretextos para explicar por qué no tenía sentido, pero por un instante sentí que mi corazón albergaba un destello de esperanza. No sería perfecto, sin duda, pero al menos sería mejor que ahora. Podría verla todo el día, en vez de solo visitarla una o dos horas, que es muy diferente a vivir con alguien. Postergaría el ingreso a Oxford para compensar el tiempo perdido y luego me sentiría preparada para irme, una vez que todos fuéramos felices.

—Tengo algo muy emocionante que compartirte. Sé que será sorpresivo; quería contártelo desde hace mucho, pero ha sido muy complicado y tú has estado muy molesta conmigo.

Sus palabras no tenían sentido. O sea, sí había estado enojada con él, pero creo que lo disimulé muy bien, tomando en cuenta que no me había metido de noche a incendiar su habitación.

—Espero que te dé gusto por mí —dijo, con voz temblorosa, sosteniendo la taza con fuerza.

Nada bueno empieza con esa frase. Cuando alguien dice: «Espero que te dé gusto por mí», en el fondo sabe que te hará sentir miserable.

—Saoirse, corazón, le pedí a Beth que se case conmigo. —Dejé caer la taza sobre la mesa. La champaña salió volando y dejó un charco en la mesa—. Mira, sé que no la conoces muy bien aún, pero es que no te has dado la oportunidad.

Me quedé boquiabierta, como si estuviera intentando contestar, pero mi cerebro no tuvo la capacidad de producir palabras. Cerré la boca e hice lo más maduro posible: subí corriendo a mi habitación.

El diminuto espacio entre la puerta y la ventana no era suficientemente grande para que caminar de un lado a otro fuera reconfortante, pero hice mi mejor esfuerzo. Prácticamente me salía humo de la nariz. Me pregunté si él me seguiría. Cuando empecé a sentir que me mareaba, me detuve y paré oreja para ver si escuchaba sus pasos en el pasillo. Después de un rato, oí que se encendía la tele y que los sonidos de algún *deportebol* genérico atravesaban el piso.

¿Cómo podía hacerme esto? ¿Cómo podía hacerle esto a mi mamá? Traté de recordar todo lo que sabía sobre Beth. Mi papá y ella tenían un amorío. Beth trabajaba en una agencia de publicidad y siempre intentaba hacerme la plática, lo que me obligaba a encontrar formas cada vez más creativas de evadir aquellas charlas «amistosas». Por un momento, odié a papá por ser un debilucho, por traicionar a mamá de esa manera, por meterse a la cama con el primer reemplazo que encontró, como si fuera posible cambiar a una mujer por otra cuando la primera ya no te sirve. Además, era inconcebible que mi papá esperara a que yo lo aceptara como si fuera un regalo de la vida. Jamás me imaginé que fuera una relación seria. Me habría preocupado si la hubiera empezado a invitar a cenar o, peor aún, a pasar la noche con él. Pero siempre salían. Cuando él no llegaba a dormir, intentaba no pensar en ello y me enfocaba en disfrutar la paz y tranquilidad.

Sentada en la orilla de la cama, mi dedo se sentía tentado a tocar el nombre de Hannah en mi lista de contactos del teléfono. Quería llamarla. Aunque hubieran pasado ocho meses, a pesar de lo que había ocurrido, lo único que quería era hablar con ella. Quería llamarle y perderme en su voz, porque sus palabras me reconfortaban, aunque fueran estúpidamente racionales y carentes de emoción. Pero debía reconocer que ansiaba algo que ya no existía, y eso es lo que pasa cuando truenas con alguien. Crees que lo superas, pero luego te pasa algo y revives la pérdida en el corazón. Dejé el teléfono. No tenía nadie más con quien hablar.

Ojo: no quiero causar lástima ni nada por el estilo. Lo detesto. Es la peor parte de que la gente se entere de que no tienes amistades. En realidad no me molesta estar sola, pero no soporto que me tengan lástima.

Un día, como seis semanas después del *catastruene*, estaba sola en el salón de mi grupo, comiendo un sándwich, cuando Izzy, mi ex mejor amiga, entró.

He de decir que los sándwiches son la base de la vida. No hay nada mejor en el mundo que algo de comida entre dos panes untados con una gruesa capa de mantequilla. Sin embargo, tampoco hay algo más patético y triste que ver a una persona comiendo un sándwich en soledad. Ocurre siempre en las películas. Si quieres retratar a un personaje solitario y triste, siéntalo en su escritorio o en un parque o frente a la tele y ponlo a comer un sándwich.

Así que Izzy me encontró así, sola con mi sándwich en la mano, escuchando un pódcast sobre asesinatos aterradores, metida por completo en mis asuntos y dibujando genitales masculinos sobre el escritorio con un compás en la otra mano. He descubierto que los profesores suponen que los únicos que hacen ese tipo de dibujos son los chicos. Si eres una chica interesada en dañar propiedad escolar, te sugiero dibujar los clásicos penes con testículos, pues los prejuicios sociales impedirán que alguien sospeche de ti.

Izzy venía columpiando la llave de un casillero en su dedo y tarareando canciones de programas de televisión con tal volumen que sus silbidos se mezclaron con la descripción de un desmembramiento que estaba saliendo por mis audífonos. Antes me encantaba su propensión a ponerse a cantar bajo cualquier circunstancia, pero cuando te peleas con alguien empiezas a detestar las cosas que antes te fascinaban. Ni siquiera volteé a verla, pero de reojo percibí el instante en que se percató de mi presencia. El aire se enrareció y era obvio que no sabía si ignorarme o no. Nos habíamos peleado horrible por Hannah y hacía dos semanas que no le hablaba.

Fingí no darme cuenta de que había llegado, aunque no podía evitar contar cada segundo incómodo que pasaba. Cuando me dio la espalda, volteé a verla. Estaba mirando fijamente su casillero y de pronto dejó caer los hombros. En ese momento supe que querría tener una conversación honesta conmigo. Mis opciones eran tratar de guardar el sándwich lo más rápido posible y salir corriendo o tragarme su torpe intento de reconciliación. Existía una remota posibilidad de que me echara algo en cara, pero era mínima. Izzy era una persona amable que evadía la confrontación. Yo, en cambio, me distinguía por hacerle la ley del hielo a quien fuera a la primera provocación.

Soy el sueño de cualquiera, ¿no?

Izzy jaló una silla y se sentó frente a mí. Me quité los audífonos y suspiré, sin disimular mi incomodidad.

—¿Qué? —dije, como si ella fuera una maestra preguntándome por la tarea que no había entregado y no una de mis amigas de toda la vida.

—Saoirse, no hay que hacer esto. Somos amigas.

Su expresión era franca, vulnerable. Se notaba que lo que más quería era que yo me sincerara con ella, y debo confesar que lo consideré. Sacar a alguien de tu vida implica un fuerte gasto de energía, y nunca me había sentido tan sola como en las últimas dos semanas. Toda la gente cercana se había ido, y no solo de la escuela, sino también de mi hogar. Intentar lidiar sola con mis emociones después de años de poder contárselas a Hannah o a Izzy era como ser un pastor que intenta meter a un montón de gatos ferales a un establo. Sin embargo, ya no podía confiar en Izzy. Estaba sola con mis gatos y tendría que aprender a vivir así.

—*Éramos* amigas, Izzy.

—¿Entonces qué? ¿Ahora somos enemigas por un estúpido desacuerdo? —Puso una de sus manos sobre la mía—. Nada ha cambiado entre nosotras.

Zafé la mano y me crucé de brazos.

—No somos enemigas, Izzy —dije con voz casual, como si no estuviera dispuesta a darle suficiente importancia—. No somos nada. Me ocultaste información muy importante.

—Porque no me correspondía decírtela —contestó. Por cuadragésima vez. Sé que lo creía de verdad, pero en realidad era irrelevante.

—No estoy enojada —mentí—. Ya no me importa.

No puedes dejar que la gente te lastime. Eso le da demasiado poder sobre ti.

—¿Entonces qué? ¿Vas a pasar el resto del año sola, sentada en un salón, jugando con tu teléfono?

Ahí estaba. La lástima.

Me encogí de hombros con el gesto más indiferente que pude conjurar y volví a ponerme los audífonos, aunque era obvio que Izzy aún no terminaba de hablar. Frunció el ceño mientras el labio inferior le temblaba. Era el tipo de expresión que pone un niño cuando le cortas la cabeza a su juguete favorito.

Presioné el botón para rebobinar el pódcast hasta volver a la parte en la que había dejado de prestar atención. Izzy se quedó quieta un segundo. ¿Seguiría luchando o se daría por vencida? Tenía esa incógnita tatuada en la cara. Imaginé que al fin se enfurecía conmigo y me diría que madurara, que las amistades no terminan así como así.

Pero no lo hizo. Porque claro que se terminan así.

Me enojé con Izzy nada más de recordarlo. Cuando Hannah y yo tronamos, perdí también a Izzy, y todo había sido culpa suya. Sin embargo, en los meses siguientes aprendí un truco infalible para lidiar con esas malditas emociones engorrosas: fingir que nunca había ocurrido y concentrarme en otra cosa.

Aunque ya no tuviera amistades cercanas, eso no me convertía en una ermitaña que se quedaba encerrada en su cuarto como una paria. Revisé los mensajes en el celular y encontré los detalles de aquella fiesta a la que no tenía intención de ir. La combinación de vodka de dudosa procedencia y chicas aliviadas por el fin de los exámenes que quizá tenían curiosidad de experimentar algo nuevo era una mejor alternativa que pasar la noche entera mirando el techo de mi cuarto, evadiendo a mi papá y evitando clavarme en un bucle interminable de mis propios pensamientos.

Verán, desde que troné con Hannah me impuse una única regla: me niego a involucrarme en una relación. Y la importantísima letra pequeña de esa regla —o la parte B, por llamarla de alguna manera— es que tengo prohibido besar lesbianas o bisexuales.

No es que se vayan a enamorar de mí o vayan a querer ser mis novias, pero prefiero no arriesgarme. Si cruzo esa línea, sería facilísimo meterme en problemas. Además, tengo muchas cosas a mi favor. Todas las chicas de mi escuela que quieren saber qué se siente besar a una chica saben que (1) soy supergay y (2) no las invitaré a salir después. Nos besamos, nos separamos y nadie sale lastimada. Es una situación de ganar-ganar.

Cuando Hannah y yo éramos solo amigas —antes de que fuéramos algo más que amigas—, ella se quejaba de ese tipo de chicas, de las que solo quieren saber qué se siente, y en algunos momentos de mi vida habría estado de acuerdo con ella. Como cuando tenía catorce años y Gracie Belle Corban dijo que solo lo hacía para poder presumirle a Oliver Quinn que había besado a una chica. Pasé una semana llorando en el hombro de Hannah por eso. Pero ahora mis prioridades son otras. Siempre y cuando ambas sepamos lo que queremos y no haya ataduras de por medio, sino solo unos buenos besos sáficos, ¿qué más da? Sigo negándome cuando son chicas que lo único que buscan es poner cachondos a sus novios. Pero si lo único que quieren es saciar su curiosidad, soy lo que buscan. Exactamente lo que buscan.

Solté un resoplido cuando al fin encontré el mensaje. Tenía que ser en casa del idiota de Oliver Quinn. Siempre tenía que ser en sus fiestas. Tenía una casa gigantesca y la única razón por la que no asistía a una escuela privada costosísima era porque no había ninguna cerca. Así que si yo terminaba vomitando en los rosales de su mamá, no me sentiría culpable. Claro que no es que siga resentida con él ni nada por el estilo.

El mensaje grupal decía que había que llegar después de las diez, lo que significaba que yo llegaría ridículamente temprano, pero si no salía en ese momento corría el riesgo de que papá me interceptara y me obligara a tener una conversación profunda y sentida sobre su prometida.

¡Ja! ¡Ni al caso!

Obviamente los dos evadiríamos el tema hasta estar tan resentidos que no haríamos más que gritarnos cosas de un lado al otro de la sala.

Ese dulce momento entre padre e hija podía esperar. Abrí la puerta del cuarto lo más despacio posible y me asomé por las escaleras. La luz de la sala titilaba sobre el muro del pasillo. A veces tener una casa con pocas paredes era horrible. Bien, tendría que salir por la ventana. Me puse ropa más apropiada y mis botas militares negras. Me sentí muy ruda escapando por la ventana.

Papá descubriría mi ausencia más tarde y me mandaría un mensaje furioso. Detestaba que me saliera de la casa a escondidas. Según él, nunca me impedía salir a ningún lado, así que lo menos que podía hacer era decirle adónde iba. Pero ¿para qué confrontarlo en ese momento si al día siguiente podríamos pelear durante el desayuno?

2.

¿Sabías que la Muralla China se ve desde el espacio? Bueno, pues así la casa de Oliver se escuchaba desde el espacio. Rebosaba de gente y palpitaba como un corazón. Prácticamente podía ver las ondas de sonido que emanaba. No debí preocuparme por llegar temprano. Por lo visto, la mitad de los chicos habían estado bebiendo ahí desde que terminaron el último examen, a las cuatro. ¿Por qué no se me había ocurrido hacer lo mismo?

El ruido me succionó como un agujero negro. Alguien había conectado su celular a unas enormes bocinas profesionales que estaban afuera de la puerta de entrada, como extraños centinelas modernos. El volumen de la música era tan alto que no solo la oía, sino que sentía que retumbaba en mi interior y estrujaba mi corazón al compás del bajo. Me agradaba.

Me dejé llevar hasta la órbita de la gente que se congregaba en el jardín, me escurrí entre cuerpos y me ahogué con la nube de humo de cigarro, colonia masculina y sudor. Como era junio y estábamos en plena oleada de calor, la mayoría había preferido quedarse afuera. Aunque eran las ocho de la noche, aún había luz solar y seguía haciendo calor. Aun así, cuando al fin entré a la casa la encontré tan llena que llegar a la cocina fue como participar en una edición especial de *El laberinto de cristal* o como estar en medio de un apocalipsis zombi. Miré en todas direcciones, por si acaso veía a Izzy o a Hannah y necesitaba rehuirles, pero ninguna contestó al mensaje grupal que estuvo circulando, así que supuse que no vendrían. Algunas manos me agarraron y algunas voces me llamaron por mi nombre, pero no podía ver de quién se trataba. Me abrí paso entre brazos y piernas entrelazadas y una maraña de personas que habían decidido que los fajes eran un deporte para todo público y que estaban dispuestas a dar el mejor espectáculo de su vida.

La cocina respiraba como un ser vivo. Los asistentes se deslizaban unos sobre otros y se metían en los huecos entre los grupitos de gente para alcanzar el refri o la puerta. Parecía una extraña coreografía que me hizo sentir como una científica que observaba la escena bajo un microscopio, en lugar de ser parte de ella.

Por fortuna, había asistido a muchas fiestas de Oliver y sabía cuál era la solución. Rodeé a un par de personas que básicamente estaban fornicando vestidos hasta llegar al congelador, donde había varias botellas de vodka acurrucadas entre helados finos y charolas de hielos. Si acaso te estás preguntando qué clase de chicos tienen alcohol gratis en su fiesta, la respuesta es: los que tienen mucho dinero. Saqué una botella azul que estaba bajo una bolsa de guisantes congelados y con la manga de la sudadera limpié la escarcha del cuello de la botella. Saqué una botella vacía de Coca-Cola de mi bolso, empecé a llenarla con torpeza y derramé un poco a los costados.

—¿Es tuyo? —Una chica sentada en un banco elevado en la isla de la cocina me estaba mirando. No la había visto porque la tapaban los calenturientos. Tenía el cabello castaño hasta los hombros y lo llevaba casi todo desmelenado y de lado, donde formaba un copete curveado que revelaba su costumbre de peinárselo a cada rato con las manos. Tenía curvas tersas en la cara. Me gustó. Y la arracada dorada en los labios me llamó la atención de inmediato.

—Estoy cobrándole una deuda de juego a Oliver. —Hablé en voz demasiado baja, tomando en cuenta el ruido de la cocina, y esbocé la habitual sonrisa torcida que nunca fallaba. Ella se inclinó sobre la barra para escucharme mejor, gracias a eso alcancé a ver un destello de encaje rosa chicle asomándose bajo su blusa, la cual parecía una larga mascada colorida, atada como una ombliguera con cuello halter. Me incliné también hacia ella.

—¿Ah, sí? —La chica no se veía convencida, pero sí entretenida. Era bella, aunque fuera una oficial de la Unidad de Delitos Etílicos.

—¿Algún problema?

Me enfoqué en el movimiento de sus labios mientras contestaba.

—Es la casa de mi tío. Vine a pasar el verano aquí.

En ese instante registré que su acento era inglés. No sabía bien de dónde, pero se notaba que no era esnob ni del norte. Era lo único que sabía sobre acentos ingleses.

—¿Eres pariente de Oliver? ¡Lo lamento mucho por ti! —Le sobé el hombro con falsa empatía, de forma casual, como si no me hubiera dado cuenta de lo tersa que era su piel. Cuando hice eso, me miró directo a los ojos—. Vas a necesitar uno de estos —dije mientras servía un trago a cada una en vasos (supuestamente) limpios. Le puse uno en la mano y mis dedos rozaron los suyos un segundo más de lo normal. Bebí el mío de golpe; el calor me bajó por la garganta hasta el vientre, pero ella asentó el suyo y tomó un trago de una lata de Sprite—. ¿Prefieres la vida loca? —comenté con una risita.

—¿Esta es la famosa presión social de la que tanto he oído hablar? —dijo. Se reclinó y salió de mi órbita. ¡Carajo!—. ¿Eres la chica mala que me va a encerrar en un casillero por no beber? —Se rio y se bajó del banquito. La seguí con la mirada hasta la puerta y absorbí las oleadas arenosas de su cabello, sus hombros desnudos y los jeans ajustados que abrazaban las curvas de sus piernas, que me hicieron morderme el labio, fuerte.

Qué cabrona.

Después de un cuarto de botella de vodka y varias conversaciones insustanciales, me escapé al piso de arriba. Técnicamente había una verja de seguridad para niños con un cartel hechizo que decía «no subir», pero la fila para el baño era muy larga, así que tomé la iniciativa. Tras salir del baño elegantemente decorado me quedé parada en el descanso, atraída por el sutil sonido del piano que venía de una de las habitaciones.

Como era de esperarse, Oliver estaba en el salón de música. En otras ocasiones lo había encontrado ahí. Armaba unas fiestas inmensas, pero luego se aburría y se iba. Se veía cansado al apretar las teclas, con una bebida a medias sobre la tapa, sudando sobre el portavasos. Era un vaso de cristal, diferente de los que había en el piso de abajo.

—Entonces, ¿cuándo vuelven mamá y papá, triste niñito rico? —dije y me senté a su lado en la banca del piano. Apenas volteó a verme, pero percibí una ligera sonrisita en su rostro.

—Mañana. —Se acomodó un mechón de cabello rubio detrás de la oreja.

—Sospecho que se darán cuenta de que allá abajo explotó una bomba —dije.

—Mañana en la mañana viene la empresa de limpieza.

—Debe ser lindo tener tanto dinero que hasta se te olvide cómo limpiar tus desastres —suspiré con voz anhelante.

—Saoirse, es lindo ser tan rico que no me molesta que me hayas robado una botella de CÎROC. —Le dio un golpecito con los dedos a la botella de Coca-Cola que traía en las manos, lo que creó un vacío extraño en la melodía. ¿Cómo sabía que la había llenado con su vodka carísimo? No tengo idea. Habrá sido una suposición basada en experiencias previas.

—¿O sea... esto es vodka? Está más ligerito que el agua.

—No lo dudo.

—Además —dije y estiré los brazos por encima de la cabeza—, todavía me debes.

—¿Todavía? —Era maravilloso cómo sus dedos revoloteaban con maestría sobre las teclas. Por supuesto que nunca se lo diría.

—Siempre estarás en deuda conmigo. Me robaste a Gracie Belle Corban y nunca lo superaré. Mi frío corazón marchito sigue sufriendo por ella.

—No lo dudo. Escuché que desde entonces varias chicas han intentado sacártela de la cabeza.

Oliver actuaba como si yo fuera una lesbiana mujeriega con un harem de chicas curiosas que tocaban a mi puerta todas las noches. Su percepción de mi vida sexual no podía estar más errada. Tan solo llegué a darme unos buenos besos desde que Hannah y yo terminamos. Bueno, tal vez la lista de besadoras era larga, pero ¿qué más daba?

Creo que los besuqueos indiscriminados dieron pie al rumor de que mi vida sexual era muy activa, pero la verdad era que no pasaba de unas cuantas caricias por encima del sostén.

Oliver hizo una pausa a la mitad de su compleja sonata y empezó a tocar los primeros acordes confiados de *Heart and Soul*. Segundos después, me sumé al dueto con dedos torpes. Estaba un poco ebria, así que se me fueron la mitad de las notas, lo que hizo reír a Oliver. Ambos habíamos tomado clases con la misma maestra de piano cuando teníamos ocho años; *Heart and Soul* era la única pieza que yo recordaba. Después de unas cuantas semanas lo dejé. Oliver, en cambio, siguió practicando.

Después del dueto improvisado, bebimos un rato en silencio.

Él empezó a tocar de nuevo, así que lo tomé como la señal para levantarme y continuar mi viaje hacia el baño. Cuando llegué a la puerta, la música se detuvo de forma abrupta, así que volteé hacia atrás. Oliver tenía el ceño fruncido y sus dedos rígidos flotaban encima de las teclas.

—Se llamaba Gracie Belle Circarelli —dijo.

—¿Qué? Claro que no. —Meneé la cabeza de forma enfática, pero por culpa del vodka me mareé.

—Sí, así se llamaba. Su papá era un italiano grandote. Tenían una heladería en el paseo marítimo.

—Mmm… bueno… no se parece en nada a Corban, ¿verdad? El primer amor puede ser muy confuso.

Por algún motivo, la fiesta volvió a envolverme. Entrar a la cocina era como estar en un invernadero que olía a sudor y hormonas, así que rebusqué en el fondo del cajón de los triques hasta encontrar la llave de las puertas francesas. Habían permanecido cerradas en las fiestas de Oliver desde aquella vez que Loren Blake se trepó a un árbol, saltó al jardín del vecino y la cacharon vomitando en el estanque japonés. El problema de Oliver era que, aunque estaba consciente de que yo sabía dónde estaba el buen vodka, dónde guardaban las llaves del patio y dónde enterraban los cuerpos, jamás se acordaba de hacer algo al respecto.

Abrí la puerta lo suficiente para escabullirme y enseguida cerrarla de nuevo. A fin de cuentas, el jardín no sería un refugio si el resto de la gente podía salir acá también.

Me acompañó el golpeteo rítmico de la música, junto con el ocasional grito o chillido, pero salir al jardín era como sumergirse bajo el agua, donde los detalles se perdían. Me llené los pulmones del aire nocturno y empecé a seguir el sendero empedrado y sinuoso que atravesaba las camas de azaleas floreadas, pasaba junto a un quiosco victoriano que parecía salido de *La novicia rebelde* y llegaba hasta un arbusto de lilas al final del jardín.

En una de las primeras fiestas de Oliver, Hannah y yo nos alejamos de los demás. Ella me tomó de la mano y me llevó hasta la banca de piedra tallada que está rodeada por el inmenso arbusto de lilas. Si agitabas las ramas, te caían pétalos en el cabello. Yo estaba un poco ebria después de haber tomado unos Bacardí Breezers y el jardín me pareció el lugar más apacible y cálido del mundo. Hannah y yo nos sentamos una junto a la otra, rodilla con rodilla. Casi creí escuchar los latidos de su corazón en sincronía con los míos. Entrelazó sus dedos con los míos y empezó a tararear una versión desafinada de la música que venía de la casa. Ni siquiera me detuve a pensar, pues pensar habría arruinado el momento, y simplemente la besé.

Así fue como besé por primera vez a la única chica que he amado, al ritmo de una canción pop de los ochenta. Cuando entró el solo de saxofón, nos separamos y nos reímos. Durante años, bastaba con que una de las dos tarareara un par de compases para que nos riéramos. Se volvió el estribillo de nuestra relación. Un código secreto. Si me sentía triste o estresada, ella tarareaba unos cuantos compases para hacerme reír y entonces yo sentía que todo estaría bien. Porque la tenía en mi vida.

Permíteme darte un consejo: Jamás de los jamases permitas que la canción de tu relación sea algo cursi, aunque en el momento te parezca gracioso. Aunque nada más tenga sentido. Te ruego que elijas algo épico, algo tranquilo y atemporal y dulce. Porque algún día, cuando te rompan el corazón, llorarás cada vez que escuches esa canción. Y nada te hará sentir más ridícula que ser la chica que llora cuando escucha *Careless Whisper*.

Estaba a punto de sentarme en la banca cuando vi que del otro lado había una persona tendida en el suelo, con el torso bajo el arbusto y las piernas y el trasero a la vista.

Si no hubiera visto esas nalgas antes, habría pensado que era una borracha que había gateado hasta el arbusto y se había quedado dormida ahí. Me quedé quieta un segundo, pensando en cómo jugar mis cartas, cuando la escuché haciendo extraños sonidos como de besitos. No pude contener las carcajadas.

De inmediato, la chica salió de debajo del arbusto y se puso de pie de un brinco con una agilidad inesperada.

—Esto es un poco vergonzoso —dije.

Ella se llevó una mano a la cadera y me miró a los ojos, confundida.

—¿Por qué te avergüenza?

La miré fijamente.

—No, lo decía por ti.

Frunció el ceño como si estuviera intentando descifrar de qué tendría que avergonzarse.

—No sé a qué te refieres —dijo, y sopló para quitarse un mechón rebelde de enfrente de los ojos, pero me di cuenta de que estaba conteniendo la sonrisa.

Me acerqué y le quité una hoja atorada en los pliegues de tela alrededor del cuello.

—Tienes razón, es supernormal encontrar a una chica con la cara metida en el… follaje durante una fiesta.

Se notaba que estaba intentando descifrar si mis palabras tenían un doble sentido o no. Luego se rio y me jaló de la mano hacia el suelo. A pesar de la confusión, mientras mi cara se precipitaba hacia el pasto lo que más me preocupaba era tener la mano sudada.

Me soltó la mano, yo simplemente la seguí y me metí pecho tierra bajo el arbusto como si estuviéramos en el ejército. Ella hizo a un lado las ramas más cercanas al suelo y nos adentramos tanto como fue posible. Luego me miró y se asomó por una maraña de ramas y hojas. Seguí su mirada, pero mis ojos aún no se ajustaban a la falta de luz. Con torpeza, bajé la mano hasta sacar el celular del bolsillo y en el camino me pegué más a ella. Cuando me reacomodé, cerré la brecha entre nosotras y pude sentir toda la longitud de su cuerpo contra el mío.

Volteé la pantalla encendida hacia la oscuridad. Primero destellaron un par de ojos verdes, luego distinguí a una minina hecha bolita en las profundidades del arbusto, tan lejos que casi llegaba al jardín de los vecinos.

Miré a la chica. Ella me miró a los ojos. Solo había unos cuantos centímetros entre mis labios y los suyos.

—¿Perdiste a tu gatita? —dije, e intenté sonar casual, como si no hubiera estado pensando en la distancia entre nuestros labios. En vista de que mi sobriedad estaba comprometida, no dudé ni un segundo que la chica pudiera haber traído consigo a Irlanda un gatito para el verano.

Claro que ese razonamiento luego me remordería, casi literalmente.

Estaba a punto de contestarme cuando, bajo la luz del celular, noté una cosa extrañísima que me hizo acercarme más. Fueron apenas unos milímetros, pero quedamos tan cerca que mi nariz se estrelló con la suya. Ella no se quitó. Creo incluso que contuvo el aliento.

Tenía un lunar azul, como una diminuta mancha de tinta bajo el ojo.

—Tienes un lunar azul.

—Uy, nadie nunca se había dado cuenta —dijo en un tono que dejaba en claro que estaba siendo sarcástica.

Apreté los labios para contener la sonrisa y volví a mirar a la minina. De pronto caí en cuenta que el vodka me estaba mareando mucho. Sí, debía ser el vodka.

—¿Cómo se llama tu gatita? —pregunté.

—¿Por qué insistes en que es hembra? —preguntó.

—Los perros tienen almas masculinas, mientras que los gatos tienen almas femeninas —contesté en un tono fulminante—. Todo mundo lo sabe.

Ella soltó un resoplido.

—Es lo más estúpido que he oído en la vida —dijo, y me dio un empujoncito con el hombro. ¿Era un pretexto para tocarme o lo estaba sobreinterpretando?

—Supongo que te falta mundo —dije, y le di un empujoncito también.

La minina maulló.

—¡Ay! ¿Ves? Está diciendo: «rescátame, borrachita, porque estoy muy triste y sola».

—¿Cómo voy a llegar hasta allá?

Había hecho algunas ridiculeces en estado de ebriedad, pero sería imposible adentrarme más bajo ese arbusto. La chica me miró con cara de berrinche. Puse los ojos en blanco, como si fuera imposible ceder ante sus encantos. Pero era pura pantalla.

—De acuerdo —suspiré—. Supongo que podría intentar pasarme al jardín del vecino.

No obstante, temía que a los vecinos no les agradara encontrar a una adolescente borracha en su jardín diciendo locuras sobre una gatita.

Salimos a rastras de debajo del arbusto, aunque yo tardé mucho más que ella, pues el cabello se me enredó en una rama. Cuando por fin salí, ella ya estaba en pie, con la mano extendida para ayudarme.

Me sacudí la tierra de la ropa y caminé pegada al muro, pasándole la mano por encima como si fuera a encontrar una puerta secreta, aunque sabía que la única forma de llegar a mi destino era saltando por encima de él. De verdad iba a hacerlo. ¿Por qué lo estaba haciendo? Volteé por encima del hombro. La chica se había quedado unos metros atrás y me pareció percibir un destello de culpabilidad antes de que me sonriera, lo que hizo que me preguntara qué estaría mirando.

Ahí estaba mi respuesta.

Cerré los ojos y conjuré cualquier cualidad atlética presente, pasada y futura. «Si estuviera sobria sería más fácil», pensé.

De estar sobria no estaría haciendo eso.

Cuando abrí los ojos, no sentí ninguna diferencia, salvo que la cabeza me nadaba. Me acerqué al árbol que estaba junto a la pared del jardín. El árbol de Loren Blake. La chica no me quitaba la mirada de encima, lo que me erizó la piel. Pero era una sensación agradable. Contuve las ansias de menear las caderas o acomodarme un mechón detrás de la oreja. Luego di media vuelta.

—Voltéate —le dije, e hice un movimiento circular con el dedo—. Me niego a trepar el árbol mientras me observas.

—¿Pánico escénico? —Sonrió, pero igual se tapó los ojos y me sacó la lengua.

—Algo así —murmuré.

Más bien era que, si me quedaba sin aliento en el camino, no quería que una chica linda me observara en una situación tan poco agradable. Sería como trepar la cuerda durante clase de Educación Física mientras Kristen Stewart te mira, decepcionada. O sea, siempre se ve igual porque así es su cara, pero ya sabes a qué me refiero.

Apoyé un pie sobre un grueso nudo del tronco y me impulsé hacia arriba. Bajé la mirada. Había subido como treinta centímetros. Ya nada más me faltaban dos metros más. De pronto me di cuenta de cómo una chica bastante gruesa y poco atlética como Loren había logrado trepar ese árbol. Había ramas gruesas y nudos y surcos en los lugares necesarios. Claro que no era cosa fácil. Me dolían los muslos por el esfuerzo, las manos me ardían por aferrarme con fuerza a las ramas rugosas. De pronto me resbalé y me raspé la rodilla, tras lo cual proferí una retahíla de improperios que hasta a mí me impresionaron.

—¡Tú puedes! —me gritó la chica.

—¿Me estás viendo? —grité en respuesta.

—No, te juro que no. —Hubo una pausa—. Pero cuando te bajes habrá que limpiarte esa cortada.

Genial.

Tras un último impulso del que no sabía que era capaz, llegué a la cima del muro y pasé de la base de una rama a la seguridad relativa de las piedras.

—Lo logré —dije.

Me miré la pierna. Se me habían desgarrado los jeans y sentía que algo húmedo me caía desde la rodilla hasta el calcetín. Ahí caí en cuenta de que el verdadero problema apenas empezaba. Escalé un árbol y arriesgué la vida y una de mis extremidades, para que del otro lado no hubiera más que una caída de dos metros y medio.

—¡Mierda!

Era una chica hermosa, pero no tanto como para romperme una pierna.

—¿Qué pasa?

Me sobresalté un poco. La chica estaba justo debajo de mí. Se veía preocupada y se pasaba la mano por el cabello que se acomodaba de un lado y luego del otro. ¿Sí lo estaba?

—No me espantes cuando estoy en una mugrosa cuerda floja —gruñí.

El mundo parecía moverse cuando miraba hacia abajo. ¿O era yo la que se movía?

—No exageres. El grosor del muro es como de medio metro.

—Ajá, pues sí, pero está a casi tres metros del suelo, y del otro lado solo hay un rosal lleno de espinas, amiga mía, así que creo que tu gatita tendrá que pasar la noche fuera de casa.

Créeme que quería ser su heroína, su salvadora de mininas. Quería que me diera un fuerte abrazo de agradecimiento, pero los vuelcos en el estómago opinaban que era pésima idea. La confianza etílica se estaba evaporando con el aire fresco. No iba a lograrlo.

—¡No puedes dejarla ahí!

—Claro que puedo —contesté.

En cuestión de segundos, la chica se trepó al árbol como un mono y me alcanzó.

—¿Cómo hiciste eso? —Ella solo sonrió y se encogió de hombros—. ¿Qué hago aquí entonces? —pregunté, indignada—. ¿Por qué no lo hiciste tú?

—No sé. Digo, tú te ofreciste —contestó—. No pensé que fuera tan difícil, pero luego, al ver que te estaba costando trabajo, me dio pena decir algo.

Apreté los labios y supliqué a Dios que me diera paciencia.

—Claro que ya entiendo a qué te refieres —agregó en tono pensativo—. Sí es una buena caída. —Se frotó la barbilla.

—¿Ves? Deberíamos encontrar otra forma de hacerlo. Podríamos armar algún tipo de trampa para gatos.

En ese momento, la minina protestó con un fuerte maullido.

La chica negó con la cabeza.

—Tendremos que saltar —dijo en tono casual.

—Es broma, ¿verdad? —pregunté, pero ella sacudió la cabeza de nuevo—. ¿En serio? Nos vamos a romper algo.

Le puse una mano en el brazo para tratar de disuadirla de la idea absurda de brincar. Sin embargo, ella me ignoró, se puso las manos en las caderas, como una superheroína con la mirada perdida en el horizonte. Pero me negué a que me llevara consigo.

—Mira, te propongo algo —le dije—. Tú brincas y yo regreso por donde llegamos y me quedo ahí a esperarte. —Señalé el jardín relativamente seguro de Oliver.

¿Por qué demonios estaba haciendo algo tan riesgoso e innecesario por una chica a la que acababa de conocer? (O sea, sí sé por qué, obviamente. Era hermosa, y yo era débil y patética, y la parte sensata de mi cerebro se había apagado. Esa noche, lo único en lo que podía pensar era (1) cómo se sentiría besar a alguien con un arete en el labio, (2) si tendría perforaciones en otra parte del cuerpo y (3) si me permitiría averiguarlo).

—Creo que lo justo es que ambas saltemos —dijo con absoluta seriedad, mientras se frotaba de nuevo la barbilla. Agitó el pie izquierdo y luego el brazo derecho, como si estuviera calentando. Le puse una mano en el brazo para llamar su atención, pero seguía sin mirarme. Me negaba a saltar. No. Ni en sueños.

Si pudiera lograr que me mirara a los ojos estaba segura de que podría convencerla de que era una pésima idea.

En ese momento me miró a los ojos, con un destello en la mirada que me hizo tambalearme de forma peligrosa.

—Está bien —dije, y admití mi derrota.

Ella me tomó de la mano y sentí un hormigueo en el brazo.

—Una —dijo, y me apretó la mano con fuerza—. Dos…

—Quizá no sea buena idea que lo hagamos tomadas de las…

—¡Tres!

La chica saltó. Yo, en cambio, titubeé. Claro que no me soltó la mano, así que me jaló por los aires.

Caí de boca sobre el rosal, entre gruñidos. Como por arte de magia, la chica apareció a mi lado, de pie, con una minina gris en los brazos. Me estaba mirando, como si no entendiera cómo había yo terminado ahí. Viéndolo en retrospectiva, estoy segura de que perdí el conocimiento unos segundos.

—Pasaré un mes sacándome espinas del culo —gruñí.

Al pensar en cómo me veía ahí tirada, sabía que el alcohol estaba anestesiando gran parte del dolor que se haría patente al día siguiente.

La minina gris maullaba con fuerza y se agitaba en los brazos de la chica.

—Bueno, al menos recuperaste a tu gatita —dije mientras me esforzaba por ponerme de pie.

—Bueno, eh… —contestó, sin mirarme a los ojos—. No es propiamente mía.

—¿Qué?

—Bueno, es que la vi en el jardín, desde mi ventana —dijo, y señaló una de las ventanas de la casa de Oliver—. Pensé que estaría perdida. Bajé a buscarla, pero se escabulló y se metió debajo del arbusto.

No supe qué decirle, pero de cualquier forma ella siguió hablando.

—Temí que pasara la noche aquí solita y que le diera miedo. Se veía muy pequeña. —Alzó la patita de la minina y la agitó como si la gata me estuviera saludando—: «No te enojes, borrachita» —dijo la «gatita» con una voz inesperadamente grave.

Suspiré y me sacudí un poco. Estaba sangrando y cubierta de tierra que olía como si los vecinos usaran estiércol como fertilizante. Supuse que las probabilidades de que nos besáramos esa noche eran cada vez más ínfimas.

—Bueno, pero tiene collar, así que supongo que podemos llevarla a su casa.

—Bueno, es que…

—Cada vez me agrada menos que empieces así una oración.

—Es que… según el collar… vive aquí. —La chica extendió

los brazos para señalar la propiedad que estábamos invadiendo. Luego, se mordió el labio mientras esperaba mi reacción.

—¿Así que básicamente nos metimos ilegalmente a casa de los vecinos para intentar robarles a su gato?

—Sí —dijo y asintió—. Básicamente.

La obligué a despedirse de la gatita, a quien le dio un beso en la cabeza peluda antes de soltarla. Yo no era capaz de demostrar ese mismo nivel de afecto, así que solo le di una palmadita en la cabeza. Luego, una al lado de la otra, la vimos perderse en la oscuridad.

—Lamento que te hayas lastimado —dijo, y se volteó completamente hacia mí, mirándome de frente, con los ojos bien abiertos y las mejillas sonrojadas.

—No es tu culpa.

—Claro que sí. —Me quitó un mechón de cabello de la cara. En ese instante, contuve el aliento.

—Lo sé.

Me miró fijamente y el instante pareció envolvernos en medio de la oscuridad, como una cobija.

Entonces, una linterna brillante iluminó el espacio entre nosotros. Eran las luces del patio de la casa. De forma instintiva, la jalé hacia las sombras mientras el dueño de la casa salía a su jardín trasero.

—¿Quién anda ahí? —gritó una voz grave—. Marian, esos niños maleducados están haciendo de las suyas de nuevo. ¡Dejen en paz a mis peces!

Nos escabullimos por un costado de la casa, intentando contener las carcajadas.

Cuando volvimos a la fiesta, nos quedamos un rato al pie de las escaleras.

—¿Crees que debería estudiar para veterinaria? —preguntó la chica de la nada—. O sea, me encantan los animales, pero creo que hay muchos anos de animales y dedos de veterinario implicados. Aunque a lo mejor me acostumbraría a ellos. ¿Crees que sería buena?

—No te conozco —contesté.

—Ah, claro —dijo.

Tenía ganas de preguntarle si se le antojaba un trago, pero ya habíamos establecido que no bebía y, aunque la aventura campestre me había bajado los niveles de alcohol en la sangre, yo ya no tenía ganas de volver a emborracharme. Me mordí el labio mientras ideaba cómo preguntarle si quería ir a un lugar más privado sin sonar demasiado ansiosa ni hacer el ridículo.

—¿Quieres venir a mi cuarto? —me preguntó con una sonrisa, y señaló hacia arriba—. Te vendría bien quitarte esa camiseta sucia.

Por un instante percibí un destello travieso en su mirada, el mismo que había visto cuando estábamos en la cima del muro. Volví a sentir que todo se movía, a pesar de estar en tierra firme.

—Te prestaré una limpia —agregó, con cara de ternura inocente.

3.

En cuanto se cerró la puerta de su cuarto, el ruido de la fiesta se volvió lejano. Me asombró la diferencia. En mi casa, podía escuchar a mi papá toser en su recámara si yo estaba en la cocina; aquí, en cambio, las paredes y puertas gruesas podrían amortiguar hasta el fin del mundo. En el suelo había una maleta deportiva que desbordaba ropa, la cama estaba sin tender y las sábanas estaban todas arrugadas. Las cortinas estaban cerradas, así que la chica encendió la lámpara de la mesa de noche. Iluminación propicia. Estaba frente a una ganadora.

Rebuscó en la maleta que estaba en el piso, lanzó un par de zapatos a un rincón y puso sobre la cama una bolsa de chicles. Encontró una camiseta de color liso y me la aventó.

Titubeé, pues no sentía la confianza de desatar mi desnudez en una etapa tan temprana, pero la chica se dio media vuelta para darme algo de privacidad; me cambié tan rápido como pude.

—¿Ya estás decente? —preguntó.

—Lo mínimo indispensable.

—¿Y la herida? —Agarró la bolsa de chicles antes de sentarse de piernas cruzadas sobre la cama.

—No es nada. —Me ardía, pero con tal de quedarme ahí preferiría no ir a limpiarla.

—¿Rosa o azul? —Se asomó a la bolsa.

—¿De qué sabor son?

—Sabor rosa o sabor azul.

—Claro. Rosa, entonces. —Me encaramé en la orilla de la cama, junto a ella, y desenvolví la goma de mascar. Traía de regalo un tatuaje temporal del Correcaminos—. Es lo que siempre deseé. Un Correcaminos en las nalgas. ¡El epítome del buen gusto!

La chica se rio.

—Entonces es tu día de suerte.

Le quité la capa de plástico y me lo adherí al hombro. Mostrar mis posaderas en ese momento habría sido demasiado sugerente. Ella humedeció una bolita de algodón con agua del vaso que tenía en su mesa de noche y la presionó contra el tatuaje.

Ya sé que no parece una escena de novela romántica, de esas donde hay gente sudorosa y con expresión intensa en la portada, pero cuando sentí el roce de sus dedos contra mi piel, volví a marearme. Era como si se hubiera activado una corriente eléctrica en mi interior. Se inclinó lo suficiente para permitirme contar las pecas de su nariz. Sus ojos color miel turbia, enmarcados por pestañas negras, como patas de arañas.

Puso el vaso en el suelo. Apenas había espacio entre nosotras para que pasara la luz. Por lo regular, no titubeo cuando se trata de besar a alguien, pero, por alguna razón, esta vez estaba nerviosa. Era distinto. Tal vez la tensión era producto de mi imaginación, aunque era casi palpable en el aire, como estática visible entre nuestros cuerpos. Por un instante, estuve casi segura de que a esta chica le gustaban otras chicas.

Una vocecita en mi cabeza me recordó que eso iba en contra de mis reglas. Había una larga adenda que explicaba por qué.

Consideré irme.

—Qué tatuaje tan sexy—dijo.

—El Correcaminos tiene ese efecto en las mujeres.

Mi tono era casual, pero estaba segura de que ella se daba cuenta de que mi corazón se aceleraba. No contestó. Se mordió el labio y su perforación quedó oculta en su boca. Me hice vagamente consciente del golpeteo de la música de abajo, pero aquella habitación era una burbuja que se iba haciendo más y más pequeña hasta contenernos solo a las dos. Ella no se movió. Me acarició el tatuaje nuevo, y cualquier cosa que hubiera podido decirle se me atoró en la garganta.

—¿No vas a besarme? —preguntó en voz baja.

—Ni siquiera sé cómo te llamas —contesté en tono juguetón.

—Ruby.

No pude evitar sonreír antes de acercarme a ella. Me pregunté si sería capaz de percibir la sonrisa en el beso. Sus labios eran tersos y estaban ligeramente abiertos; su lengua sabía a goma de mascar y Sprite. Sentí la perforación del labio, pero no entorpeció las cosas como temía. Mi cuerpo se aproximó al suyo; sus manos encontraron mi cintura de un lado y mi cuello del otro. No fue como besar a esas otras chicas, las que titubeaban y se reían, o las que se estrellaban contra mi boca, pero dejaban las manos lánguidas a los costados porque mi cuerpo no les interesaba. Se me había olvidado qué se sentía que te besara alguien que quería más que un beso. En ese instante me quedó claro que Ruby no estaba experimentando. Debí espantarme o salir corriendo. Jamás debí subir a la habitación de una chica que me hizo tambalearme.

Me convencí de que podía disfrutarlo de forma momentánea y que no me dolería dejarlo ir.

Se separó de mí, pero se quedó lo suficientemente cerca para que yo siguiera percibiendo su aliento sobre mis labios. Sus ojos hacían una pregunta insistente: «¿Qué más quieres?». En respuesta, la empujé hacia la cama y la besé de nuevo, no solo con la boca sino con el cuerpo entero, mientras mis manos exploraban sus curvas y sus recovecos, y nuestros cuerpos agarraron un ritmo, una fricción exquisita, hasta que nos quedamos sin aliento.

No «lo hicimos», si eso es lo que estás pensando. Y no es que no *quisiera*. Me sentía como una esfera de energía lista para explotar al mínimo contacto (que es un eufemismo dirigido a la gente puritana de corazón, por si acaso quedaba duda). No sé si ella quería más, pero ninguna de las dos hizo el intento de quitar o quitarse ropa ni de poner las manos o la boca en lugares… estratégicos (estoy haciendo un esfuerzo por no sonar vulgar, así que espero que lo aprecies). Aunque me hubiera encantado hacer esas cosas, tengo algo que confesar: nunca las he hecho. Todo mundo asumía que Hannah y yo habíamos tenido sexo porque estuvimos juntas mucho tiempo, pero ella quería esperar, así que esperamos. Esperamos hasta que ella se dio cuenta de que no quería tener nada conmigo.

Despertar al día siguiente con la cabeza aturdida, la boca seca y los labios amoratados, pero completamente vestida, me hizo agradecer no haber llegado demasiado lejos. El recuerdo de su cuerpo sobre el mío aún era tangible sobre mi piel. Sin embargo, también sentía culpa. Claro que mi regla era solo para mí, pero era tan importante que ahora tenía la sensación de que había hecho algo malo.

Nada que comida frita y una ducha no solucionaran.

Ruby estaba tendida de lado, viendo hacia mí, con el cabello despeinado en todas direcciones y los labios tan rosados y ardorosos como se sentían los míos. No sabía si despertarla antes de irme. ¿Qué le diría: «Ya me voy, pero gracias por el manoseo y el insospechado robo felino»? Si me iba sin decir nada, entonces me convertiría en el cliché del amante que se sale de puntitas del cuarto porque es demasiado cobarde para enfrentar la situación.

La primera opción era incómoda, pero la segunda era evidentemente patética, así que le di ligeros empujoncitos torpes hasta que abrió los ojos. Ignoré que se me aceleró el corazón al verla parpadear unas cuantas veces y clavar sus ojos color miel en mí.

—Debo irme —dije y señalé la puerta nada más porque sí. Ella se frotó los ojos y bostezó antes de contestar.

—Me divertí anoche. —El toque coqueto en su voz me hizo querer meterme a la cama con ella y hacerlo todo de nuevo.

Pero la conciencia absoluta de mi aliento matutino me ayudó a mantenerme firme en mis convicciones.

—Yo también. Eh… me llamo Saoirse, por cierto.

—Lo sé.

—¿Cómo lo sabes?

No recordaba haberle dicho mi nombre y supliqué que no fuera un efecto secundario del vodka, porque beber como cosaco en las fiestas es una cosa, pero experimentar lagunas mentales es otra muy diferente.

—Indagué quién era la chica que robaba vodka del congelador —contestó.

¡Había preguntado por mí! Intenté disimular la sorpresa y poner cara de que las chicas lindas siempre preguntaban por mí.

—Por cierto, la próxima semana es mi cumpleaños. Solo organicé una cena tranquila aquí, pero deberías venir.

A la mayoría de la gente le avergonzaría invitar a su fiesta de cumpleaños a alguien a quien acaba de conocer. Era lo más desesperado del mundo. Solo que Ruby no parecía ni desesperada ni avergonzada. Parecía como si me honrara con su invitación, y tanto aceptarla como rechazarla eran respuestas perfectamente aceptables.

Me tardé tanto en contestar que volvió a hablar.

—Es el viernes a las ocho. No puedo prometer que será una noche loca, pero al menos habrá comida. Creo que escuché a mi tía hablar sobre contratar un servicio de *catering*—dijo, y puso los ojos en blanco.

No es que no quisiera volver a verla. Pero si asistía a esa cena, ¿le haría pensar que había algo entre nosotras? ¿Asistir a esa cena establecería que definitivamente éramos algo? Ese algo es el potencial antecedente de una relación. De por sí había transgredido mi principal regla al besarla… no podía darme el lujo de seguir quebrando reglas sin ton ni son, ni de enfrascarme en un romance de verano como si fuera una buscavidas a la que las consecuencias apenas le hacen cosquillas.

—Eh, no estoy segura. Tengo que preguntarle a mi papá si no tenemos algún plan. ¿Está bien?

—Claro —dijo, y se encogió de hombros.

Como que ni siquiera se dio cuenta de que aquello era un pretexto. ¿O sí se había dado cuenta, pero no le importó? ¿Se sentía atraída hacia mí o no? ¿Quería realmente que fuera a su cena o no? ¿Por qué diablos me importaba?

De camino a la puerta, me tropecé con su maleta deportiva. En medio de aquella confusión, perdí la compostura.

Estaba a punto de cruzar la puerta cuando sonó el teléfono y ella se levantó de un brinco.

—¿Mamá? ¿Está todo bien? —Sonaba espantada. Me detuve un instante, con la mano en la perilla de latón afiligranado—. No, no, yo estoy bien. Es solo que aquí es muy temprano y pensé que me habías llamado porque había pasado algo.

Era inconcebible quedarme ahí más tiempo sin parecer una chismosa descarada, así que giré la perilla y salí de la habitación.

Me detuve un instante en el descanso de las escaleras de la casa de la familia Quinn para recobrar la compostura perdida. ¿Por qué sonaba tan angustiada al teléfono? ¿Por qué su mamá estaba en una zona horaria distinta? ¿Y qué hay de la cena? ¿Debí decirle desde un principio que no asistiría?

Mi cerebro estaba inundado de preguntas. Aquello era culpa mía. Debí haberme apegado a la regla de solo besar chicas hetero. Cuando las besaba no había dudas, porque yo era muy cuidadosa. Hay que ser franca con lo que puedes ofrecer y no meterte con alguien que quizá espera algo más de lo que estás dispuesta a dar. Eso era importante. Claro, jamás le dije a Ruby que saldría con ella ni nada por el estilo, pero quizá había dado pie a algún malentendido.

No obstante, a pesar de las culpas, no era del todo capaz de sentir el arrepentimiento que estaba convencida de que debería sentir.

La casa estaba en silencio; mis botas dejaron muescas profundas en la alfombra de las escaleras. Maniobré para pasar por encima de una persona dormida en las escaleras y me preparé para los pisos pegajosos, las botellas vacías, las latas de cerveza por doquier y el olor residual de cientos de adolescentes sudorosos y hormonales. Pero el sol que entraba por las ventanas iluminó una casa prístina que bien podría haber salido en anuncios de líquidos limpiadores y cera para muebles. ¿Por qué las hadas mágicas de la limpieza nunca visitaban mi cuarto para hacerse cargo de la pila de ropa bajo la cama?

Encontré a las dichosas hadas mágicas de la limpieza en la cocina; eran un equipo de mujeres de uniformes coloridos y guantes de plástico que estaban guardando una serie de productos de limpieza mientras Oliver les entregaba un fajo de billetes.

—¿De dónde saliste tú? —preguntó Oliver con una sonrisa traviesa al verme.

—Ya sabes. De por ahí. —Agarré un vaso de cristal de un trinchador que definitivamente había estado vacío la noche anterior y me serví agua de la tarja. Oliver abrió el refrigerador y me pasó una botella de agua fría mientras me tendía la otra mano para que le devolviera el vaso.

—Gracias, Oliver. —Esbocé una sonrisa franca mientras guardaba la botella en mi bolso y bebía del vaso.

—Bueno, creo que estuviste con Ruby —dijo, mientras daba unos golpecitos a una superficie con los dedos—. Lo que significa que oficialmente tienes que dejar de estar molesta conmigo por haberte robado una novia.

—Para empezar, Oliver, no seas grotesco. No eres dueño de tu prima y francamente espero que no albergues por ella los mismos sentimientos que yo albergaba por la dulce y hermosa Gracie Belle Corban.

—Circarelli.

—Da igual. Además, ya lo superé. Simplemente no me agradas.

—No te agrada nadie.

—Bueno, sí, pero que no me agrades no te hace especial. —De forma deliberada, puse el vaso de golpe sobre el mostrador, lo que sobresaltó a Oliver—. En fin, ¿qué hace tu prima aquí? —dije, intentando sonar casual. ¿Qué más daba cuál fuera la respuesta? Era una mera conversación cordial.

Oliver me fulminó con la mirada.

—Ustedes dos no conversaron mucho que digamos, ¿verdad? ¿Por qué no se lo preguntas tú? —dijo.

Me encogí de hombros como si no me importara lo suficiente. Lo cual era cierto. Porque por algo no se lo pregunté. ¡Aghhh, carajo!

—¿Quieres desayunar? —Oliver tomó una sartén que estaba sobre una rejilla de cobre y la puso sobre la estufa.

—No, gracias. Hoy almorzaré caviar frito y almejas.

—¿Eso es lo que crees que desayunan los ricos? —preguntó y torció la boca.

—Loren Blake está dormida en tus escaleras, por cierto. Quizá quieras hacer algo al respecto.

—Lo sé. Anoche se bebió su peso corporal en tequila, así que me da pena despertarla. —Suspiró—. Supongo que podría moverla al sofá…

—¡El anfitrión del año, señoras y señores! —exclamé de camino a la puerta.

Una vez en el umbral, saqué el celular para enviarle un mensaje a papá. Encontré dos mensajes suyos de la noche anterior.

PAPÁ
¿Dónde estás, Saoirse?

PAPÁ
¡Dios mío, Saoirse! Podrías al menos avisarme que vas a salir.

SAOIRSE
221 de Holyden Park. Necesito transporte. Trae comida.

Al menos papá tuvo la decencia de no dirigirme la palabra durante el camino a casa. Me entregó un sándwich de tocino envuelto en papel aluminio y me dejó comer en paz.

Tan pronto nos estacionamos en la entrada, puso el freno de mano e inhaló con fuerza por la nariz mientras cerraba los ojos. Era una señal inequívoca de que *teníamos que hablar* de algunas cosas serias. Puse los ojos en blanco y miré por la ventanilla, esperando a ver qué era tan urgente que no podía esperar a que se me pasara la resaca.

—Tienes edad suficiente para tomar tus propias decisiones. No te encierro en tu cuarto ni te impido salir. No es necesario que salgas a escondidas. Si yo puedo respetarte de esa manera, tú puedes hacer lo mismo.

—¿Pasaste toda la noche ensayando ese discurso?

—¡Por Dios, Saoirse! ¿Por qué tienes que ser tan difícil? Ya no eres una niña, así que no puedes seguir comportándote así. —Inhaló profundo varias veces más para hacerme ver lo paciente y tolerante que era al tener que lidiar conmigo—. Supongo que tendrás que dormir para que se te quite esa resaca, así que ve a hacerlo, pero esta noche cenaremos juntos y hablaremos al respecto.

—¿Al respecto de qué? —contesté con una sonrisa.

Se pasó las manos por el cabello y, cuando volvió a hablar, su voz ya no sonaba tan firme.

—Ya sabes de qué hablo. De la boda. Hay otras... implicaciones, ¿de acuerdo? Hay cosas de las que necesitamos hablar.

—Pues hablémoslas ahora.

—No así. Hueles a destilería y no dudo que sigas un poco ebria. Tienes que dormir. Ah, y... —Hizo una pausa, y ese silencio fue como el típico momento de película de terror en el que el villano enmascarado te salta encima y te apuñala en el vientre—. El viernes Beth vendrá a cenar. Y *nos acompañarás*.

—Gracias por la invitación, pero no me interesa.

—Pues más vale que empiece a interesarte —dijo—. Nos acompañarás. Deja de comportarte como una adolescente berrinchuda. Tu madre estaría muy avergonzada.

Esas palabras casi me dejan sin aliento. Apreté la quijada con tal fuerza que pensé que se me romperían los dientes.

—¿Sabes qué, papá? No tienes nada de qué preocuparte. En unos años olvidaré tu nombre, y Beth y tú podrán refundirme en un asilo con mamá y seguir con sus vidas.

No contestó que jamás se atrevería a hacer algo así. Claro que no le habría creído si lo hubiera dicho. En vez de eso, simplemente guardó silencio.

Bajé del auto y entré a la casa dando pisotones y azotando puertas. Una vez que estuve en mi cuarto, me escondí bajo las sábanas. Aunque estaba exhausta, pasé horas dando vueltas y vueltas hasta que me quedé dormida. De hecho, ni siquiera escuché cuando mi papá entró a mi habitación.

Verás, hay algo que no te he dicho aún. Mi mamá no abandonó a mi papá. Ni me abandonó a mí. No se enredó con una banda de motociclistas ni con un vendedor de puerta en puerta. Tiene demencia temprana. En septiembre del año pasado, papá decidió que ya no podía seguir cuidándola y que era necesario internarla en un centro donde estuviera atendida todo el tiempo. A sus cincuenta y cinco años a veces se le olvida cómo bañarse. Hace mucho que se le olvidó mi nombre. ¿Crees que tu madre te sigue queriendo si ni siquiera te reconoce?

La otra cosa es que ese tipo de demencia suele ser hereditaria. No se puede saber a ciencia cierta, pero hay altas probabilidades de que a mí también me ocurra. A veces siento que vivo con un temporizador sobre la cabeza. Por eso no me importa si asisto o no a una universidad prestigiosa como Oxford. Por eso no tiene sentido que me enfrasque en relaciones con chicas que podrían sentir algo por mí.

Estoy esperando el día en que se me incendie el cerebro. La chispa que poco a poco quemará todo lo que me importa hasta convertirlo en cenizas.

4.

Cuando volví a despertar aún había luz del sol, pero con esa pinta de que ya era tarde. Al revisar el celular vi que pasaban de las cinco. Durante un rato solo me sentí somnolienta y sedienta, hasta que bebí de golpe un litro de agua que papá debió dejar en mi mesa de noche. Y entonces recordé varias cosas de golpe. Lo primero fue el dolor en la rodilla. Después, el del trasero. Luego Ruby y el recuerdo de estar con ella en su cama. Sentí como si alguien me hiciera cosquillas en el estómago, pero desde adentro; me vinieron a la mente destellos de sensaciones, como si estuvieran ocurriendo en el presente. Sus ojos color miel y su lunar azul, mis manos en su cintura. El sabor de sus labios. La sensación de sus dedos sobre mi piel.

¿Tenía permitido recordarla de esa manera a pesar de la sensación incesante de que no la había tratado bien?

Negué con la cabeza. Era un error. Sentía como si un montón de pelotas rebotaran en mi interior. Estaba pensando de más. Lo de la noche anterior había sido divertido, pero tenía que ser muy engreída para creer que Ruby querría ser mi novia solo porque nos habíamos besado y porque me invitó a su cena de cumpleaños. ¡Ni siquiera nos conocíamos!

Después de una larga ducha en la que definitivamente no imaginé cómo sería si Ruby estuviera conmigo en ese momento (¿eh?, ¿cómo te atreves a insinuar tales obscenidades?), escuché a papá moviendo cosas en la cocina mientras hacía la cena. Me paré en el pasillo y olfateé el aire, como un perro curioso. Y no me agradó lo que percibí. Nada. Olía a nada. Mi padre no es pésimo en la cocina, pero tampoco es muy bueno que digamos. Todo lo que prepara sabe a plástico sin sazonar.

Mi atuendo de la noche anterior era una bola de arrugas sobre el piso; lo aventé al cesto de la lavandería. Después de eso, elegí un atuendo casi idéntico para la cena. Si lo único que tienes en tu armario son jeans negros y camisetas negras, entonces nunca tendrás que preocuparte por encontrar cosas que combinen. Ni siquiera hice el intento de amaestrar mi cabello. Es grueso y largo y tarda años en secarse con secadora eléctrica. Además, aunque finjo que no me importan esas cosas, he de confesar que mi cabello se ve mejor que nunca cuando lo dejo secar al aire. Es castaño oscuro y me llega hasta la cintura. Mi mamá solía cortarme el fleco cuando se salía de control. Era muy buena para ese tipo de cosas. Un domingo al mes me acorralaba: «Detente ahí, villana. Hora de cortarte el fleco. Está tan largo que ya no te veo la cara». Yo protestaba, pero siempre terminaba en el mismo lugar: una silla en la cocina, con una toalla alrededor del cuello. Ella cortaba las puntas con orzuela y yo solo veía cómo me caían mechoncitos de pelo sobre el regazo.

Hace mucho que me dejé crecer el fleco. Es una pequeña pérdida, pero llevo tantos años perdiendo pequeñeces a diario que al sumarlas ya representan algo grande.

Papá traía su cara de alegre cuando bajé las escaleras cojeando. Intenté esbozar una sonrisa, una pequeña muestra de la culpa que sentía de haberle echado en cara lo de mamá, aunque él hubiera empezado. A veces me paso de buena persona.

—Gracias por la cena —dije mientras le enterraba el tenedor a un trozo de pescado blanco asado y sin sazonar. Comimos en silencio. Se notaba que seguía molesto por lo de hacía unas horas. Probablemente también se sentía culpable por lo que había dicho, pero ninguno de los dos acostumbraba disculparse. Más bien acostumbrábamos barrerlo bajo el tapete.

Y vaya que el tapete había dejado de ser plano.

Hubo una época en la que fuimos cercanos y las cosas eran sencillas. Papá es diez años menor que mamá y siempre fue el «papá divertido». Era motivo de pleito entre ellos. Más de una vez escuché a mamá quejarse de que ella siempre tenía que ser «la mala de la película». Ella ponía los ojos en blanco al vernos monopolizar el sofá para poner películas de terror o cuando nos enfrascábamos con programas de concurso malísimos como si fueran cuestión de vida o muerte. Teníamos chistes privados y compartíamos listas de reproducción de música. Ahora que lo pienso, creo que mamá se sentía excluida de nuestro club de idioteces. Siempre reaccionaba con rigidez, y nosotros la hacíamos que permaneciera en ese papel en lugar de invitarla a jugar. Aunque estoy segura de que papá cree que fui yo quien se distanció de él, fue él quien puso esa inmensa barrera entre nosotros. Yo no habría podido treparla ni en sueños. Y, para ser sincera, tampoco tenía ganas de intentarlo.

Cuando estábamos por terminar, él se movió en su asiento y carraspeó.

—Bien —dijo y carraspeó de nuevo—. Bien.

—¿Y bien?

—Bien, pues tenemos que hablar de algunas cosas.

Eché la silla hacia atrás y llevé mi plato a la cocina. Papá me siguió, pero se quedó en el umbral de la puerta.

—Mira, no tengo ánimos de escucharlo.

Me recargué sobre el lavaplatos y me aseguré de mantener una distancia sana entre nosotros que me impidiera estrangularlo. Anoche me había divertido tanto que no quería que papá me arruinara la deliciosa resaca de haber besado a una chica hermosa, con una conversación sobre la nueva y gran esposa que reemplazaría al defectuoso modelo anterior.

—Pronto iré a la universidad y viviré allá. Como sea, ya no me tendrás aquí y podrás hacer lo que quieras.

Seguía sin saber a ciencia cierta si quería ir a Oxford, pero en mi lista mental de pros y contras, el matrimonio de papá con Beth inclinaba la balanza hacia cualquier cosa que me sacara de esta maldita isla. Tal vez mi ausencia lo impulsaría a tener otra hija. Una sin genes defectuosos. A veces me daban ganas de hablarle a Izzy y consultarle lo de Oxford. Ella tenía una habilidad impresionante para que todo pareciera sencillo. Sabía que, si le hablaba, ella diría las palabras correctas y entonces yo sabría qué hacer. Izzy debería ser terapeuta, como mi mamá. Lo consideré, pero nunca le llamé.

—Pero vendrás a casa en vacaciones —gimoteó—. Tienes que conocer a Beth tarde o temprano. No puedes fingir que no existe.

—Hombre de poca fe…

Papá me ignoró.

—Queremos que la boda se lleve a cabo antes de que te vayas. Ya pusimos fecha: el 31 de agosto. Por suerte, Oxford empieza un poco después que la mayoría de las universidades, así que habrá tiempo de sobra para arreglar todo antes de tu partida.

El silencio fue tan absoluto que hasta alcancé a escuchar a la gata de los vecinos que maullaba afuera. Me recordó a Ruby. Preferiría trepar otro muro de dos metros y medio que tener esta conversación con mi papá.

—Sé que son muchos cambios —dijo al darse cuenta de que no me sacaría una respuesta—. Te agradará Beth cuando la conozcas.

No podía creer que lo dijera en serio.

—¿Se mudará antes de la boda?

Lo que quería preguntar era si se mudaría antes de que yo me fuera. No soportaría verla reemplazar las cosas de mamá con las suyas. Verla llenar el lado de mamá del armario. Dormir del lado de la cama de mamá.

Papá parecía muy interesado en desprender un pedacito de pintura de la puerta.

—Esa es la otra cosa de la que quería hablar. —Se le empezaba a notar el estrés en la cara, como un agente sudoroso del escuadrón antibombas que no está seguro de cuál de los cables provocaría una muerte instantánea—. Tendremos que mudarnos. —Por un instante pensé que hablaba de Beth y de él, y me imaginé vagando por esta casa felizmente sola—. Hemos visto algunas propiedades, pero no queríamos elegir sin tomar en cuenta tu opinión.

—¿Es en serio? —grité sin pensarlo—. ¡Eso no es justo!

Las palabras se me escaparon a pesar de que sabía que sonaban a berrinche infantil. No obstante, nada de eso había sido justo. Lo pasé de largo y fui a la sala. Él se dio media vuelta, pero mantuvo su distancia.

—Saoirse…

—Esta es mi casa. Pero tú solo piensas en venderla para irte a vivir con tu nueva esposa a un lugar donde no haya recuerdos de mamá. ¿Fue idea de ella o es para no sentirte culpable cada vez que veas las cosas de mamá?

Reconozco que es lo contrario a lo que había estado pensando segundos antes, pero soy una persona complicada, ¿de acuerdo? Tengo una capacidad infinita para enojarme por cualquier cosa que haga papá. No quería que Beth se mudara aquí ni quería que papá se fuera con ella.

Papá se quedó en el marco de la puerta de la cocina. Al hablar, su voz sonaba cansada, lo que me hizo sentir algo cercano a la compasión. Pero no del todo.

—No sé cómo se te ocurren esas cosas. No es nada de eso. Tenemos que mudarnos —dijo.

Esperé a que agregara más información con una expresión facial que papá había bautizado como mi «mirada de Carrie». Es cuando parece que estoy a punto de incendiar todo y ver el mundo arder. (Consejo: si vas a ver *Carrie*, hazlo solo con tus amigas. Pensarás que no es más que otra película de terror, pero el verdadero terror es tener que ver la escena de la menstruación con tu papá).

—Rehipotecamos la casa cuando dividimos los bienes. Así, la mitad de tu mamá serviría para pagar sus cuidados, y tú y yo estaríamos protegidos a nivel financiero. Pero ha sido muy costoso. No he recibido tantos proyectos como antes, y nuestros ahorros están por los suelos. Dado que te irás el próximo ciclo escolar, lo sensato es buscar un lugar más pequeño.

No soportaba escucharlo. Es como si intentara convencerme de que era una decisión meramente práctica, carente de bagaje emocional. Y yo ya había visto esa telenovela.

Recordé oírlos hablar al respecto antes de que me dijeran que se divorciarían. Ya sé lo que estás pensando: «Bueno, no es infidelidad si están divorciados, Saoirse». Pero se suponía que no sería real. Dijeron que solo lo hacían por cuestiones financieras. «Este no es el fin de nuestra relación», dijeron. «Nos amamos mucho el uno al otro», dijeron.

Me escondí detrás de la puerta de la cocina para observarlos a través de la ranura entre la puerta y el marco. En ese entonces, acostumbraba oír a escondidas con frecuencia. Otra vez estaban hablando de dinero, de algo sobre proteger la casa como patrimonio. De hecho, fue idea de mamá; sus cuidados serían costosos. Probablemente no vislumbraba que papá terminaría arrejuntándose con alguien más.

—No terminarás en uno de esos lugares —le dijo papá y dio un puñetazo sobre la barra de la cocina—. Nosotros te cuidaremos.

—¡Dios, Rob! Si eso pasa, prefiero que me mates.

—No digas eso, amor. No es gracioso.

Mamá se levantó y se acercó a él. Vi su expresión mientras le ponía las manos sobre los hombros y lo veía directo a los ojos.

—No es broma. Prefiero morir antes de que Saoirse y tú tengan que alimentarme o limpiarme. No quiero que pase su vida entera cuidándome.

—Perdón, pero soy muy bello para terminar en prisión, y no creo que nuestra hija de trece años tenga la fuerza necesaria para estrangularte —dijo papá. Percibí una ligera sonrisa en su voz. Estaba intentando alivianar las cosas.

En ese momento mamá lo besó, así que desvié la mirada. Cuando volteé de nuevo, mamá tenía la cara oculta en el cuello de papá y me di cuenta de que estaba llorando.

Jamás me atreví a hablar con mis padres sobre lo que estaba ocurriendo en ese entonces. Sobre las cosas que escuché a escondidas o supuse o descifré. A veces mamá intentaba hablar conmigo. Decía que podíamos hablar de lo que fuera. No había emociones ni pensamientos prohibidos. Siempre le dije que yo estaba bien. No quería entristecerla, pues sabía que ya estaba bastante triste. El día que me enteré de lo del divorcio, me fui corriendo a casa de Izzy y lloré en el piso de su cuarto mientras Hannah me frotaba la espalda en círculos. Una vez que recobré el aliento, Izzy nos preparó palomitas de maíz y nos dio a cada una un peine y cantamos las canciones de *Mamma Mia!* Cuando volví a casa fui capaz de decirle a mamá que me sentía bien, y casi lo creí.

Ahora la cocina se veía igual que entonces: la misma barra, el mismo reloj enorme en la pared que olvidábamos adelantar cuando llegaba el cambio de verano, la misma baldosa quebrada junto al lavaplatos. Sin embargo, estar en ella se sentía distinto. No se sentía habitada, no había movimiento ni olores a comida. Se sentía descuidada, vacía. Y ahora me tocaba estar del otro lado de la puerta durante las conversaciones difíciles.

—No entiendo por qué te tienes que casar con ella —dije para cambiar el tema. No soportaba escuchar hablar de dinero. Era como si la enfermedad de mamá se redujera a cuánto nos costaba—. ¿Por qué tienes la necesidad de seguir cambiando todo?

—Saoirse, *amo* a Beth. Quiero pasar el resto de mi vida con ella. —Lo dijo como si creyera que con eso me iba a convencer. Como si eso lo aclarara todo.

Pero para él, las palabras no significaban nada. Palabras como *amor, matrimonio* o *nosotros te cuidaremos.*

—¿El resto de tu vida? —Meneé la cabeza—. ¿No es lo mismo que le prometiste a mamá?

5.

Me senté frente al espejo, aferrándome al delineador de ojos y gruñendo para mis adentros. No podía creer que papá me obligara a conocer a la mujer con la que llevaba un año engañando a mamá.

Ya sé que técnicamente no es así. O sea, técnicamente papá está divorciado y no podría tener un matrimonio estrictamente normal con mamá, pero otras personas lo hacen. Otras personas se quedan con su pareja cuando pasan cosas como esta. Lo he visto en la tele; he leído artículos sobre esposas y esposos que pasan el resto de su vida cuidando a su pareja, aunque esté en coma o algo así. El punto es que papá es demasiado egoísta para hacer eso.

No me estaba maquillando porque quisiera impresionarla ni porque fuera un evento importante o algo así. Porque no lo era. Y no es como si tuviera otros planes esa noche. No iba a ir al cumpleaños de Ruby. De hecho, casi había olvidado que era esa misma noche. Si me puse perfume y delineador lo hice por mí, ¿de acuerdo?

La última semana había sido extraña, por decir lo menos. Pero papá y yo ya estábamos acostumbrados a ello. Era un patrón que teníamos afinado a la perfección. Nos peleábamos y dejábamos de hablarnos un par de días. Luego el silencio se convertía en «Pásame el salero» y para el fin de semana ya estábamos los dos en la sala, gritándole a la tele las respuestas de un programa de concursos. No era como en las películas, donde ambos se van furiosos y nunca se vuelven a hablar, o donde tienen una profunda y conmovedora conversación con la que resuelven todo. Nosotros simplemente seguimos adelante hasta que se nos va pasando el enojo.

Para la cena de esa noche, papá tiró la casa por la ventana, o, al menos, lo intentó. Cuando bajé las escaleras lo encontré en el comedor, encendiendo unas velas sobre la mesa.

—Esto es publicidad engañosa, ¿sabes? —le dije mientras me acariciaba con el pulgar una cicatriz que tengo en la palma de una mano. Es una costumbre nerviosa. Digo, no es que estuviera nerviosa en realidad, ni nada por el estilo—. ¿Esta mujer se casará contigo porque cree que haces cosas como encender velas y usar servilletas?

Alcé una servilleta de Halloween con dibujos de gatitas negras y le di vuelta sobre la mano. Papá se rio, agradecido. No sé por qué decidí darle gusto, pero quizá tenía que ver con la sensación que me corroía el estómago y no me había dejado dormir. Supongo que me sentía mal por lo que le había dicho. O sea, no es como si no fuera cien por ciento verdad pero no podía dejar de pensar en la cara que había puesto cuando se lo dije.

Es difícil odiar a alguien y amarlo al mismo tiempo.

De pronto, sonó el timbre. Papá se quedó paralizado en pleno traslado de un jarrón lleno de flores.

—Sé amable con ella —dijo, con los ojos entrecerrados.

Esbocé la sonrisa más falsa que pude.

—Siempre soy amable.

Cuando se dio media vuelta, torcí la cara y contraje los labios. Llevaba rato pensándolo y convenciéndome de que no importaba. No podía impedirle casarse, y aunque pudiera, ¿de qué serviría? No lograría que volviera a amar a mamá. Mi vida no se convertiría en una versión de *Operación Cupido*, pero con demencia. Además, era cuestión de tiempo para que este matrimonio también fracasara. No por eso me desagradaba menos la idea, pero al menos solo tenía que soportarlo durante el verano.

¿Qué más daba que papá me quitara esta casa? Todo lo bueno que había pasado en ella se había esfumado. Si por mí fuera, hasta la habría tirado. Me estrujaba el corazón verme obligada a elegir entre quedarme en Irlanda, atrapado con él, y dejar a mamá atrás. No quería ni pensarlo. Tal vez uno de los más de veinte currículos que había enviado a tiendas de la ciudad antes de los exámenes podría derivar en un trabajo; eso me permitiría olvidarme de Oxford y buscarme un lugar propio. Mamá podría irse a vivir conmigo. Y eso resolvía los dos problemas. Tomé la nota mental de llamar a las tiendas para darle seguimiento al asunto.

Papá me esquivó para ir a la puerta y abrió los brazos.

—Adelante, *mileidi*—dijo, y escuché su sonrisa tonta, aunque no pudiera verla.

Beth dio un paso tentativo hacia el interior. Cuando se abrazaron, la miré a los ojos. Ella desvió la mirada y se separó de mi papá de inmediato.

—Todo se ve increíble, Rob. —Su piel era morena clara, su cabello rizado y hablaba con acento inglés, aunque no como el de Ruby, que era tierno y, al salir de entre sus labios, sus palabras burbujeaban con alegría. Beth, en cambio, podría haber sido presentadora de noticias de la BBC. Se quitó el abrigo, bajo el cual llevaba un vestido verde esmeralda sin mangas, que dejaba ver sus tatuajes. Sabía que tenía la misma edad que papá, pues algunos detalles de su vida se habían logrado colar a mi cerebro, a pesar de mis esfuerzos por evitarlo. Sin embargo, a diferencia de él (y aunque me costara trabajo reconocerlo), transmitía una confianza innata de la que papá era incapaz. A él siempre se le notaba que se esforzaba de más. O quizá solo me atrevía a decirlo porque sabía de primera mano cuánto tiempo tardaba en peinarse. Papá se llevó el abrigo y el bolso de Beth y los puso con cuidado en el respaldo de un sillón. Beth volteó a verme. En otras circunstancias, habría inventado un pretexto y me habría largado de ahí.

—Me da mucho gusto que tengamos oportunidad de conocernos —dijo—. Tu papá habla de ti todo el tiempo.

—Okey —contesté con frialdad.

Papá me fulminó con la mirada. Estaba parado entre las dos, estrujando una servilleta entre las manos. Yo solo me encogí de hombros. ¿Qué más esperaba que dijera? ¿«Estoy al tanto de tu existencia, pero no apruebo su relación»? Hasta para mis estándares habría sido una grosería.

—Saoirse, ¿por qué no te sientas a la mesa? Beth, ¿me ayudarías en la cocina?

Me sobresalté. ¿Por qué ella habría de ayudarlo? Ella no vivía aquí.

Por otro lado, no me hacía mucha ilusión manipular su comida, pues la tentación de tirársela encima habría sido demasiado grande. Me dejé caer en una silla y me puse a ver Twitter mientras fingía no escuchar las risitas que salían de la cocina. Luego se cayó algo y hubo más risas, lo que me hizo voltear de forma instintiva. Y mi castigo fue verlos intercambiar saliva. Asco total.

Revisé el entorno en busca de una maleta que indicara que Beth pasaría la noche en casa, pero por fortuna no había nada por el estilo. A menos que llevara un par de calzones limpios y un cepillo dental en el bolso.

Asco total por duplicado. ¿Por qué fue lo primero que me vino a la mente?

Intenté concentrarme en un hilo de Twitter de un tipo que conoció al presidente estando drogado. Quizá también busqué si Ruby tenía cuenta de Twitter, pero si la tenía no la encontré.

Cuando por fin los vi salir de la cocina (papá con las mejillas rosadas y Beth con un brillo en la mirada), puse los ojos en blanco. Las probabilidades de no vomitar la cena caían en picada. «Disfrútenlo mientras dure. Al menos uno de los dos saldrá muy mal parado por culpa de esta decisión tan precipitada». Apostaba que sería Beth, dado que papá tenía antecedentes de abandonar esposas. Casi me dio pena por ella. ¡Corre por tu vida, Beth! Más vale que no te dé gripe o algo por el estilo, porque papá saldrá corriendo con la primera mujer que se le ponga enfrente después de pasar una insoportable semana haciéndote caldo de pollo.

No obstante, decidí no advertirle nada. A fin de cuentas, ella había hecho su elección. No era mi labor protegerla de su propia estupidez. Además, igual y ella dejaba a papá y le daba una cucharada de su propio chocolate. Me vino a la mente una imagen de papá envejeciendo solo, pero la ignoré. Era demasiado confusa. En vez de eso, me metí un trozo de pollo insípido a la boca y me enfoqué en masticarlo.

Luego me vino otra idea a la cabeza. Si papá estaba tan desesperado por sustituir a mi madre con un modelo más joven y sano, entonces no podía quedarme de brazos cruzados y solo ser amable con ella como si fuera una desconocida. Se había perdido años de discusiones y pleitos y comentarios sarcásticos. Era mi deber hacerla sentir parte de la familia.

—¿Así que te debo decir mamá nueva o...? —Mastiqué el pollo con la boca abierta. Papá se tensó, listo para regañarme, o quizá se estaba aguantando una flatulencia—. ¡Es broma! ¡Es broma! Hay que romper el hielo de alguna forma, ¿no? —Los miré con inocencia fingida. Creo que en el fondo yo quería causar problemas, pero para mi sorpresa, Beth se rio.

Al menos no era una bruja apretada.

La siguiente hora fue una mezcla del ruido que hacen los cubiertos al rozar los platos y conversaciones breves y tan interesantes como el arroz hervido que me estaba llevando a la boca. Beth preguntó cómo me había ido en los exámenes y qué quería estudiar en la universidad, a lo que contesté con respuestas no sarcásticas y prudentes. Hubo un momento en el que papá logró convertir un comentario sobre aguacates en una conversación sobre la pena de muerte que me sacó las palabras de la boca. No sé ni cómo lo logró. Era su habilidad especial.

—Sí, pero ¿y si me mataran? ¿No querrías que...?

—A ver, papá, para ser sinceros: si alguien va a matarte, seré yo. Así que no.

—Pero ¿y si...?

—Ay, Dios, ya basta —gimoteé.

Una vez que engullimos el resto de la comida, papá levantó la mesa y Beth se puso cómoda en el sofá. Se veía fuera de lugar. Nuestro sofá no era para ella.

No pude evitar recordar el día que la conocí. Yo había salido con mamá, a lo mucho una semana después de que se mudara, y cuando llegué a casa Beth estaba ahí mismo, en ese sofá, con cara de culpable. Papá, en cambio, intentó actuar casual.

—¿Cómo está tu mamá? —preguntó después de que Beth se levantara como si el sofá estuviera en llamas y pusiera un pretexto bobo para irse—. ¿Hicieron algo agradable?

—¿Quién es ella? —pregunté sin rodeos y sin darle importancia a su intento por distraerme.

—¿Eh? Ah, Beth. Una clienta de una empresa de publicidad.

Con gesto nervioso se fue de la sala, en dirección a la cocina. Lo seguí. Papá era desarrollador web y trabajaba para muchas empresas de publicidad. Era plausible que fuera una clienta y sí tenía pinta de trabajar en publicidad. El mejor tipo de mentira es aquella que técnicamente es verdad.

—¿Qué hacía aquí? —Me senté en el desayunador y procuré mantener la voz firme. Quería que me convenciera. Sentí que se me revolvía el estómago tan pronto la vi y quería que se me quitara esa sensación. Ansiaba a toda costa estar equivocada.

—Vive cerca. Le pedí que nos viéramos aquí para discutir algunas cosas y así pudiera llegar a casa temprano, para variar.

Empezó a sacar ollas y sartenes de las alacenas. Lo observé fingir que examinaba un empaque de pasta seca como si de pronto fuera esencial conocer su información nutrimental.

—Y bien, ¿cómo está tu mamá? —preguntó de nuevo.

Sentí cómo me disociaba. Las náuseas también se esfumaron.

—¿Te acostaste con ella? —Era como si estuviera viendo la escena ocurrir frente a mí, pero sin participar en ella. Como si estuviera ocurriendo en un espejo.

—¿Qué? ¡Saoirse!

No contesté ni ahondé en el tema. Esperé. Quería ver su reacción. Era extraño observarlo, ver su cara, ver cómo su lenguaje corporal revelaba sus pensamientos con tal claridad como si pudiera leerlos por telepatía. Lo vi pasar de la indignación a la resignación. Al final, se sentó frente a mí en la mesa y se tapó la cara con las manos, se aplastó el cabello sobre el cráneo y arrugó la frente con tal fuerza que seguro le dio dolor de cabeza después. Cuando por fin habló, le habló a la mesa.

—No quería que te enteraras así, Saoirse. Nos conocimos hace unos meses y nos llevamos bien. Hemos salido unas cuantas veces. Quería decírtelo, pero quería esperar a ver si era algo serio.

Ayudó que sonara como personaje de serie de televisión. Fue una respuesta tan cliché que hizo que todo pareciera menos real.

—Pero, mamá... —dije—. La estás engañando.

Recordé cuando me contaron lo del divorcio y enfatizaron que era un mero trámite. ¿Había sido mentira?

—Saoirse, el estado de tu mamá empeoró hace mucho. Ya ni siquiera me reconoce.

—Eso es bueno —objeté.

—Ya pasó al menos un año, corazón —contestó. Un año no era tanto—. Y no estaba buscando una pareja —agregó, como para defenderse. Puesto que no dije algo como «Ah, bueno, si simplemente cayó sobre tu regazo entonces está bien», él continuó—: A veces, cuando visito a Liz, cree que soy parte del personal del asilo. ¡Estuvimos juntos veinte años! Me mata que me vea como si fuera un desconocido. Sé que no es cierto y que no puede evitarlo, pero hay días en los que siento que no significo nada para ella.

Eso me dejó sin aire. A mí también me miraba así. ¿Eso quería decir que los años en que había sido mi mamá ahora no significaban nada? ¿Dejaron de contar la primera vez que me llamó Claire, como su hermana? ¿O la décima? ¿O la ducentésima?

Entendía que papá se sintiera así, pero no entendía por qué la desechaba y abandonaba por alguien nuevo.

—¿Por eso la refundiste en el asilo? ¿Para largarte con alguien más?

Mi papá reculó.

—¡Dios! ¡No! ¡Claro que no! Sabes que no podíamos cuidarla bien aquí. Ya no era seguro. Necesita cuidados las veinticuatro horas del día. Lo sabes —dijo, y me miró fijamente—. Y estuviste de acuerdo.

Sentí una repulsión absoluta en mi estómago. Él había estado insistiendo en que nos deshiciéramos de ella hasta que al fin acepté. Me puse de pie y empujé la silla hacia atrás con fuerza, para que rechinara.

—No quiero volver a ver a esa mujer aquí.

—Saoirse… —empezó a decir, pero sin mucho entusiasmo. Quería que entendiera lo difícil que era la situación para él y que lo compadeciera por haber pasado los últimos años cuidando a mi madre, a la mujer que había sido su esposa. Seguro había olvidado aquello de «en la salud y en la enfermedad». Quería que entendiera por qué sentía esa necesidad de engañarla. Pero al final, su deseo de evadir el conflicto ganó.

Me refugié tres días en casa de Hannah. Él intentó llamarme, pero lo ignoré. Después de un tiempo, los padres de Hannah me dijeron que debía volver a casa, lo cual me pareció descortés, tomando en cuenta las veces que Hannah se había quedado en mi casa o las veces que había ido para contarle a mi mamá sus problemas porque sus padres la hacían sentir fatal. De hecho, no me había dado cuenta de que para entonces yo iba más a su casa de lo que ella iba a la mía. Semanas después me dejó.

Como era de esperarse, las cosas con papá se enfriaron semanas después. No sabía cómo seguir enojada ni sabía cómo dejar de estarlo, y tampoco estaba segura de cuál de las dos quería en realidad. Es tanta la energía que gastas en seguir odiando a alguien que no puedes hacerlo durante mucho tiempo. Pero confieso que nunca lo perdoné. Al final conciliamos una paz endeble, aunque las cosas no volverían a ser iguales. Antes de Beth, creía que papá y yo estábamos juntos en esto. Aunque no siempre estuviera de acuerdo con sus decisiones, creía que al menos le dolía tanto como a mí. Después de Beth, me quedé sola.

—¿Vemos una película? —Papá se puso de pie, con las manos en las caderas, y nos miró a ambas con expresión complacida—. No hemos visto *Gonjiam: Hospital Maldito* desde que salió.

—Me temo que no —dije con frialdad—. No me gustan las películas de hospitales psiquiátricos. Son ofensivas.

—¿En qué sentido? —Papá puso los ojos en blanco.

—¿Cómo no van a serlo? ¿Acaso la gente con enfermedades mentales es inherentemente aterradora? —dije, cada vez más molesta.

—Tal vez sea una crítica hacia el sistema de salud mental y el daño iatrogénico que le provoca a la gente traumatizada —contestó él, orgulloso de su amplio vocabulario.

—¿Y que luego se mueren y se convierten en fantasmas terroríficos? —intervino Beth, un tanto escéptica.

Ambos volteamos a verla.

—Exactamente —dije—. Aunque lo que dijiste sea remotamente preciso, ¿no es discriminatorio convertir sus espíritus en villanos?

—Bueno, pero…

En ese momento me di cuenta de que me había enfrascado en otro debate. Papá ya sabía que yo odiaba el género de «horror de hospital». Mamá también lo odiaba. A fin de cuentas, ella era terapeuta. Le parecía indignante encerrar a la gente y aislarla del resto del mundo solo porque tenía algún tipo de problema. Solía decir que eso no era compasión ni cuidados, sino miedo. ¿Eso fue lo que le hicimos nosotros? De haber estado aquí, de haber estado bien, habría callado a papá de inmediato. Deseé que mamá estuviera ahí y que dijera algo astuto y considerado que hiciera a papá cerrar el pico y asentir y decir: «Tienes razón, mi amor». Tenía el don para hacerlo. Y deseaba que estuviera ahí para tenerla de mi lado. Sin embargo, estaba sola.

Decidí desconectar el respirador artificial de esa noche amarga y dejarla descansar en paz.

—No tengo tiempo para esto. Tengo que ir al festejo de cumpleaños de alguien —dije.

—¿De quién? —Papá me miró con suspicacia y miró el reloj—. Es un poco tarde.

—No pasa nada, abuelo. Es el cumpleaños de Ruby.

—¿Quién es Ruby?

—Una chica. Una amiga. Es nueva.

Estaba segura de que su negativa sería tajante, de que tendría que salirme a escondidas y de que sería el comienzo de otro pleito. Ya habíamos jugado a eso la semana pasada, y para ser sincera no estaba lista para el segundo round. Pero en vez de eso, papá sonrió con la mirada.

—Ooooohhhh —exclamó largo y tendido—. Una nueva «amiga». Conque Ruby, ¿eh? —Me guiñó, y sentí una grima profunda e infinita.

—No, papá...

—Verás, Beth, Saoirse es lesbiana —le explicó con seriedad, y al parecer ella no supo cómo contestar a esta proclamación. De haber estado de mejor humor, habría dicho en broma que la entonación sugerente de su interjección había bastado.

—Papá, Ruby no es...

—Anda, Saoirse, vete ya. Y salúdame a *Ruby*. —Dijo su nombre de tal forma que parecía que iba a entonar una cantaleta como: «Son novias, se gustan, se quieren, se besan sus bocas». Tenía que salir de ahí cuanto antes.

Apreté los dientes para no decir nada que pudiera devenir en otra discusión.

—Es lo primerito que haré: decirle que mi padre, a quien nunca ha visto, le manda saludos. Nada del otro mundo.

—Ay, vamos —dijo con una sonrisa tonta—, no creo que pienses mucho en tu papá cuando la veas. Ya sabes, el amor juvenil y esas cosas.

—¡Ya basta! —exclamé.

Al despedirse, Beth simplemente agitó la mano con algo de pena. Papá me gritó que aún tenía varios argumentos a favor de la película *Gothika*. Cuando salí, azoté la puerta.

Qué bien que por lo menos me había puesto delineador, después de todo.

6.

Mi barrio es agradable. Cuando era pequeña pensaba que era «normal», que era el tipo de lugar donde vivía la mayoría de la gente. Pero ahora sé que soy afortunada en comparación con mucha gente. Las finanzas se complicaron un poco cuando mamá requirió cuidados de tiempo completo, pues fue necesario hacer pagos adicionales para que estuviera en un buen lugar. Y el simple hecho de que pudiéramos hacer eso me hace pensar que somos muy afortunados.

El barrio de Oliver está muchos niveles por encima del mío. Las casas se van haciendo más y más grandes, hasta que de pronto ya no ves casas porque están hasta el fondo de largas calzadas, donde terminan largos muros de piedra. No es una mansión ni nada por el estilo, pero es muy grande y tiene jardines (sí, más de uno) y un estanque y ese tipo de cosas. Sé que las propiedades en esa zona son especialmente inaccesibles porque a Hannah le hacía ilusión vivir ahí, en una hermosa casa de ladrillos grises con una auténtica torrecita como de castillo. El año pasado la pusieron a la venta, así que buscamos la página de internet de la agencia de bienes raíces y llegamos a la conclusión de que jamás ganaríamos lo suficiente para comprar algo así. Por ende, hicimos un ajuste de expectativas y nos propusimos vivir en cualquier otro lugar, siempre y cuando fuera juntas.

Tres meses después terminó conmigo, así que no sé si realmente lo dijo en serio cuando hablamos de nuestro futuro. Es una de las partes más difíciles de terminar con alguien. No es como un par de sujetalibros, uno al principio y uno al final. Es el desmoronamiento del futuro inexistente. El departamento al que jamás nos mudaríamos juntas; la gatita que nunca adoptaríamos de un albergue. Las incontables veces que no la escucharía hablar y hablar sobre alguna película aburrida que yo no soportaba ver completa. Los tontos bailes de tap que acostumbra hacer cuando se prueba zapatos nuevos y que yo no volvería a ver jamás. Todas las cosas que acostumbrábamos hacer en pareja y que no volveríamos a hacer jamás, y todas las cosas que nunca tuvimos la oportunidad de hacer por primera vez juntas.

Mientras acercaba el dedo al timbre de la casa de los Quinn, me di cuenta de que no confirmé mi asistencia. No llevaba regalo, tampoco traía una tarjeta siquiera. ¿Qué diablos hacía ahí? Volver a la escena del crimen para verla de nuevo transmitiría la idea de que estaba buscando una relación, y eso iba en contra de mis reglas.

¿O acaso estaba pensando de más? Podíamos ser amigas, ¿cierto? Ruby no tenía amigas aquí, ni yo tampoco. ¿A quién no le vendría bien una amiga casual con la cual pasar el verano?

Me quedé paralizada un minuto mientras consideraba las posibilidades. Si quería ser su amiga, lo mejor sería volver al día siguiente. Durante el día. Como una persona normal. Con una tarjeta de cumpleaños atrasada y una disculpa.

En ese instante se abrió la puerta de entrada.

Mierda.

—Hay que presionarlo para que suene, ¿sabes? —Oliver estaba en el umbral, con una camisa de botones y pantalones cortos color caqui.

—Pareces el miembro perdido de One Direction —dije.

—Algún día habrá una reunión de la banda y entonces estaré preparado —dijo Oliver—. ¿Cómo pasaste el control de vigilancia?

—¿Cuál control de vigilancia?

—El enorme portón al final de la calle que nos separa del vulgo.

—Sí, sí. Tú eres rico y yo no. Ja, ja.

—Bueno, no te esperaba, así que tuve que recurrir a lo primero que me vino a la mente. Pero quizás habría sido mejor tildarte de libertina.

—Qué lástima que se te fue la oportunidad —contesté con frialdad—. ¿Cómo supiste que estaba aquí?

—Iba pasando y te vi murmurando algo para tus adentros. —Señaló la pared junto a la puerta, y al atravesar el umbral vi que había una pantallita de seguridad adentro.

—No estaba murmurando.

—Claro que sí. Por siglos. Estuve aquí riéndome de ti.

Me asomé en busca de indicios de miembros genéricos de la familia Quinn. Al fondo del vestíbulo, la puerta estaba entreabierta, y de ella salían música y risas.

—Asumiré que Ruby te invitó en medio del frenesí poscoital sáfico, pero llegaste demasiado tarde a la cena. ¿Asumo que es una visita sexual?

—No hicimos... —Empecé a explicarme, pero no terminé. No sabía qué decirle. Me causaba cierto entusiasmo pronunciar su nombre. Un entusiasmo amistoso. Tener nuevas amistades es emocionante.

—Supongo que es la primera vez que no te sales con la tuya —dijo, con una sonrisita.

Puse los ojos en blanco. Corregirlo solo le haría creer que era un asunto abierto a la opinión pública y no una cosa entre la persona con quien *no* estaba haciéndolo y yo.

—Algún día tú también tendrás tu primera vez —dije, y le estrujé el hombro.

Me asomé al salón del cual venía la música. Sobre el opulento papel tapiz se reflejaban las luces de una pantalla. ¿Qué pasaría si entraba y Ruby estuviera enojada conmigo y me pidiera que me fuera? ¿Qué pasaría si no me recordaba? Tal vez acostumbraba besar chicas e invitarlas a pasar el rato en su casa todo el tiempo. Había dicho que era una cosa familiar, pero podía haber conocido a montones de personas en la última semana. ¿Y si el salón estaba lleno de lesbianas?

Bueno, claro que aquello no habría sido el fin del mundo, pero seguía siendo intimidante.

—Tienes razón —dije y retrocedí—. Llegué demasiado tarde y no debería ser intrusiva.

—¿Hay alguien en la puerta, Oliver? —preguntó una mujer.

Lo miré y negué con la cabeza.

—Sí, mamá. Tenemos una visitante.

Lo fulminé con mi mirada más letal. Pero él no se inmutó. Me tomó de la mano y me arrastró al salón. Estaba iluminado con velas y lámparas elegantes que proyectaban sombras inquietantes en las paredes, lo que hacía que la escena pareciera más siniestra de lo que era en realidad. Me recordó a una novela de Agatha Christie, a la parte previa a que encuentren el cuerpo de una persona rica sobre un tapete persa. Había varios globos de helio con el número dieciocho que le restaban gravedad a la atmósfera. Me pregunté si Ruby aún no terminaba el bachillerato o si era de las más jóvenes de su generación, como yo.

La mamá de Oliver estaba sentada en uno de los dos sofás estilo Luis XVI, de esos que son extraordinariamente incómodos pero elegantísimos. ¿Sabría acaso que Jack Kennedy había perdido la virginidad en uno de sus sofás? A juzgar por el hecho de que no los había incendiado, supuse que no. El papá de Oliver estaba en el centro del salón, con un micrófono en la mano, y paralizado, pues era obvio que lo había interrumpido en pleno espectáculo.

Ruby no estaba ahí.

—Mamá, papá, ella es Saoirse —dijo Oliver.

—Un placer conocerlos, señor y señora Quinn —dije.

El papá se inclinó para tenderme la mano. Me parecía odioso que los padres hicieran eso. Fue bastante incómodo, pero me sonrió con tal calidez cuando me dijo que los llamara Harry y Jane que no pude recriminárselo.

—Bienvenida a la fiesta, Saoirse. ¿Tienes una canción de karaoke favorita? —Señaló la pantalla del televisor, la cual seguía reproduciendo las letras de la que descubrí que era una canción de Sarah McLachlan, aunque alguien le había bajado el volumen a la música cuando entré.

—Eh, no. —Me rehusaba a cantar. Ni ahora ni nunca.

—No intimides a la pobre muchacha. —Jane meneó la cabeza—. Siéntate, querida. Te pasaré la lista para que la revises.

No sé qué me aterró más: que hubiera opciones de canciones o tener que elegir entre dos sofás sin saber cuál era el mancillado sexualmente. Intenté atraer la atención de Oliver de forma discreta para discernir el estatus de los sofás, pero él me contestó con una mirada inexpresiva. Tan pronto tomé asiento, sin que nadie lo viera, Oliver hizo con las manos el gesto universal de sexo heterosexual y señaló el lugar en el que me había sentado.

Sin querer, me estremecí.

—Ruby, llegó una visita —dijo Jane, y de inmediato alcé la cara.

Ahí estaba, de pie en el umbral, con los ojos bien abiertos. Se veía sorprendida. Me puse de pie de inmediato, como si estuviera recibiendo a una dignataria o algo así. Ruby tenía en la mano una copa de algo espumoso que supuse que sería algo sin alcohol, y llevaba el cabello salvaje de un lado, mientras que su perforación del labio resplandecía bajo la luz de las velas. Traía una falda de mezclilla con peto, el cual estaba cubierto de pins; mallas rosas y ballerinas doradas. Me preparé para la posibilidad de que me mirara con frialdad y me preguntara qué hacía ahí.

Pero en vez de eso, sonrió.

La absorbí de golpe y examiné mi cuerpo en busca de señales de mareo. En busca de latidos acelerados o vuelcos estomacales. Pero estaba bien. Era una chica y nada más. Una chica a la que había besado y que sin duda podría ser mi amiga.

Luego atravesó el salón con rapidez y me abrazó. El olor a productos capilares frutales me llegó a la nariz. Debo aclarar que no le olfateé el cabello. Eso no se le hace a una amiga.

—Me da mucho gusto que hayas venido —me susurró al oído. Su aliento me hizo cosquillas. Me sostuvo la mirada un momento cuando se alejó; sus ojos destellaban. Me miró laaaargamente de arriba abajo. O quizá solo fue mi impresión—. Supongo que estás escondiendo mi regalo en algún lado —agregó con una sutil sonrisa.

El mareo volvió.

El mareo era un problema.

Antes de poder decir algo astuto o simplemente disculparme, Jane alzó la voz.

—¿Lograste comunicarte con tu mamá? —preguntó con una expresión de empatía.

Ruby negó con la cabeza. Se veía triste, pero no hizo más que encogerse de hombros. Quizá al darse cuenta de que la atención de los demás estaba puesta en Ruby, Jane volteó a verme.

—Saoirse, ¿de dónde conoces a mi querida sobrina? No tiene mucho de haber llegado y ya hizo una amiga.

Ruby y yo tomamos asiento en sincronía. Estaba lo suficientemente cerca para percibir el aroma de su perfume. Lo suficientemente cerca para que, cuando asenté la mano a un costado, su meñique rozó el mío. Pero de forma amistosa, claro.

—Ah, bueno, es que Oliver nos presentó. Por decirlo así —agregué en un tono sugerente para recordarle que podía evidenciar su hábito de armar fiestas en ausencia de sus padres por no advertirme lo del sofá. Él me miró con angustia, y yo solo esbocé una sonrisa petulante—. Le encanta unir a la gente y crear conexiones y esas cosas.

—¿Estás en el grupo de Oliver? —preguntó Jane, a lo que asentí—. Y ¿qué planeas hacer el próximo año? ¿Ir a la universidad? ¿O tomar un año sabático, como nuestra querida Ruby?

—A Saoirse la aceptaron en Oxford, mamá —dijo Oliver, sin darme oportunidad de contestar.

Ruby volteó a verme, pero yo evité mirarla a los ojos. La gente tiene ideas muy predecibles cuando se trata de lugares como Oxford. O creen que eres un genio (que no lo soy) o que eres rica (que no lo soy) o que te sientes mejor que el resto del mundo (que definitivamente no lo siento).

—Ah, qué bien, linda. Y ¿qué vas a estudiar?

Me encogí de hombros y le di la vuelta a la pregunta.

—Quizá no entre. Depende de las calificaciones que obtenga en los exámenes.

Era lo que siempre le decía a la gente, que quizá no lograría entrar, porque claro que no puedes decir «No quiero asistir». Aunque al menos Jane resolvió mi duda de si Ruby seguía en la escuela; me pregunté por qué se tomaría un año sabático. Supuse que viajaría por el mundo o que elegiría alguna de esas cosas bohemias y emocionantes que solo hacen los ricos. ¿Me consideraría aburrida por no hacer cosas divertidas como ella?

Se movió ligeramente y dejó que su rodilla se apoyara sobre la mía de una forma que parecía deliberada. Así que no le parecía aburrida, ¿eh?

—Y ¿qué harás durante el verano? —preguntó Harry, frotándose las manos—. ¿Tienes algún plan emocionante?

—Supongo que trabajar, aunque aún no me han respondido en los lugares a los que he enviado mi solicitud.

—¿Ves, Oliver? —dijo Harry y señaló a su hijo, quien desvió la mirada inocentemente, como si hubiera alguien más en el salón que se llamara igual que él—. Tú también deberías buscar un trabajo de verano.

—Querido padre, ya hemos tenido esta discusión... Estoy ocupado.

Jane se rio.

—Te puedo encontrar ocupación aquí en casa. ¿Qué opinas, Saoirse? ¿Crees que Oliver debería salir de casa y ocuparse en otra parte?

—¿Qué tal un trabajo de voluntariado? Para contribuir algo a la comunidad —contesté con los ojos bien abiertos, como un perrito ingenuo.

Oliver se veía indignado. Supuse que, para él, no había nada peor que trabajar, salvo trabajar gratis.

Ruby acababa de tomar un trago de su bebida, así que al ver la expresión de Oliver se carcajeó y se atragantó con el líquido. Le puse una mano en la rodilla cuando le pregunté si estaba bien, pero la quité de inmediato al recordar la cuestión de la amistad. No quería que me malinterpretara.

—Ay, no te hemos ofrecido nada de tomar, Saoirse. ¿Qué quieres?

—Así estoy bien. Gracias.

—No aceptaré un no como respuesta. Necesitarás algo de valor líquido si quieres subir al escenario —intervino Harry entre risas.

—Ah, sí, dije que te pasaría la lista de canciones —dijo Jane y se puso de pie—. ¿Te gusta el pop o eres más rockera?

—Eh...

—Es oooobvio que Saoirse es el ama de las *power ballads*. —Oliver me miró con una sonrisa vengativa por aquello de mi comentario sobre el trabajo comunitario.

Le di un empujoncito a Ruby con la rodilla y ella me miró a los ojos. Intenté mandarle señales de pánico, aunque no estaba segura de que ya hubiéramos alcanzado ese nivel de comunicación implícita por medio de las miradas.

—Jane, creo que a Saoirse todavía le da un poco de pena cantar en este momento.

Se escuchó entonces un resoplido; era Oliver.

—Tal vez después de que nos hayas visto hacer el ridículo a los demás—dijo Harry y le tendió el micrófono a Oliver—. ¿No ibas a cantar *Kiss from a Rose*, hijo?

Casi no podía contener el júbilo. Volteé a ver a Oliver, con la esperanza de que estuviera avergonzado. Él no hizo más que caminar con firmeza hasta donde estaba su papá y tomar el micrófono. Alzó los brazos por encima de la cabeza y luego estiró, una por una, las piernas sobre el posabrazos del sofá, como si estuviera preparándose para una carrera.

—Solo quiero pedirles una cosa —dijo en voz alta, pero el mensaje iba dirigido a mí. Supuse que me iba a suplicar que no se lo contara a nadie—. Guarden sus aplausos para el final.

7.

Después de que Oliver se luciera en tres géneros musicales distintos, que Harry cantara dos canciones más de Sarah McLachlan y de que Ruby hiciera un dueto divertidísimo con su alcoholizada y ligeramente dramática tía Jane, Ruby me recordó que había dejado mi camiseta arriba y me preguntó que por qué no subíamos por ella. Harry y Jane estaban demasiado bebidos para cuestionar por qué o cuándo había dejado ropa en su casa.

—Oliver no canta tan mal —dije mientras seguía a Ruby a su cuarto—. Claro que nunca se lo diría, pero sabe armonizar bien. No me atrevería a decirle que lo cambie por sus planes universitarios ni nada por el estilo... —No podía parar de divagar. Estaba nerviosa. Pasar la velada entera sentada a su lado, incluso mientras veía a Oliver arrasar con *Un mundo ideal* (y cantando ambas voces), sentí un zumbido eléctrico, una descarga estática que parecía acumularse.

Su cuarto se veía más habitado que la vez anterior. La maleta deportiva con la que me había tropezado no estaba por ningún lado y ahora había libros en los estantes. Ruby se sentó en flor de loto sobre un sillón color azul eléctrico que la semana pasada no estaba.

—Bueno, eh, ¿dónde está mi camiseta entonces? —pregunté.

—Ah, no tengo idea. La puse con la ropa sucia y desapareció. —Esbozó una enorme sonrisa.

Me encaramé en la orilla de la cama, junto a su laptop abierta. Estaba congelada a la mitad de la escena de una película que no me resultaba familiar.

—¿Qué estabas viendo?

—*Cuatro bodas y un funeral* —dijo—. Voy en la parte en la que Hugh Grant le dice a Andie MacDowell que la ama, bajo la lluvia.

—No la conozco.

Se veía verdaderamente sorprendida.

—¡Es un clásico! Y es mi película favorita. Es la comedia romántica por antonomasia.

—No es mi género favorito. Hacen que la gente tenga expectativas irreales sobre el amor.

En mi opinión, quien depende de las comedias románticas para saber cómo debería ser su vida se llevará una gran decepción. Tener el corazón roto no equivale a comer un litro de helado y luego toparte por azar con el nuevo amor de tu vida en una librería independiente. Si Ruby veía las relaciones bajo esa perspectiva, probablemente no entendería mi aversión hacia las comedias románticas.

—¿Qué películas te gustan?

—Si tuviera que elegir un género en particular, serían las de terror.

—¿No crees que eso te genera expectativas irreales sobre la posibilidad de que un psicópata te apuñale con un cuchillo?

—Buen punto —dije y me reí—. Pero lo que me molesta de las comedias románticas son los finales. Ya sabes, que terminan juntos o se casan o lo que sea que crean que los hará felices para siempre. Pero nunca te muestran la secuela, donde el tipo la deja por su mejor amiga, o la chica se harta de recoger calzones cagados del suelo de su habitación.

—Sería una pésima película. —Los ojos de Ruby resplandecieron. Creo que mi cinismo desbocado le parecía gracioso. Me empezaron a arder las mejillas.

—¿Dices que te quedarás por acá todo el verano? —comenté en tono casual.

—Hasta septiembre —asintió—. Mi familia está de viaje, pero no querían que pasara el verano sola.

Qué raro. Si no querían que estuviera sola, ¿por qué no la llevaron con ellos? En fin, ellos se lo perdían. Yo le haría compañía durante el verano. Era capaz de pasar unas cuantas semanas con una chica linda sin necesidad de besarla de nuevo. Ni que fuera una sanguijuela sexual.

—Me da gusto que hayas venido —dijo, cambiando el tema. Observé sus labios mientras hablaba—. Llegaste tarde, pero llegaste.

—Creo que debí avisarte que vendría.

—Pero lo decidiste de último minuto —afirmó. Jugueteó con el arete del labio entre los dientes retorciendo el labio inferior. Se pasó el cabello al otro lado de la cara con los dedos.

—Algo así.

—¿Qué te hizo venir?

Pensé que sería agradable pasar un rato juntas. Quería ser su amiga.

—Quería besarte de nuevo.

Por algún motivo incomprensible se me escapó la verdad. Hasta ese momento no había reconocido para mis adentros que, aunque apenas nos conociéramos, me parecía que había cierta conexión intangible entre nosotras, una sensación arrebatadora, arrolladora e inquisitiva que significaba que no es como si en realidad hubiera elegido ir, sino que simplemente algo me atrajo hacia ella.

Ruby apoyó el codo en el escritorio junto al sofá y se llevó el puño a los labios como si estuviera reflexionando sobre algo muy serio.

—Lo tendré en cuenta —contestó finalmente. Bajé la cara para disimular la risa. Sabía llevarme y aguantarme—. Entonces, ¿Oliver y tú son amigos? —preguntó.

—Ay, no. ¡No, Dios, no! En absoluto. Creo que enemigos mortales es una descripción más precisa.

—¿Por?

—Me robó a mi novia en segundo año de secundaria... aunque *técnicamente* yo corté con él antes, en sexto de primaria. Le rompí su corazoncito de niño rico. Quedó devastado; te aseguro que esa es su versión de las cosas. Yo creo que conquistó a mi novia como parte de una compleja conspiración para vengarse de mí. El pobre no podía soportar que, tras aceptar mi lesbianismo, aprendí mejores técnicas para conquistar mujeres que él.

Ruby se rio.

Me agradaba hacerla reír.

—Creo que ninguno de los dos tiene buenas técnicas de conquista.

Me atraganté con mi propia indignación y me tuve que dar un par de palmadas en el pecho para poder sacarla.

—Me vas a disculpar, pero te conquisté a ti *y* a tu primo —reviré—. O sea, sí, en ese entonces él y yo teníamos once años, pero nos besamos con lengua y todo. Más o menos.

—Y dices que quieres volver a besarme, pero llegaste a mi fiesta sin un regalo. —Ruby fingió abanicarse como una dama de alcurnia.

—Claro que te traje un regalo —dije y me levanté de la cama de un brinco—. Dame un segundo.

Me puse manos a la obra con los contenidos escasos de una vieja lapicera y un trozo de papel cortado de un bloc de notas que encontré en el escritorio. Después de garabatear rápidamente durante un par de segundos, la llamé a la ventana que daba al jardín trasero, desde donde me pareció ver a nuestra gatita vagando cerca del muro. Apoyé la mano en la curvatura de su espalda baja, con el costado izquierdo de su cuerpo pegado al mío y le entregué la hoja de papel.

Había dibujado un marco sinuoso y ondulante con marcador azul, y con tinta negra escribí:

Este documento certifica que «esa estrella de allá» lleva el nombre de Ruby Quinn. Autoriza: Profesor Brian Cox, Dueño de las Estrellas.

Ruby soltó una risita.

—¿Cuál es «esa estrella de allá»?

—Esa estrella de allá —dije, señalando a algún punto incierto del cielo—. Tal y como dice en el certificado, Ruby.

—La atesoraré por siempre. —Se limpió una lágrima falsa del rostro y luego me miró de pasada con una expresión que solo puedo describir como intrigante.

—¿Qué pasa?

—Bueno, creo que esto no te va a agradar —dijo, y suspiró de forma dramática y exagerada—, pero has de saber que esa es mi parte favorita de las comedias románticas.

—¿A qué te refieres?

—Al gran gesto en el que el chico le compra a la chica una estrella porque es más trascendente que, no sé, un collar o un ramo de flores.

—Eh, no soy experta, pero no creo que este sea el gran gesto —dije, y Ruby volteó de tal forma que mi mano quedó en su cintura. Me miró directo a los ojos. Estaba tan cerca de mí que casi me desmayo.

—Pero me regalaste una estrella. ¿Cómo puedes decir que eso no es un gran gesto?

—Porque el gran gesto viene después de la pelea, ¿no? Y no nos hemos peleado aún. —Intenté sonar casual, aunque sintiera que me estaba derritiendo por ella.

—Ah, sí, tienes razón —admitió Ruby—. Como Hugh y Andie, o John Cusack con el estéreo afuera de la ventana del cuarto de Ione Skye. —Ruby me dio un picotazo en el pecho y entrecerró los ojos—. ¿Cómo lo sabes si no las ves? ¿Estás segura de que no eres fan de las comedias románticas en secreto?

—El punto es justo ese, que no es necesario; si ya viste una, ya viste todas. La pareja se conoce de una forma peculiar, como estrellándose uno contra el otro...

—El encuentro fortuito.

—Si tú lo dices.

Ruby me sacó la lengua y se alejó un poco. La tensión que se había acumulado entre nosotras era como una liga estirada; entre más se alejaba, más probabilidades había de que me rompiera. Se sentó en la cama y se acostó sobre los codos. Resistí las ansias de seguirla, y en vez de eso me apoyé en la pared, con la esperanza de verme irresistible bajo la luz de la luna que entraba por la ventana.

—Entonces, el encuentro fortuito, el flechazo, y luego viene la secuencia del enamoramiento: los picnics y las citas y el gozo en general, hasta que... ¡Ay, no! ¿Qué es ese conflicto tan rebuscado? Viene la gran pelea, el héroe se da cuenta de que es un imbécil, luego viene el gran gesto y... felices para siempre. Los tipos no tendrían que esforzarse tanto si no hubieran sido unos imbéciles, pero supongo que eso sería anticlimático.

—Okey. Sí, esa es *la fórmula*. Todas las historias siguen fórmulas. Pero lo que las hace especiales son los personajes. —Ruby se veía pensativa—. Además, hay muy pocas comedias románticas

LGBT, así que nuestras reglas podrían ser distintas. Podríamos reinventar el género.

—Ah, no, no son para nada lo mismo. Si esta fuera una película lésbica, por desgracia, una de las dos tendría que suicidarse al final.

—Qué drástico.

—Yo no escribí las reglas. ¿Que si me gustaría que hubiera muchísimas comedias románticas alegres protagonizadas por parejas lésbicas? Por supuesto. Merecemos tantas películas cursilonas y grandes producciones como los demás. Pero hay como dos, y en total se besan como cuatro veces en ambas. Ni siquiera hay...

—Entrelacé los dedos de modo sugerente.

—Definitivamente nunca hay suficientes besos —dijo Ruby, mirándome a los ojos. Su tono de voz me hizo querer atravesar el cuarto de un brinco y besarla, pero no sé por qué sentía que mis pies estaban adheridos al suelo. ¿Qué diablos me pasaba?

—Ajá. O sea, hay como dos besos en una película —repetí de forma medio inconsciente. Ruby asintió y se levantó de la cama—. Y ni siquiera podría decirse que son grandes producciones. A lo mucho, en algunas de ellas reconoces a algunas actrices. —Ruby se me acercó, sin dejar de mirarme a los ojos—. Vi una vez una película lésbica —continué con torpeza—, en la que una chica se avienta de un edificio, y los efectos no son tan malos, porque sí parece que se convierte en águila, y...

Ruby se detuvo cuando las puntas de sus resplandecientes ballerinas chocaron con mis botas militares gastadas. El resto de la oración se me atoró en la garganta.

—Hablas demasiado —dijo. Asentí. Se pasó el cabello al otro lado. Mi estómago dio un vuelco hacia *su* otro lado—. Creo que deberíamos besarnos. A fin de cuentas, me regalaste una estrella. —Señaló hacia el cielo nocturno—. Y tengo la impresión de que estás nerviosa, así que quizá deberíamos simplemente hacerlo y ya.

No estaba nerviosa. Digo, ya nos habíamos besado antes. Entonces, ¿por qué habría de estar nerviosa? Intenté decirle que no estaba nerviosa, pero las palabras no salieron.

Sí, ya sé. Cállate.

Hubo un momento de silencio en el que se intensificó la energía que fluía entre nosotras. Sus dedos encontraron mis brazos, y con ellos dibujó una línea de los codos a las palmas de mis manos. Al llegar a ellas, me las sostuvo con delicadeza. Nuestros dedos juguetearon con suavidad. Cuando respiraba, sentía cómo subía y bajaba su pecho contra el mío. Se me erizaron los antebrazos. Un escalofrío me bajó desde la garganta al estómago y siguió su camino hacia abajo. Nuestros labios seguían sin tocarse, pero con la punta de la nariz me rozó la mejilla y sentí el aleteo de sus largas pestañas sobre mi pómulo cuando cerró los ojos. Por un instante no hicimos más que deleitarnos en esa burbuja. Meció las caderas para cerrar el espacio que quedaba entre nosotras.

—Conozco chicos que pagarían mucho por ver esto. —Oliver estaba apoyado en el marco de la puerta, con su habitual sonrisa engreída—. Pero no es lo mío, así que para la próxima, mejor cierren la puerta.

Me dieron ganas de matarlo.

—¡Oliver! —exclamó Ruby y escondió la cara entre las manos.

—¡Sal de aquí, pervertido! —dije y me abalancé sobre él, por lo que retrocedió de un brinco.

—Créanme que no tengo el menor interés en ver a mi querida prima comerse la boca de mi enemiga mortal, pero la puerta *estaba* abierta. —Parecía que de verdad le mortificaba la idea de espiarnos, así que le creí.

—Está bien, Oliver —dijo Ruby con los dientes apretados; se había quitado las manos de la cara, pero estaba sonrojada. Había vuelto a sentarse en el sillón y estaba abrazándose las rodillas.

—Dejaste tu celular en el sofá. —Me lo lanzó, y por poco no lo atrapo en el aire. Supuse que se me había caído del bolsillo.

—Más te vale que no hayas husmeado en él.

—¿Me crees capaz? —preguntó, indignado. Tomé la nota mental de revisar después mis fotos y mensajes—. Mamá me pidió que te lleve a tu casa en el auto —continuó—. Dice que es demasiado tarde para que te vayas caminando. Le dije que seguramente preferirías enfrentar a un asesino en el bosque que pasar diez minutos conmigo en el auto, pero por alguna razón pensó que era broma.

Titubeé.

—Y no he bebido una gota, ¿eh? —agregó—. Interfiere con la integridad de mi instrumento —concluyó, acariciándose el cuello.

Podría haberle llamado a papá para pedirle que fuera por mí, pero al menos así no me arriesgaría a interrumpirlo a la mitad de nada. Además, si era inconveniente para Oliver, mejor. Miré hacia atrás, y Ruby ya había vuelto a su color normal. ¿Se veía decepcionada?

—¿Me das cinco minutos?

—Hasta yo duro más que eso, Saoirse. Por si no lo sabes, hay pastillas para eso.

Observé la habitación en busca de algo que aventarle, pero él se agachó demasiado rápido y la lapicera golpeó la puerta en lugar de su cabeza.

—Qué risa me dan —dijo Ruby.

—Es como el hermano insoportable que nunca quise tener y que algún día tendré que envenenar con cianuro.

Quería volver al momento del beso, pero no sabía cómo hacerlo.

—¿Qué sigue, entonces? —preguntó Ruby.

¿Qué esperaba que dijera? Yo fui quien volvió. Yo fui quien dijo que quería volver a besarla. Pero si se trataba de decirle «Veámonos de nuevo» o «Te llamaré», sentía una piedra pesada y fría en el estómago. Hasta el momento había sido muy sencillo apegarme a mis reglas, y claro que podía olvidarme de ellas, pero las había establecido por una razón. Había pasado la mayor parte de mi vida con Hannah, primero como mejores amigas y luego como novias. Cuando me dijo que ya no quería ser mi novia, no supe cómo *ser* sin ella. Había atravesado el resto de las situaciones de la vida con el recordatorio constante del «Ya no te ama», y eso me hacía sentir como si yo no contara como una persona completa. Apenas había superado esa etapa y no quería regresar a ella. Pero no podía explicárselo a Ruby. Era patético.

No obstante, podía manejarlo de otra forma.

—¿Ves que en las comedias románticas siempre hay alguien que no quiere estar en una relación comprometida?

Ruby arqueó una ceja, lo que me hizo desear ser capaz de hacer ese gesto. Claro que no era lo importante en ese momento, pero me parecía envidiable que la gente pudiera hacer eso.

—Y esa eres tú, ¿cierto? —dijo con la misma expresión que puso mi maestra de francés cuando le dije que en serio había dejado la tarea sobre la mesa de la cocina. Aunque era buena estudiante, por alguna razón no inspiraba la confianza suficiente. No entiendo por qué.

—Quiero ser honesta —dije (aunque deshonestamente estuviera ocultando la verdadera razón por la cual no quería una relación seria).

—¿Qué tienen de malo las relaciones? Por lo que veo, quieres todo lo demás que traen consigo.

—Partes —acepté. Los besos y las caricias. Con ella. Quería tener esas cosas con ella más que con cualquier persona en el mundo. Desde Hannah—. El punto es que las relaciones están condenadas al fracaso. Ninguna pareja se mantiene unida. Y los truenes nunca son mutuos. Una persona es engañada y sale herida, y es feo y desastroso y… Además, me voy en unos meses a la universidad y tú solo pasarás el verano aquí. Así que no tiene caso.

Me negué a mencionar que estaba dudando seriamente mudarme. Pero no habría servido de nada agregar ese detalle dramático.

—¿Eso es todo? —dijo Ruby con incredulidad—. ¿Ese es tu argumento? ¿Que las relaciones se acaban?

—Sí, básicamente.

Me preparé para un sermón sobre la importancia de darle una oportunidad al verdadero amor que está a la vuelta de la esquina, pero que te perderás si no pones por delante tu corazón, y para la historia de cómo se conocieron sus abuelos cuando tenían siete años y cómo siguen juntos a pesar de que ahora tienen ciento sesenta y ocho años.

—¿Y qué? —dijo, inesperadamente.

—Eh, ¿qué?

—No estoy intentando obligarte a hacer algo que no quieres. Confía en mí: no acostumbro pedirles a las chicas que me gustan que salgan conmigo. Pero me gustas, y creo que hay otra forma de concebirlo —afirmó.

Me picó la curiosidad, aunque no sonaba del todo convincente. Me costaba trabajo confiar en alguien que me pedía que «confiara» en él o en ella. Estaba segura de que había muchas chicas que enloquecían por ella y que en Inglaterra hasta la esperaban afuera de su casa. Pero hice el esfuerzo de no irme por esa tangente y poner atención a lo que Ruby estaba diciendo.

—Como dijiste, volveré a casa en septiembre. Así que ya sabemos exactamente cuándo se acabará.

—Okey… —dije, pero dando a entender que no entendía cuál era el punto. A fin de cuentas, lo único que estaba haciendo era validar mi argumento. Estaríamos condenadas a fracasar como pareja desde el primer día.

—Entonces —dijo en tono impaciente, como si fuera obvio lo que estaba insinuando— no hay engaños ni expectativas de amor duradero. Será nuestro propio experimento con un tipo de historia lésbica distinto. Nada más lo divertido. Los besos y las conversaciones y las citas… y ninguna de las dos morirá al final.

—Solo la secuencia romántica —agregué una vez que entendí.

—Exacto. No tienes por qué tomártelo todo tan en serio.

Era cierto.

—Es cierto —dije. ¿Sería posible salirte con la tuya y no ponerte triste cuando tu bizcocho se fuera y te dejara el corazón hecho puré?—. Pero ¿cómo funcionaría?

Ruby lo reflexionó un segundo.

—Podríamos hacer la prueba. Una cita, algo clásico de las películas. Si nos la pasamos bien, hacemos un plan más formal. Si no, o si me enamoro perdidamente de ti, entonces le ponemos un alto de inmediato.

Si bien era obvio que se estaba burlando de mí, parecía una buena idea. ¿Contaría como una transgresión a la regla de oro de no entablar relaciones de pareja? Técnicamente sí. Pero era un vacío legal, y los vacíos legales siempre se agradecen. De hecho, nunca había pensado en buscar un vacío legal.

A ver, voy a ser muuuuy sincera, ¿de acuerdo? Tú y yo sabemos que me estoy autoengañando, pero déjame disfrutarlo tantito, ¿de acuerdo?

—¿Qué escena clásica tienes en mente? —pregunté—. Tengo la impresión de que en esas películas la gente siempre va a patinar sobre hielo, pero aquí no hay pista de patinaje. Y es junio.

—Esa es una escena clásica de película navideña en Nueva York. Y nosotras estamos en una película de verano en la playa. Así que… tiene que ser una feria con juegos mecánicos.

—Qué conveniente —dije—. Cada año ponen aquí una feria en verano.

Hacía muchísimo que no iba a esa feria. He de confesar que después de unos años se vuelven un poco aburridos el adrenalinazo y las náuseas. Pero con Ruby podría ser divertido. Y sería lo máximo darnos unos buenos besos en el salón de los espejos.

—Pues claro.

Ruby se levantó del sillón, se paró frente a mí y me agarró de la camiseta para jalarme hacia ella. Luego me dio un besito. Apoyé las manos en sus caderas y tan pronto empecé a sentir el ansia de abrazarla con más fuerza, se distanció.

—Es una comedia romántica —concluyó, y me dejó queriendo más—. En las comedias románticas la gente realiza coreografías de baile coordinadas, corre por aeropuertos sin que la detengan los guardias de seguridad y dan discursos perfectos de forma superespontánea. ¿En serio crees que tendríamos que *esforzarnos* para encontrar algo tan básico como una feria?

8.

El sábado en la mañana, al día siguiente del cumpleaños de Ruby, y antes de tener siquiera la oportunidad de ir a visitar a mamá, papá me suplicó que lo acompañara a ver un departamento nuevo. Y es que como ya había terminado exámenes, había decidido que cambiaría mi rutina e iría a visitar a mamá antes que cualquier otra cosa. Durante la semana solía ir después de clases, pero las personas con demencia están mejor en las mañanas. Los doctores no saben por qué, pero en las tardes se sienten más agitados. En parte me sentía culpable por no querer ver ese lado de su enfermedad, pero procuré no obsesionarme con ello. También era mejor para ella, pues implicaba menos sobresaltos. Además, no quería coincidir con papá, quien acostumbraba visitarla en las tardes, después de trabajar. Estar los tres juntos era como si nuestra familia fuera una mentira, sobre todo después de que me enteré de lo de Beth, algo que mamá no entendería ni podría entender jamás. Y ahora que estaban comprometidos era diez veces peor. Cada momento que yo permitía que papá hiciera creer que lo suyo con Beth y el resto de los cambios subsecuentes eran normales, me sentía cómplice. Quizá debía emprender una protesta permanente, pero no podía. Claro que gruñía y hacía comentarios ácidos, pero mamá merecía que me esforzara más.

Como era de esperarse, el departamento era más pequeño que nuestra casa, pero eso no fue lo que me molestó. Estaba en los suburbios, cerca del paseo marítimo y de las playas turísticas. Al entrar a la que sería mi nueva habitación, alcancé a oír las risas y los gritos de los turistas, además de percibir el olor a algodón de azúcar. Cuando papá me preguntó si me gustaba, simplemente gruñí. Me aseguró que había otras opciones, pero se notaba que esta era la que más le gustaba. Por dentro era minimalista y moderno, y las ventanas tenían cristales cromados. Era lo contrario a nuestra casa acogedora y repleta de cosas, con sus alfombras gruesas y monerías que adornaban cualquier superficie. Me pregunté si las líneas rectas y el ambiente monocromático eran del gusto de papá o de Beth. Tal vez era lo que les gustaba a ambos. Tal vez quien hizo que nuestro hogar fuera un verdadero hogar fue mamá. Le dije que estaba bien, y mi tolerancia tibia le iluminó el rostro. Pero la culpa casi me da náuseas.

Ir a ver a mamá directamente del departamento me hizo sentir como el esposo que le compra flores a su esposa porque hizo algo malo. Pero traté de ignorarlo; al menos en eso sí me estaba especializando. Inhalé profundo antes de tocar la puerta. Siempre hago lo mismo. Es un ritual para convencerme: «No esperes nada, no dejes que te afecte, no te frustres, no te enojes». Al inhalar, subo las barreras de protección.

Como mamá no contestó, decidí abrir la puerta. Estaba viendo la tele, y un rayo de sol le iluminaba el rostro y hacía que le brillara la piel. Solo tenía cincuenta y cinco años. Al cruzar los pasillos de la residencia Seaview Home siempre veía viejitos cuya piel flácida formaba piscinitas de piel arrugada alrededor de su cuello y sus codos. Algunos apenas se podían mover, por lo que los cuidadores tenían que cambiarlos de posición cada cierto número de horas para que no se les formaran escaras en los pliegues de su piel delgada, como de papel. En esa residencia todos tenían algún tipo de demencia, pero nadie se veía como mi madre. Siempre había sido hermosa, y eso no había cambiado. Cada mes le retocaba las raíces del cabello para que su cabellera pelirroja siempre estuviera brillante y libre de canas, como ella habría querido. Y parecía hacerla feliz.

Alzó la mirada y me sonrió, lo que me devolvió el alma al cuerpo. Cuando me veía así, sabía que era un buen día. Lo sabía si le daba gusto verme entrar, aun si no sabía por qué.

—Hola, mamá —dije.

—Hola, hola —contestó y me hizo una seña para invitarme a entrar—. ¿Quieres una taza de té?

Es lo que siempre le pregunta a cualquiera que la visite. Su cuarto es como un minidepartamento: tiene una recámara-sala, un baño y una «cocineta» con lavabo. Los electrodomésticos son especiales, pensados para gente con demencia, como una regadera que se apaga automáticamente o un fregadero con sensor de presión que se drena cuando está demasiado lleno. Uno de los problemas de tener demencia a esa edad es que conservas tus capacidades físicas y puedes meterte en muchos problemas, a diferencia de personas con menor movilidad.

—¿Por qué no me dejas encargarme de eso y tú descansas? —dije.

Tuve que pedirle a alguien del personal que nos llevara té. A mamá no le permiten tener una tetera eléctrica en su habitación, pero no me gusta recordárselo para no hacerla sentir mal.

—¿Por qué no te traes unas galletas, mamá? —dije, cuando entró una empleada con una charola. Mamá se encaminó hacia la «cocina» y tomó un plato de melanina de un estante.

A veces me desconcierta lo extraño que es todo. Mi madre, tan inteligente y maravillosa, no puede siquiera tener una tetera. La seguí a la cocina y la abracé con fuerza. Ella me contestó el abrazo. A veces no lo hace. Cuando la solté, descubrí que me estaba mirando con su ahora habitual expresión ausente. Mamá solía ser perspicaz, minuciosa. A fin de cuentas su trabajo como fisioterapeuta lo requería. Pero cuando no tiene ese brillo de astucia en la mirada, parece una persona distinta.

Se quedó vacilando en la cocina, por lo que entendí que la había distraído y que se le había olvidado qué hacía ahí. Es curioso; a todo mundo le pasa a veces que entras a un cuarto y de pronto te das cuenta de que olvidaste la razón por la cual estás ahí. Pero sabes que lo recordarás si te das tiempo para hacerlo. A veces me preguntaba si mamá se sentía así, como si cualquier cosa que se le hubiera olvidado, ya fuera una tarea, un recuerdo, el rostro de alguien, vendría a su mente en unos segundos. O si acaso ya trascendió esa fase y ya ni siquiera sabe que olvidó algo.

—Galletas, mamá —dije.

—¿Quieres una taza de té? —preguntó.

—Ya tenemos té. Pero necesitamos galletas. ¿Quieres que las busque?

Agitó las manos para sacarme de la cocina y acomodó unas cuantas galletas cubiertas de chocolate en un plato. Cada vez era más torpe, como si su memoria muscular también se estuviera perdiendo, así que nunca le quitaba la mirada de encima.

Había una telenovela australiana en la televisión, así que cambié los canales hasta encontrar las noticias. Mamá odiaba las telenovelas. Era tan intelectual que llegaba al grado del esnobismo, y papá y yo siempre la molestábamos por eso. Hannah y ella solían hablar sobre cosas demasiado cultas todo el tiempo. Leían los mismos libros aburridos con montones de metáforas complejas en los que en realidad nunca pasaba nada. Veían las mismas películas aburridas con montones de metáforas visuales complejas en las que en realidad nunca pasaba nada. Incluso una vez fueron juntas a un concierto: Vivaldi, interpretado por Vilde Frang. Solo recordaba el nombre porque me había parecido gracioso, pero seguía sin saber si Vilde Frang era una persona o una orquesta. Esa misma noche, papá y yo fuimos a ver un musical inspirado en la película *Jennifer's Body*. Recuerdo que me superencantó, pero a veces me sentía culpable de no hacer las cosas que a mamá le gustaban, aunque yo las detestara. Había habido momentos en los que me preguntaba si habría preferido tener una hija como Hannah. Cuando ella y yo terminamos, me alegré de que mamá no pudiera entenderlo ya, pero me enfurecí con Hannah porque sentía que ella también había abandonado a mamá.

Sentí que empezaba a caer por el agujero negro de obsesiones sobre mis errores pasados, y para ser sincera podría haberme quedado ahí todo el día y entregarme a él. Pero, como dijo alguna vez una gran filósofa: sacúdetelo de encima.

—¿Cómo estás, mamá? —dije, procurando sonar casual y relajada.

—Estoy muy bien. Papá vendrá por mí pronto.

Mamá suele creer que es más joven de lo que en realidad es. A veces parece creer que está en el trabajo. Con frecuencia cree que sus padres siguen vivos; es decir, sus padres adoptivos. No recuerda haberse enterado de que era adoptada. Es como si sus recuerdos llegaran solo hasta cierta etapa de su vida. Podía contarme historias de su infancia con lujo de detalle, pero no recordaba que tenía una hija. La mayor parte del tiempo creía que tenía poco más de veinte años, o eso parecía. Esa persona era Elizabeth O'Kane. Y no conocería a Rob Clarke sino hasta trece años después, que es cuando sería mi madre. Era como si esa parte de ella se hubiera esfumado. Intenté recordar la última vez que me reconoció como su hija, pero como cuando sucedió no sabía yo que sería la última vez que ella lo haría, tampoco puse especial atención en grabarlo en mi memoria. Otro recuerdo perdido... para ambas.

—Qué bien —dije—. ¿A qué hora viene?

—Pronto. Creo. ¿Cómo estás? ¿De qué te gustaría hablar?

«¿Cómo estás? ¿De qué te gustaría hablar?» era el guion de mamá. Las frases le salen de forma inconsciente, después de haberlas enunciado miles y miles de veces. La imagino diciéndoselas a sus pacientes. A veces, cuando entro por la puerta, piensa que soy una de sus pacientes. Y a veces le sigo la corriente.

Solté la sopa. Tenía tantas cosas en la cabeza, y nadie con quien compartirlas. Había considerado llamar a Izzy. Digo, no lo había considerado en realidad, porque estaba enojada con ella por no poder contarle lo de Ruby y saber qué pensaba al respecto. Si no hubiera arruinado nuestra amistad con sus traiciones y mentiras, podríamos haberlo estado desmenuzando en ese instante. Pero yo no había elegido la vida solitaria; esa vida me había elegido a mí.

Al menos tenía a mamá, y ahora era más fácil contarle cosas que antes no me habría atrevido a decirle. Por aquello de que siempre hay que ver el lado positivo y esas tonterías. Obviamente habría preferido que estuviera bien e hiciera el esfuerzo de obtener detalles de mi vida, como una madre cualquiera. Tardé semanas en confesarle que Hannah y yo habíamos empezado una relación. Recuerdo que me pidió que me sentara y me preguntó muy seriamente si estaba pasando algo entre nosotras. Cuando le dije que éramos novias, empezó a llorar. A llorar de felicidad. Dijo que llevaba mucho tiempo esperando que nos diéramos cuenta de lo ideales que éramos la una para la otra y luego dijo una tontera sobre nuestra futura boda. Yo puse los ojos en blanco y le dije que claro que no nos casaríamos, que no exagerara. Pero en realidad me había emocionado que lo sugiriera, aunque en ese entonces tenía catorce años y no podía decirlo en voz alta.

—Conocí una chica. —Le soplé a la taza de té para enfriarlo un poco; mamá me imitó—. Creo que le gusto.

Mamá me tomó una mano y la estrujó.

—Qué maravilla —contestó.

—La cosa es que… justo el problema es que me gusta —dije.

Mamá parecía no entender mi razonamiento. Pero ¿quién podría hacerlo? No parecía tener el menor sentido. Aun así, a pesar de estar consciente de lo absurdo que era, no dejé de expresarlo. Mamá frunció el ceño, como si estuviera intentando concentrarse. Tener demencia no te hace menos inteligente, pero se vuelve más difícil expresar las cosas como solías hacerlo. O al menos eso nos dijo el doctor. De cualquier modo, continué:

—Ella cree que, si las dos sabemos cuándo terminará, ninguna saldrá lastimada. —Pasé el dedo a lo largo de la orilla de la taza, sin esperar una respuesta—. Eso fue lo peor cuando Hanna me dejó, mamá. Que no lo vi venir. ¿Crees que esto pueda funcionar, o que es pésima idea?

En realidad no estaba esperando una respuesta, pero mamá me acarició la mejilla con la mano.

—Tienes que hacer lo que te haga feliz, Claire —dijo—. Siempre te ves muy triste.

Se me llenaron los ojos de lágrimas, pero parpadeé varias veces para contenerlas. Mi tía Claire no es hermana biológica de mi mamá, así que no le preocupa heredar la demencia. Tampoco la visita mucho, y la odio un poco por eso, pero de cierto modo me da gusto que mamá crea que soy ella. Al menos no tiene idea de cuánta gente la ha dejado en el olvido. A mí no puede extrañarme porque no sabe quién soy, pero quizá extrañaría a Claire si pensara que no viene a verla.

Al menos así puedo hacerla feliz.

9.

Entonces, sobre el final de mi relación... Entiendo que quieras saber más. Es como cuando hay un accidente terrible, con sangre y vísceras por doquier, y no puedes quitarle la vista de encima. Después de visitar a mamá no pude dejar de pensar en eso; lo hice durante todo el camino a casa, al grado que, cuando alcé la mirada y vi que ya estaba en mi habitación, caí en cuenta de que no recordaba cómo había llegado ahí. Hago un gran esfuerzo por no obsesionarme con ello. Verás, reproduje la escena en mi cabeza incontables veces durante los meses posteriores al truene, como si fuera una operadora de cámara viendo con pena aquel patetiquísimo cliché, y sintiendo entre horror y lástima por la chica en aquel café que no tenía idea de lo que le iba a ocurrir. Veámosla de nuevo, ¿te parece?

Heme ahí, sentada a la mesa, frente a Hannah. Es un café muy lindo, con manteles de guingán y cuadritos en la pared que dicen co-

94

sas como: «Si puedes soñarlo, puedes hornearlo». No dejo de pensar en lo hermosa que es. Pero no me doy cuenta de que está a punto de arruinarme la vida. Me fijo en la forma tan adorable en que sus lentes se apoyan sobre sus mejillas redondas, de modo que cuando habla como que se mecen hacia arriba y hacia abajo. Malinterpreto por completo el tono de la conversación. Estoy muy concentrada en el pastel de dulce de leche al que acabo de hincarle el tenedor.

—Eres mi persona favorita en el mundo, Saoirse. Eres tan generosa y graciosa y dulce... y adoro esas cualidades tuyas, pero...
—dice Hannah, y yo sonrío. ¿Cómo no me di cuenta? Así empiezan todas las escenas de rompimiento de la historia.

—Yo también te amo. —Me levanto y me inclino sobre la mesa para besarla. En una cafetería. Es algo que no habría hecho dos años antes, cuando era una *lesbibebé* que creía que todo mundo me estaba viendo y juzgando.

Voltea la cara hacia el otro lado, de modo que mis labios rozan su mejilla y le dejan un borrón de bálsamo labial sabor menta en la piel. En ese momento es cuando el «pero» de hace diez segundos por fin llega a mi cabeza.

Vuelvo a sentarme. Al menos hago eso para no pasar el resto de la escena en una posición inclinada, con el culo hacia afuera. Se me paraliza el rostro; no expreso nada, no entiendo nada. Pero conforme la cámara se acerca, se percibe un destello de miedo.

Nuestros ojos se encuentran. Cuando sales con alguien, hay cierta mirada secreta que siempre está ahí, entre las dos personas. Algo en sus ojos que te dice que ella es tu hogar.

En nuestro caso, esa mirada había desaparecido.

Después me pregunté si acaso se había esfumado hacía semanas o meses, sin que me diera cuenta.

—¿Qué pasa? —pregunto.

Nunca habían terminado conmigo, pero la escena me resulta tan familiar que las palabras salen por sí solas. ¿Será que esas escenas ocurren con tanta frecuencia en la vida real que por eso las ponen en las películas? ¿O es más bien que las películas nos han dado un guion conveniente para tener conversaciones inconvenientes?

—Lo siento. —Le tiembla el mentón—. Ya no quiero estar en esta relación.

El hecho de que esté a punto de soltarse a llorar me asusta más que cualquier otra cosa. Cualquiera creería que es un comportamiento normal, pero Hannah es tan ecuánime y lógica que, si no la conoces, podrías pensar que es una persona fría. Por lo regular no se deja llevar por sus emociones o al menos no las expresa de la misma forma que la mayoría de la gente.

Si miras con atención verás un cambio casi insignificante en mi rostro, cuando paso de la confusión a la desolación absoluta. Todo está en la mirada. Ese es el momento en el que todo lo que había planeado se derrumba. Unos segundos antes de verdad creía en la falacia de que el nuestro era uno en un millón de primeros amores que duraría para siempre.

—Pero ¿por qué?

La pregunta me da grima. Pero tenía que hacerla. La amaba tanto y era tan feliz que no entendía qué estaba pasando. Aun ahora, cuando lo recuerdo, debo resguardarme de la respuesta.

—Te amo. Pero no estoy enamorada de ti —dijo.

Aunque fuera un cliché, no sabía a qué se refería. ¿Qué diferencia hay entre amar y estar enamorada?

—Quiero que sigamos siendo amigas, pero sé que eso podría tomar tiempo.

Era mi oportunidad para actuar casual y rescatar lo que me quedaba de dignidad.

—Pero te amo —gimoteé—. Creo que eres, literalmente, la mejor persona que he conocido jamás, y si me dejas me muero.

No digas nada. Ya sé.

—Saoirse —dijo ella, y me apretó la mano sobre la mesa. Era una sensación familiar, pero al mismo tiempo desconocida—. Estarás bien. Te lo prometo.

—¿Por qué ahora? ¿Qué cambió?

Eso fue un error. Hannah es de una franqueza abrumadora. Ahí fue cuando aprendí a no hacer preguntas cuya respuesta en realidad no quería saber.

—No sé qué cambió. Llevo tiempo pensándolo. Esperaba que llegara un momento en que las cosas en tu vida estuvieran más tranquilas. No quería lastimarte mientras las cosas estuvieran así de mal, pero empiezo a sentir que te estoy mintiendo y no quiero hacerlo.

Las *cosas en mi vida* de las que hablaba eran el internamiento de mi mamá en la residencia, el romance de mi papá y la estúpida cereza en el pastel de mierda: ¿Adivina qué? ¡Es posible que tú también desarrolles demencia! Un pensamiento me viene a la mente y, una vez que se instala ahí, se niega a irse. Esa es precisamente la razón por la que está terminando conmigo, porque no puede tener un futuro conmigo. Si mi papá hubiera sabido que mamá terminaría así, estoy segura de que también habría abandonado el barco desde el principio. Debe significar que en realidad nunca me amó, tal y como papá nunca amó en realidad a mamá. Es el fin del mundo. Es un dolor que me cala los huesos.

Las viejitas de la mesa contigua se inclinan sospechosamente hacia nosotras. Hannah se pone de pie, saca un billete de diez del bolso y lo pone en la mesa. Por un instante me siento desconcertada hasta que me doy cuenta de que está pagando el pastel.

—Eres mi mejor amiga —dice, con la mirada en el suelo—. Creo que podríamos seguir teniendo eso. Si quieres.

La miro. Se está mordiendo el labio. No sé qué contestar. Sin importar lo que haya dicho sobre la amistad, veo que está dispuesta a arriesgar incluso eso con tal de abandonar nuestra relación.

Sale de la cafetería. Involuntariamente la sigo con la mirada. Luego escondo la cara entre las manos, pero se me resbala el codo y sin querer volteo el plato de pastel sobre la mesa y lo tiro al suelo. El plato se tambalea y traquetea en el piso, como cuando dejas girar una moneda hasta que se detiene. El pastel se resbala por el piso y deja a su paso una larga mancha de betún de caramelo sobre las baldosas, como una raja de canela en los calzones.

Una de las viejitas estira el brazo y me da una palmada en la rodilla.

—Todo mejorará, muñeca.

Después me enteré de que Izzy lo sabía desde hacía mucho. Como era de esperarse, puesto que la vida no es más que una sucesión de humillaciones, no me lo confesó sino hasta después de que yo llevaba un mes hablando de ello. Después de disecar hasta el último detalle. Después de preguntarme una y otra vez en voz alta si habría forma de que Hannah cambiara de opinión. El amor no se esfuma de la noche a la mañana, ¿o sí? Al menos el mío seguía ahí. No era un interruptor que pudiera encender y apagar. Era algo que había crecido dentro de mí, cuyas raíces se habían enredado alrededor de todos los órganos de mi cuerpo. Lo necesitaba para seguir viva. Durante mucho tiempo mantuve la esperanza. Después renuncié a ella. A la esperanza, pues. No me gustaba pensar en si era capaz de dejar de amar a Hannah o no. Aprendí a no profundizar en esos sentimientos. Por eso no quería volver a verla. Tenía que fingir que no existía. E Izzy tampoco. Ambas estaban conectadas de forma inextricable.

La gente dice que no se puede cambiar el pasado, pero eso no es cierto.

Papá metió a mamá a una residencia, aunque prometió que nunca lo haría. Prometió que siempre la cuidaría. Pero no fue así, y eso cambió todo lo que había ocurrido antes e hizo que los antiguos recuerdos fueran amargos, en vez de dulces. Lo mismo pasó con Hannah. Lo que alguna vez tuvimos quedó manchado para siempre. Podrido.

Recostada boca arriba sobre la cama, viendo el techo, sin poder dejar de recriminarme por ser tan ingenua y tonta, me di cuenta de que necesitaba reglas nuevas. Quizá me había aprovechado un poco del vacío legal de mi regla sobre las relaciones (ah, y del detalle de no besar chicas lesbianas ni bisexuales porque eso conduce a vacíos legales, por supuesto), pero justo por eso necesitaba una red de seguridad. Una forma de protegerme e impedir que me volvieran a destrozar el corazón. Si alguna de esas cosas pasaba, sería momento de ponerle fin al experimento con Ruby. Saqué el celular e hice una nota sobre los cinco jinetes del apocalipsis, los cinco óbices, los cinco heraldos de la fatalidad:

1. No actuar como una ridícula. Es decir, si de pronto me le quedo viendo con anhelo o pienso cosas como «es la chica más hermosa del mundo», estoy en problemas.
2. No pluralizar. Nada de hablar de las dos como «nos encanta esto» o «preferimos los gatos» o «viviremos felices para siempre».
3. No soñar despierta. Las fantasías sobre el futuro que no tendremos son un foco rojo inmenso.
4. No tener conversaciones serias bajo ninguna circunstancia. Eso significa no hablar de mamá ni de no querer asistir a Oxford ni sobre mis emociones complejas con respecto a papá y su boda.
5. No pelear ni mucho menos reconciliarnos. Pelear por cosas

implica cierta inversión emocional. Reconciliarse después de una pelea es una forma de proteger dicha inversión.

Me prometí que no rompería ninguno de esos edictos sagrados. Sin excusas y sin excepciones.

Sí, sí, ya sé que parezco el personaje de una película de terror que dice: «Vuelvo enseguida».

10.

La rueda de la fortuna del paseo marítimo se asomaba por encima de la feria y las campanadas agudas se mezclan con las canciones pop que ponen al comienzo de cada vuelta. Yo pasaba el peso de una pierna a otra mientras esperaba a Ruby y me preguntaba si debía comprar boletos para ambas o si debíamos dividir la cuenta. Hannah y yo solíamos decidirlo en función de quién tuviera mejores finanzas en ese momento. ¿Cómo funcionaba el mundo de las citas cuando no llevabas una vida entera conociendo a la persona? Nadie me había preparado para enfrentarlo. Al final decidí comprar los boletos para dejar de pensar acerca de quién debía comprarlos.

Vi a Ruby a lo lejos mucho antes de que ella me ubicara. Traía puestos unos coloridos pantalones cortos tipo harem, una ombliguera azul con motivos bordados en el cuello y había completado el atuendo con unos botines color arena. Se le asomaba un par de centímetros de pancita y se veía linda y bohemia, y me dieron ganas de correr y besarla. Pero no lo hice. Me escondí antes de que me viera para evitar la caminata incómoda entre dos personas que se ven desde lejos y aún no están lo suficientemente cerca para saludarse. Esperé hasta que se acercó al quiosco y luego salí de mi escondite y le di una palmadita en el hombro. Ella se sobresaltó, pero luego sonrió al verme.

—Hola. —Agitó la mano para saludarme, a pesar de estar a unos cuantos centímetros de mí.

—Hola. —Le contesté con el mismo saludo—. ¿No sientes que es un poco extraño?

—Un poco —asintió—. Pero ya lo superaremos.

Por mirarla de reojo un par de veces mientras navegábamos el mar de gente de la entrada, choqué dos veces con el mismo hombre de mediana edad. Por primera vez en la vida no sabía qué decir; en la fila para comprar bebidas, por más que rebusqué en mi cerebro ideas para iniciar una conversación, no encontré nada. Compré medio litro de Coca-Cola, porque el calor era abrumador y me lo bebí casi todo de un trago. La oleada de calor no había cedido, aunque en años anteriores por lo general terminaba tan pronto se acababa la temporada de exámenes.

Beber el resto de la Coca-Cola a traguitos era una forma de escudarme para disimular que no tenía nada que decir. Nunca había tenido que hacer plática durante una primera cita. Hannah y yo fuimos mejores amigas durante diez años antes de nuestra primera «cita». Nuestra amistad y nuestra relación se fueron entrelazando hasta fusionarse. Esa era otra razón por la cual no podíamos volver a ser solo amigas después. ¿Cómo podríamos ir al cine en plan amigas sin que se sintiera como cuando íbamos al cine siendo novias?

En ese instante, como si fuera un espíritu maligno en una película de terror, al pensar en Hannah la invoqué. Su cabellera negra y brillante, junto a los rizos rubios de Izzy, subía y bajaba a medida que se acercaba hacia nosotros en medio de la marea humana, como la aleta en *Tiburón*.

Sentí que el corazón me iba a explotar dentro del pecho. Latía tan rápido que parecía que quería escapar. Miré con desesperación a mi alrededor para encontrar un lugar donde resguardarme para no toparla de frente. A la izquierda estaba la fila para el algodón de azúcar. Atrás, la salida; frente a nosotras, el tren fantasma, y a la derecha, la rueda de la fortuna.

Hannah estaba cada vez más cerca, y aunque hubiera un montón de gente entre nosotras era imposible que no me viera. Podría jurar que algo cambia en tu cuerpo cuando conoces a alguien así de bien. No te pueden tomar por sorpresa. Siempre percibirás de reojo un gesto familiar o escucharás un timbre de voz conocido por encima del sonido y sabrás que esa persona está ahí, incluso antes de verla.

Le di una palmadita en el hombro a Ruby.

—¿Vamos a la rueda de la fortuna?

—Por supuesto —dijo, y se frotó las manos—. Para ser sincera, nunca me he subido a una.

Las ruedas de la fortuna son interminables y aburridas. Hannah jamás se subiría a una. Le aterraba no estar atada con un cinturón de seguridad. Siempre decía que nada te impedía levantarte, abrir la puertecita y aventarte. Jamás me atreví a señalar que, salvo que la poseyera un espíritu maligno, su cuerpo no tenía la voluntad propia para traicionarla y suicidarla. De hecho, habría preferido que nos subiéramos al tren fantasma, pero era más arriesgado. Quizá Hannah e Izzy también se subirían y sería una pesadilla estar atrapada con ellas en el mismo carro. De hecho, la fusión temática entre la exnovia y el tren fantasma sonaba completamente aterradora: Al entrar, en lugar de encontrar un maniquí envuelto en papel de baño, como una momia, la ves a ella, y resulta que traes puesto un suéter viejo y holgado, con una mancha enfrente. Al dar vuelta en la esquina te ves obligada a revisar sus publicaciones de Instagram, donde encuentras comentarios de una chica tatuada que bien podría ser la gemela de la celebridad que tanto le gustaba a tu exnovia. Al final del viaje, reproducen una y otra vez un video con capturas de pantalla de todos los mensajes de texto patéticos que le enviaste cuando tenías el corazón demasiado roto para pensar en tu dignidad.

Por supuesto, la pregunta es ¿por qué alguien pagaría por pasar por ese tipo de trauma cuando la vida te lo regala sin que se lo pidas?

—¿Cómo es posible que nunca te hayas subido a una rueda de la fortuna? —pregunté distraídamente, mirando de reojo por encima de mi hombro. A menos de tres metros, Izzy y Hannah se habían formado en el puesto del algodón de azúcar. Seguro había sido decisión de Izzy; ella era la que no podía resistirse ante algo dulce. Si retrocedía sobre mis pasos, no habría forma de evadirlas. Volteé de nuevo hacia el frente y fingí haber escuchado todo lo que Ruby había dicho.

—...no solíamos ir a ferias ni a la playa cuando era niña.

Supuse que hacían viajes más emocionantes, como a Mónaco o a Aspen, o adonde fuera que los ricos llevaban a sus hijos durante las vacaciones.

—Bueno, pues hoy te toca baño de pueblo —dije en son de broma.

—No me refería a eso...

—Es broma —dije, y le di un empujoncito.

Sentí el sutil llamado del medio litro de refresco que decía que necesitaría buscar un baño tan pronto nos bajáramos del juego mecánico. Fruncí la nariz al imaginar un baño portátil de carnaval en plena tarde hirviente. Pero tendría que esperar a que no hubiera moros en la costa.

Nos apretujamos de un lado del carro, y, por alguna razón, aunque antes hubiéramos llegado al nivel dos de manoseo, sentí un revoloteo en el estómago cuando su pierna rozó la mía. Nuestras manos estaban sobre nuestros propios muslos, pero el contacto cercano me hacía hiperconsciente de la existencia de mis brazos. ¿Dónde acostumbraba ponerlos? ¿Era igual de raro tener brazos cuando andaba con Hannah? No podía recordarlo.

La rueda de la fortuna fue girando para dejar a otras parejas subir a los siguientes carros. Ruby inhaló el aroma a palomitas de maíz y me sonrió.

—Fue una buena idea. Definitivamente es el tipo de actividad que se hace durante la secuencia del enamoramiento. Tendremos que subirnos también a la montaña rusa y tomarnos fotos. Y quizá ganar juguetes de peluche para regalárnoslos entre nosotras.

—La montaña rusa de aquí tiene el aura distintiva de dejar tu vida en tus propias manos, pero he oído que las circunstancias de vida o muerte unen a la gente, así que ¿por qué no?

Una vez que estuvimos en la cima, el juego se detuvo y nos permitió disfrutar el paisaje. De un lado, el mar se perdía en el horizonte; del otro, el pueblo se perdía en la campiña. Ruby me tendió una mano y eso me relajó un poco.

—Cuéntame algo sobre ti —dije—. ¿Cómo le haces para tener reflejos felinos?

Su risa me hizo sentir una calidez inusual. Me encantaba hacerla reír. Su risa era hermosa y también tenía un peculiar acento inglés.

—Practiqué gimnasia durante muchos años.

—¿Y ya no?

—Las cosas se pusieron complicadas en casa. Para ser sincera, a mamá se le empezaron a olvidar mis clases porque tenía muchas cosas en mente y yo no quería molestarla. Deben haber pasado seis meses antes de que se diera cuenta de que había dejado de asistir a los entrenamientos. Le dije que igual no tenía ganas de volver. No quería hacerla sentir mal.

Sentí una pizca de compasión por Ruby. Supuse que habría sido una de esas niñas cuyos padres son tan ambiciosos y poderosos que a veces hasta se les olvida que tienen hijos. Tenía cierto sentido entonces que se hubieran ido de viaje sin ella. Abrí la boca para decirle que sabía lo que se sentía tener una mamá que no siempre podía estar presente en tu vida. Aunque mamá habría querido hacerlo, si hubiera podido. Pero me detuve a tiempo. ¿Cómo pude bajar la guardia con tanta facilidad? Acababa de ponerme reglas nuevas y estaba a punto de romperlas sin reparo y darle entrada a la fatalidad. Necesitaría ser más cuidadosa. Prácticamente podía ver su reacción descorazonadora si le confesaba lo que estaba pensando. Habría sentido pena por mí. De por sí yo sentía algo de pena por ella, y eso que no solía relacionarme así con la gente.

—La pregunta del millón es: ¿todavía puedes hacer una vuelta de carro?

Ruby parpadeó, supongo que porque esperaba una respuesta distinta. Disimulé mi culpabilidad de la misma forma en que ella disimuló su desconcierto.

—De hecho, sí —contestó, recobrando la compostura de inmediato y sonriendo—. Y también puedo hacer saltos hacia atrás. Si tienes suerte, te enseñaré cómo pongo las piernas en…

Con un traqueteo, la rueda de la fortuna empezó a moverse de nuevo y pasamos otra vez cerca del suelo, cerca de un baño. Luego hubo un gruñido, un crujido y un rechinido causado por el choque de metales. La rueda se estremeció hasta detenerse y la chica del carro contiguo soltó un grito.

Era obvio que el juego mecánico tenía que descomponerse. Cuando apuestas por vivir la vida de comedia romántica a veces te tocará besar a la chica hermosa y a veces tendrás que enfrentar humillaciones deplorables con tal de preservar el efecto cómico.

Una sensación terrible se apoderó de mí y me obligó a tensar todos los músculos del cuerpo.

—¿Estamos... atoradas? —Ruby se asomó por el costado del carro, casi con la cabeza completamente de fuera, hasta que un grito de pánico llegó a nuestros oídos.

—¡Los voy a demandar! —gritó un hombre, y un niño que ya era bastante grandecito empezó a sollozar sin control.

Eran malas noticias. Muy, muy malas noticias. Miré a mi alrededor, como si la solución al más urgente de mis problemas fuera a materializarse en el aire.

Cuando Ruby volteó a verme, estaba radiante.

—¡Es perfecto! —dijo entre risas, entusiasmada. Pero luego se percató de mi expresión—. ¿Qué pasa, Saoirse? Estamos seguras y no nos va a pasar nada.

Agité el pie con desesperación y con mi pulgar froté la cicatriz que tengo en la palma de la mano.

—¿Cuánto tiempo crees que tarden en resolverlo? —dije entre dientes.

—No sé, pero te prometo que estaremos bien. ¿Te dan miedo las alturas o algo así? —preguntó con arrugas de preocupación en la frente.

Titubeé. Y luego asentí.

—Sip. Me aterran las alturas. Así soy yo. Súbeme un par de metros por encima del suelo y me pongo muy mal, en plan «Oh, no, voy a morir».

Me asomé por la orilla del carro para averiguar si alguien se estaba haciendo cargo de aquel desastre.

—¡No mires hacia abajo! —dijo Ruby, y me frotó la nuca como para reconfortarme, pero eso solo me provocó escalofríos en todo el cuerpo. Era una mezcla de sensaciones bastante confusa—. Todo saldrá bien —agregó con voz reconfortante—. Te lo prometo.

Asentí, sin poder decir una palabra más. La sensación de urgencia se volvió más apremiante. De repente, dejó de frotarme la espalda.

—¿Por qué sugeriste que nos subiéramos a la rueda de la fortuna si te dan miedo las alturas?

—Eh…

—Y la noche en que nos conocimos trepaste un muro de tres metros.

—Porque… ¿quería impresionarte? —dije, con la esperanza de que fuera un argumento convincente.

Ella simplemente arqueó una ceja y se quedó esperando. ¡Maldita sea, era tan increíble!

—Está bien, está bien. No me dan miedo las alturas —dije abruptamente.

—Entonces, ¿qué pasa? —dijo, y se reclinó hacia atrás.

Me simpatizaba más cuando intentaba reconfortarme.

Cerré los ojos con expresión dramática e hice una pausa en la que inhalé profundo.

—Temo que me voy a mear encima. Bebí medio litro de Coca-Cola y estoy muriendo por ir al baño, ¿de acuerdo? —Lo dije tan rápido como pude, como si de esa forma la vergüenza fuera a disiparse al instante.

Ruby soltó una carcajada.

—¿Por qué te da risa? —pregunté con cierta indignación—. ¡En serio es un riesgo grave! —Cada vez sonaba más desesperada, en vista de que mi secreto ya era de dominio público—. Si estuviéramos en una montaña rusa y se detuviera de pronto, claro que podríamos salir volando y morir o rompernos todos los huesos o algo así. Ese sería un accidente trágico. Pero ¿esto? Me voy a mear encima, junto a la chica que me gusta. Ni siquiera es que estemos en la misma habitación. ¡Estamos en el mismo metro cuadrado! ¡Dios mío! ¿Y si te mojo? ¿Y si cuando por fin nos bajen sale una oleada de pipí en el instante en que abran la puertita?

Ruby se dobló de la risa, pero hizo un intento por recomponerse de inmediato y se limpió los ojos con el dorso de la mano. Luego me tomó de la mano.

—Lo superaremos juntas, te lo prometo. No te vas a hacer encima. Eres una humana adulta, capaz de controlar su propia vejiga. Solo lo estás sufriendo porque no dejas de pensar en ello.

—¿Cómo no voy a pensar en ello? Te juro que el cuerpo me está exigiendo que piense en ello.

Ruby se mordió el labio y se le escapó una risita.

—Lo siento. Sé que no debería reírme. En realidad es mi culpa.

—¿Cómo va a ser tu culpa?

—Debí advertírtelo.

—¿Cómo ibas a saber que iba a beber mi peso en refresco y a quedar atrapada en un espacio confinado?

—¡Ay, por Dios! —exclamó, como si fuera obvio—. En las comedias románticas siempre hay una escena en la que la pareja queda atrapada en un espacio confinado. Si se meten al armario del conserje, casualmente la puerta se cierra con llave desde afuera. Si están en un elevador, el elevador se detiene entre pisos. Y si se suben a una rueda de la fortuna, seguro se descompone. No puedo echarte la culpa porque no sabes mucho de esas películas.

—Sí, bueno, pues entonces debiste advertirme. Habría traído una mochila con refrigerios o algo así. Un mapa, un kit de primeros auxilios y uno de esos enormes teléfonos satelitales para cuando nuestros celulares se queden inevitablemente sin señal.

Era impresionante la cantidad de coincidencias que había entre las escenas desastrosas de las comedias románticas y los desastres típicos de las películas de terror. Claro que en las comedias románticas solo hay tensión sexual, mientras que en las pelis de terror hay asesinos seriales, así que el tono es sutilmente distinto, ¿sabes?

—Ah, ya entendí —dijo Ruby con una expresión de complicidad—. Tú eres la estricta que nunca rompe las reglas y yo soy el espíritu libre que tiene que enseñarte a llevártela leve, a relajarte, a bajar la guardia.

—¿Perdón? Escalé un muro y te compré una estrella. Es obvio que yo soy el espíritu libre —dije, aunque esa parte de romper las reglas era bastante cercana a la realidad. Y no es que tuviera reglas por ser estricta, sino por temor a lo que me ocurriría sin ellas. Eso no me convierte en una persona controladora.

¡Hablo en serio!

—Como el verdadero espíritu libre en esta relación, te lo concederé por ahora —dijo Ruby y me guiñó un ojo, lo cual despertó el mareo en el momento más inconveniente. No conocía a una sola persona que pudiera guiñar sin parecer cursi, pero ella lo había logrado. Me pregunté si podría hacerlo yo también. Tendría que practicarlo después frente al espejo—. En fin, tengo que decirlo —agregó Ruby, mientras yo pensaba que el simple acto de ensayar un guiño me convertía en la estricta—: Acordamos que tendríamos una primera cita de prueba y, hasta el momento, creo que ha sido un éxito sin precedentes.

La miré, me asomé por la borda para ver el suelo distante y luego la miré de nuevo como si cuestionara su afirmación.

—¿Insinúas que habernos atorado aquí no es un éxito? Ya te expliqué que, si vieras más comedias románticas, lo habrías previsto.

—Es broma —dije—. De hecho, me la estoy pasando bien. Bueno, salvo por las ganas insoportables de orinar mientras estoy atrapada en las alturas. —Extrañamente, era cierto. Para ser sincera, prefería estar atrapada con ella en medio de una emergencia urinaria que estar sin ella en cualquier otro lugar.

Ruby frunció la cara con gesto empático.

—Pues vamos a distraerte entonces. Si accedemos a continuar

con la secuencia del enamoramiento, tenemos que pensar qué otras cosas haremos.

—Tú eres la especialista —dije, y creé una nota nueva en el celular—. Ya hicimos lo de la feria. ¿Qué más se te ocurre?

Ruby se pasó el cabello al otro lado mientras pensaba.

—¿Retozar? —dijo finalmente, mientras su lengua jugueteaba con el arete del labio.

Carraspeé mientras pensaba en cómo responder a una palabra que nunca había oído a nadie usar en la vida real.

—¿Retozar? —pregunté—. Lo acabas de inventar, ¿verdad?

—Para nada. Es cuando las parejas se involucran en escenas de… retozo.

Alcé las cejas (porque no puedo arquear una sola).

—Necesitaré ejemplos más gráficos porque suena demasiado sospechoso.

—*10 cosas que odio de ti* —contestó de inmediato—, la escena en la que juegan gotcha.

—No la he visto. —Me encogí de hombros.

Ruby abrió los ojos como platos.

—Ya sé que no te gustan las comedias románticas, pero eso es muy raro. Okey, si me toca producir todas las ideas, tendrás que ver las películas de las que las saco. Las agregaremos a la lista. Tal vez así no te sorprenderás tanto cuando pase algo obvio, por ejemplo que se descomponga la rueda de la fortuna.

Le emocionaba la idea de hacerme ver sus películas favoritas, y tuve que reconocer que quería ver su sonrisa cuando yo accediera.

—Está bien —accedí.

Estaba pletórica. No cambiaría esa sonrisa por nada.

—Ah, y ya sé qué sigue: contacto visual significativo.

—¿Retozar y tener contacto visual? —Negué con la cabeza, pero de cualquier forma lo anoté en el celular.

—*Siempre* hay contacto visual significativo durante la secuencia del enamoramiento. Así es como sabes que hay tensión sexual —me explicó.

—O sea, sé que estás en lo correcto, pero esto no es una cita de verdad. Podemos hacer lo del contacto visual en cualquier momento.

—¡Exacto! Y deberíamos hacerlo ahora mismo. Así lo borramos de la lista de una vez.

Su expresión era peculiar, con un toque travieso. Era la misma mirada que tenía cuando saltamos del muro. La misma mirada que tenía cuando me invitó a su habitación. Para ser sincera, hasta ese momento solo había traído consigo cosas buenas.

—¿Quieres tener contacto visual significativo conmigo en este momento?

—Claro —dijo.

—¿No crees que debería ser algo más… espontáneo?

—Estás de acuerdo con el listado de citas y el truene predeterminado, pero ¿no podemos acordar cuándo tener contacto visual significativo?

—Bueno, está bien. Tienes razón —dije, con las manos en alto, en señal de rendición.

—Recuerda que tendrás que sostenerme la mirada al menos diez segundos —dijo.

—Es una bobada. No puedo hacerlo sin reírme.

—Tienes que hacerlo. Ahora estamos teniendo una conversación normal y mirando a nuestro alrededor. —Ruby miró a su alrededor. Saludó con la mano a la multitud, pues seguíamos demasiado arriba, sin poder distinguir a alguien en particular—. Miradas casuales, conversación casual, catarina, catarina, catarina —dijo Ruby y miró en todas direcciones, sin voltear a verme.

—¿Catarina? ¿Qué es eso? —la interrumpí.

—Ah, es lo que dicen los extras en las tomas cuando se supone que están conversando. ¿No sabías?

Me encogí de hombros.

—Catarina, catarina.

—Conversación casual, catarina, catarina. Bien. Ahora sí, contacto visual en tres... dos... uno...

Nuestros ojos se encontraron, y tuve que hacer un esfuerzo por contener las risitas. Me mordí los carrillos. Clavé la mirada en sus ojos y empecé la cuenta regresiva.

Diez: esto es una tontería.

Nueve: me voy a reír, me voy a reír.

Ocho: muérdete el labio de ser necesario.

Siete: enfócate en sus ojos, inhala profundo. Su lunar azul es lindísimo.

Seis: los ojos de Ruby tienen destellos verdes. Son más almendrados que color miel.

Cinco: ¿por qué de pronto hay tanto silencio?

Cuatro: ¿el corazón me está retumbando en los oídos?

Tres: ya no es gracioso.

Dos: es muy intenso.

Uno: no desvíes la mirada.

Ruby cerró los ojos, y yo también. Sentí su aliento en mis labios. Sus labios apenas rozaron los míos y eso bastó para mandar señales de fuego por todo mi cuerpo. Presioné los labios contra los suyos, con firmeza, y ella entreabrió la boca para dar paso a su lengua suave y aliento dulce. Puso una mano en mi cadera y con la otra me tomó la cara. Nunca me habían besado así. Con tanta dulzura.

Cuando se separó, el resto del mundo nos cayó de golpe como si alguien le hubiera subido el volumen al sonido y hubiera encendido las luces. Con un crujido, la rueda de la fortuna cobró vida de nuevo. Iniciamos el descenso hacia la tierra y en ese instante crucé las piernas al recordar las ganas incesantes de ir al baño.

11.

1. ~~Cita en la feria~~ (al más puro estilo de *Jamás besada* y *Yo soy Simón*). Llevábamos apenas una cita y ya tenía pendientes dos películas, así que accedí a ver al menos una antes de cada cita. Ruby estaba convencida de que, una vez que me adentrara en las comedias románticas, terminaría viéndolas por cuenta propia. Yo seguía dudosa.
   a. ~~Contacto visual significativo.~~ Convencí a Ruby de poner una adenda a la parte uno. No era una cita como tal, así que no podía tener su propia categoría y, por ende, no podía sumar más películas a la lista.
2. Una persona le enseña una habilidad a la otra (como lo viste en *Digan lo que quieran* y *La novia de la novia*). Algo ligeramente preocupante, en vista de que yo no tenía habilidades discernibles, pero quizá Ruby era buenísima para el tenis o la cerámica. Esas opciones la obligarán a guiarme de cerca.

3. Karaoke. En donde una o dos personas revelan sus talentos ocultos para el canto o su pésima voz (como lo viste en *La boda de mi mejor amigo* y *500 días con ella*). En este caso protesté tajantemente y señalé que ya habíamos cantado karaoke. Ruby insistió en que yo no había cantado, así que no contaba. En mis adentros decidí que me encargaría de convencerla de reemplazarlo por algo menos aterrador.

4. Retozar (al más puro estilo de *todas* las comedias románticas, al parecer). Eso seguía sin convencerme, pero la insistencia de Ruby de que estaba presente en cualquier comedia romántica me dio un argumento adicional para no agregar más películas a la lista.

5. Hacer una coreografía de baile bien sincronizada (como lo viste en *Si tuviera 30* y *Desfile de pascua*). Me dio la impresión de que tendría que ser una estrella de Broadway para sobrevivir el verano con mi dignidad intacta.

6. Noche de pelis (como lo viste en *A todos los chicos de los que me enamoré* y *Un lugar llamado Notting Hill*). Obviamente debe ser una cita cargada de la fuerte tensión de los besos inminentes.

7. Besarse apasionadamente bajo la lluvia (al estilo de *Cuatro bodas y un funeral* y *Diamantes para el desayuno*). Esto no me molestaba en absoluto.

8. Cita en un bote (como lo viste en *La propuesta* y *10 cosas que odio de ti*). Sospechaba que me iría mal remando. Los brazos se me cansaban hasta cuando me secaba el cabello con secadora.

9. Tener una de esas conversaciones telefónicas en las que ambas partes dicen: «No, cuelga tú» (como lo viste en *La verdad acerca de perros y gatos* y *Problemas de alcoba*).

Creo que tuvo que hacer una investigación exhaustiva para encontrar esta referencia.

10. Un baile lento (el estilo de *La alegre divorciada* y *Cuando Harry conoció a Sally*). Ruby me explicó que era distinta a la coreografía anterior, porque aquella debía ser divertida y juguetona. El baile lento, en cambio, es romántico y apasionado. En mi opinión, ambos son bailes y nada más, pero de cualquier forma lo dejé pasar. Podría decirse que soy una romántica empedernida.

Después de la cita en la feria, no podía quitarme la sonrisa tonta de la cara y estaba llena de energía. Sin embargo, cuando llegué a casa me di cuenta de que no tenía con quien compartirlo. Por un instante imaginé cómo sería contárselo a Izzy. Antes hablábamos mucho de mi relación con Hannah, sobre todo cuando recién empezamos a salir. Nunca fue incómodo que las tres fuéramos amigas y que de pronto dos nos volviéramos pareja. Una parte de mí quería llamarle para contarle. Pero sabía que si lo hacía, volveríamos a ser amigas como siempre. Si es que yo lo permitía. Pero no pude.

Me convencí de que ansiaba hablar con ella solo porque no había nadie más con quien hacerlo. Definitivamente no quería contárselo a papá y, aunque se lo había dicho a mamá, no es lo mismo porque no puede entenderlo en su totalidad. Imaginé entonces cómo reaccionaría si hubiera estado bien y si me hubiera visto salir con alguien que no fuera Hannah. No obstante, si ella estuviera bien, quizá Hannah y yo seguiríamos juntas.

Me di permiso de ahogarme en ese río de pensamientos durante aproximadamente diez minutos, pero luego los encerré en una caja bajo llave que guardé en las profundidades de mi cerebro. Temía que si los dejaba libres durante mucho tiempo se apoderarían de mí.

En lugar de autocompadecerme, compré *Jamás besada* en una plataforma digital para iniciar mi aventura romántica. Entenderás que no me hacía ilusión ver esas bobadas sin sentido y que solo lo hacía con fines de investigación. Una investigación esencial. Y si los colores alegres y las tomas brillantes y los finales felices me parecían una forma refrescante de salir de la rutina, bueno, siempre podría guardar mi secretito. Le escribí a Ruby para contarle lo que estaba haciendo y ella me mandó un GIF de una gatita echándome porras. En los últimos días había quedado claro que su principal forma de comunicarse por mensaje de texto era a través de GIF felinos; tenía uno para cada ocasión.

Mientras acomodaba mis almohadas para máxima comodidad, papá tocó a la puerta de mi cuarto y entró sin esperar respuesta. Siempre hacía lo mismo.

—¿Qué está pasando aquí? —Miró la pantalla con el ceño fruncido. Drew Barrymore estaba hecha un algodoncito de azúcar.

—Eh...

—¿Estás viendo una comedia romántica? —preguntó, incrédulo.

—No. Tal vez. ¿Y qué tiene de malo? Pensé que ibas a salir.

Se suponía que Beth y él irían a elegir regalos para su cortejo nupcial. No entiendo bien por qué tienes que darles regalos a otras personas cuando eres tú quien se casa, solo porque se paran junto a ti con los anillos o te sostienen la cola del vestido o algo así. Ahora que lo pienso, ¿por qué tiene la gente que darles regalos a los novios? ¿Qué no basta con que sea «el día más feliz de su vida»?

—Sí, voy a salir, pero no cambies el tema. ¿Qué no decías que eran «mamarrachadas sexistas»? Lo recuerdo porque jamás había oído a alguien usar la palabra *mamarrachadas* en la vida real.

—Sí, bueno, pero el terror también es supersexista, ¿no? «Ay, ¿por qué no apuñalo a todas esas mujeres con mi navaja fálica

117

mientras ellas huyen en blusitas y sin sostén para que se les marquen los pezones?».

—Por favor no uses la palabra *pezones* frente a tu padre —dijo, y se estremeció.

—Sí, de inmediato me arrepentí.

—Olvidado entonces —concluyó.

Esperé que dijera entonces lo que había venido a decir. Él, en cambio, jugueteó con un collar que estaba sobre mi mesa de noche para evitar verme a los ojos.

—Podrías acompañarnos, si quieres. —Sonaba esperanzado.

Le di golpecitos en los costados a mi almohada y la acomodé a la altura de mi nuca.

—Como que estoy atorada aquí.

—Me gustaría que conocieras mejor a Beth. Tienes que involucrarte en la boda de alguna manera.

—¿Ah, sí? —pregunté.

Sabía que no solo había subido a tratar de convencerme de que hiciera cosas de la boda con ellos, sobre todo porque desde el principio él tenía muy claro que era una causa perdida. Así que debía haber otra cosa.

—Recibí una oferta para la venta de la casa —dijo después de unos segundos.

Fue como un puñetazo en el vientre. Apenas hacía dos días la había puesto en el mercado, y que yo supiera solo una persona la había ido a ver. La agencia de bienes raíces ni siquiera había puesto su cartel afuera aún.

—Claro que no hay prisa. Ya hicimos una oferta para el departamento y nos la aceptaron, pero eso tardará en procesarse. Tenemos hasta agosto.

Mi papá, quien había decidido comprometerse en matrimonio y casarse en menos de tres meses, definitivamente tenía una noción muy retorcida de lo que implicaba la prisa.

Se quedó callado; supongo que esperaba que le dijera algo que lo hiciera sentir menos culpable.

—Odio todo esto —dije.

Era un hecho que papá no me conocía bien.

Por un instante pensé que iba a disculparse, pero en vez de eso le dio un par de golpecitos a la puerta del armario, suspiró y se fue. Qué patético.

Me senté en la cama y pasé unos minutos dándole vueltas al asunto, mientras escuchaba a papá bajar las escaleras y salir por la puerta de la casa. No había pasado mi vida entera en esa casa, pero sí la mayor parte, y no recordaba lo que había pasado antes. Y claro que sabía que tendría que dejar el nido tarde o temprano; fui yo quien mandó solicitudes a universidades en otro país sin dudar un instante en quedarme en casa. En ese entonces pensaba que este hogar seguiría aquí cuando lo necesitara. En vez de superar las cosas y seguir adelante, sentía como si todo mi pasado se estuviera borrando, como si yo lo hubiera invocado, y que, ante cualquier distracción, empezaría a desaparecer.

De pronto sonó el timbre. Gruñí porque no había nadie más en casa que pudiera abrir la puerta. Fuera quien fuera, no era bienvenido. En parte deseé que fueran testigos de Jehová. Podría unirme a ellos y salir corriendo de ahí. Renunciar a esta vida y enfocarme en… bueno, no sabía bien en qué se enfocaban ellos.

—¡Ay, no puede ser! —exclamé al abrir la puerta—. ¿Qué quieres?

Oliver puso los ojos en blanco y me aventó mi camiseta. No la atrapé a tiempo y tuve que quitármela de encima de la cara.

—Salió con la ropa de la tintorería —dijo—. Otras personas lo agradecerían.

—Otras personas la quemarían solo porque estuvo en tus manos —dije, pero en vez de eso la aventé a una silla.

—¿No me vas a invitar a pasar? —preguntó, y se asomó a la casa por encima de mi hombro—. Quiero ver cómo viven los menos afortunados.

—Junto a ti cualquiera es «menos afortunado»—contesté, pero de cualquier modo lo dejé pasar.

Oliver observó la sala acogedora y repleta de cosas en la que yo había crecido, con todo y sus triques y detalles coloridos.

—Así que viven rodeados de caos —dijo mientras pasaba un dedo por el respaldo de un sofá y fingía ver si sacaba polvo—. Qué triste.

—Qué poco imaginativo.

—En fin, ¿qué estás haciendo? —Miró a su alrededor, como si estuviera buscando pistas.

—*Estaba* viendo una película, y quisiera seguir viéndola —contesté.

—No me molestaría ver una película —dijo—. Si me invitas una taza de té o algo así.

Pensé en la posibilidad de sacarlo a patadas, pero el hecho de que hubiera ido a mi casa a dejarme mi camiseta en pleno día, durante las vacaciones de verano, me hizo sentir que estaría pateando a un cachorrito desamparado. Un cachorrito necio que se orina en tu cama y muerde tus zapatos. O que quizá se niega a morderlos porque no son de diseñador.

Preparé dos tazas de té mientras Oliver examinaba los estantes de la cocina en busca de unas galletas. Me le quedé viendo, con expresión incrédula.

—¿Se te olvida cuántos litros de vodka me has robado?

—Ah, sí. —De hecho, sí lo había olvidado—. A ver, sostén esto un segundo—dije, y le pasé ambas tazas de té. Sostuvo una en cada mano y el paquete de galletas entre los dientes—. Bien hecho, muchacho.

Le di una palmadita en la cabeza y le hice una seña para que me siguiera a mi cuarto. Intentó hacer berrinche al darse cuenta de que me estaba burlando de él, pero el paquete de galletas entre sus dientes no le permitió hacer nada más que soltar un bufido mientras subía.

Después de dejar las tazas en el marco de la ventana, Oliver se aventó al fondo de la cama y se acomodó entre mis almohadas.

—¿Qué estamos viendo? Debo aclarar que no tengo interés alguno en ver tu pornografía casera.

Con mucho esfuerzo extraje una de las almohadas que estaban debajo de él y le di un almohadazo antes de acomodarme en la cama.

—Pásame el té, pervertido —dije, y le tendí una mano.

—Te dije que no me interesa ¿y aun así crees que soy un pervertido? No puedo creer que te tengas en tan alta estima.

—¿Te han dicho que hablas demasiado? —dije y suspiré—. Estamos viendo *Jamás besada*.

—Ah, tu biografía.

—¿No decías que era una zorra? No se pueden las dos cosas a la vez.

—Claro que sí —contestó mientras abría el paquete de galletas—. Yo solo señalo lo que veo.

Se metió una galleta entera a la boca y dejó mi cama llena de moronas. ¿Eso era la heterosexualidad? ¿Meter a un chico a tu cama para que hiciera un desastre? Por enésima vez en la vida, le di gracias a Dios por ser lesbiana.

Hora y media después terminamos de arrasar con las galletas y con la premisa de la película.

—O sea, ¿cómo? Solo porque ahora ya sabe que ella no es una estudiante no significa que esté bien que le haya gustado una estudiante, ¿cierto? —pregunté con incredulidad.

—Supongo que no. Digo, seguro llegaba a casa por las noches, donde lo esperaba su novia adulta, y pensaba «Me gusta mi alumna». Eso no es normal.

—¡Exacto! ¿Y encima de todo tiene la audacia de enojarse con ella?

—Y no se te olvide que el hermano de ella también es adulto y también le gusta una alumna.

—A ver, espera, ahora ella lo está esperando en la cancha. ¿Será que él llegará a besarla? —pregunté en tono sarcástico y fingí esconder la cara entre las manos.

—No puedo con tanto suspenso.

—Le daría un premio a la película si al final él no llega, ella se regresa a su casa y un par de semanas después empieza a salir con el tipo al que no se le para cuando ve a sus alumnas en disfraces de época.

El tipo corrió hacia la pista y ambos abucheamos con fuerza.

Cuando por fin terminó, Oliver se despatarró en mi cama.

—Qué porquería de película. ¿Ruby te dijo que la vieras?

—¿Por qué lo dices? ¿De qué hablas? —pregunté. ¿Acaso Oliver sabía todo? Me daría un infarto si Oliver estaba enterado de nuestra secuencia del enamoramiento. Nunca me iba a dejar en paz.

—A ella le encantan las pelis románticas. En estas vacaciones la he visto al menos dos veces cantando las canciones de *La boda de mi mejor amigo*, y eso que apenas lleva unas semanas aquí.

—Sí, algo dijo al respecto. Y por eso pensé en ver esta.

—¿Qué se traen ustedes dos, por cierto? —dijo, pero intentó ser tan casual que sonó sumamente artificial.

—¿Me estás preguntando si mis intenciones son honorables? —pregunté en son de broma.

—No espero milagros —contestó—. Nada más quiero saber... ¿qué onda?

—Me gusta tu prima —dije, como a la ligera, pero en ese instante las mejillas me traicionaron—. No es nada serio. Solo la estamos pasando bien. Es un amor de verano. Ya sabes.

—Ya veo —dijo lentamente, como si estuviera ganando tiempo para encontrar las palabras precisas—. Creo que es algo bueno. No la ha pasado muy bien últimamente. Creo que le hace falta algo de diversión.

Recordé su voz angustiosa al recibir aquella llamada de su mamá. Y aquel comentario extraño sobre tener que dejar los entrenamientos de gimnasia. Pero, sobre todo, pensé en el hecho de que su familia la hubiera dejado aquí todo el verano.

—¿Cómo que no se la ha pasado muy bien?

Oliver entrecerró los ojos. Abrió la boca para contestar, pero luego se arrepintió.

—Pregúntale tú. No es ningún secreto.

—Si no es secreto, me lo puedes contar tú.

—No. Es cosa suya, no mía.

—¿Ahora sí tienes principios?

—¿Qué más da? Además, me sorprende que no lo sepas todavía. ¿No le has preguntado por qué se está quedando con nosotros? ¿O es que acaso ustedes dos no hablan mucho? —preguntó mientras alzaba las cejas de forma sugerente.

—No —contesté—. Nos la pasamos en el tijereteo. Requiere demasiada concentración y no se puede hablar.

Me moría por saberlo, pero hablar de temas familiares era uno de los jinetes del apocalipsis. O sea, no habría problema si Oliver me lo contara (y ahí estaba el vacío legal), pero preguntarle a Ruby implicaría transgredir un voto sagrado (y no, no estoy exagerando). Además, ¿qué haría si ella me preguntaba por *mi* familia?

—Tú no le contarías mis cosas, ¿verdad? —pregunté.

Jamás había hablado con Oliver de lo de mi mamá, pero de

cualquier forma todo mundo en la escuela lo sabía. Ya sabes, pueblo chico...

—No te vayas a tropezar con tu propia hipocresía —dijo—. Pero no, esas son tus cosas. —Tal vez sus principios eran más fuertes de lo que aparentaban—. En fin, se nota que tú también le gustas —agregó.

Volví a clavar la mirada en la pantalla y me mordí el cachete para que Oliver no me viera sonreír. La lista de películas sugeridas que aparecía en la pantalla se parecía mucho a la lista de películas que había armado Ruby para nuestra propia secuencia de enamoramiento.

—¿*La propuesta*? —pregunté.

—Pensé que nunca lo preguntarías.

Presioné el botón de reproducción y decidí ignorar el pensamiento aterrador que me vino a la mente: era agradable conversar con Oliver.

12.

No tardé en armar una rutina funcional. Después de visitar a mamá en la mañana, veía alguna película de la lista o pasaba la tarde con Ruby. Decidimos que haríamos al menos una cosa de la secuencia a la semana, pero el resto del tiempo íbamos por café o por helado al paseo marítimo, o caminábamos por el muelle y metíamos los pies al agua. Ruby se detenía a acariciar a cualquier perro que veíamos, lo que me parecía tierno. Cada vez que papá me pedía que hiciera algo de la boda, me encogía de hombros para superdisculparme y le decía que ya había hecho planes con Ruby. No iba a fingir que tenía un interés genuino en los arreglos florales, el debate entre tener banda en vivo o DJ, o los recuerdos de la boda (como botellitas personalizadas de ginebra artesanal, porque, por si no había quedado claro, mi papá es un hípster). Mi única contribución fue sugerir que hicieran botellitas de «polvo de hadas» para los niños, que no es más que un frasco lleno de brillantina y tapado con un corcho.

Les encantó la idea.

No pensaron en las consecuencias.

Verás, en mi interior vive un genio malvado que se frota las manos de alegría al imaginar a papá y a Beth intentando llenar frasquitos diminutos de brillantina iridiscente. Pasarían semanas quitándosela de todas partes.

Son esos detallitos los que le dan sentido a la vida, ¿sabes?

Procuraba evitarlo, pero era difícil no comparar la compañía de Ruby con la de Hannah. Hannah sabía todo de mí, y aunque en teoría eso suene bien, en la práctica significaba que no había forma de evadir las partes mundanas y jodidas de la vida. Pasábamos mucho tiempo hablando de mamá, de su diagnóstico y de las probabilidades de que yo enfrentara el mismo destino. No es de extrañar que nunca tuviéramos sexo. Era mejor así. Aunque a veces me dieran ganas de contarle algo personal a Ruby, me negaba a romper mis nuevas reglas; sería como abrirle la puerta a la fatalidad y ponerme de tapete después de prepararle una taza de té. Ni siquiera le conté sobre el día en que mi mamá dijo mi nombre. Fue una trivialidad y una tontería, porque minutos después volvió a olvidarlo, pero tenía muchísimas ganas de contárselo a alguien que supiera lo que eso significaba para mí, y no quedaba nadie en mi vida que lo pudiera entender. Sin embargo, era mejor así.

Estoy siendo repetitiva, ¿verdad?

Por desgracia, para cuando llegamos a la semana tres de que yo estuviera evadiendo por completo todo lo que tuviera que ver con la boda, papá empezó a emitir boletos para el Tren Bala Rob Clarke con destino a «Culpavilla», y el viaje no era opcional. Así que accedí a realizar la onerosa tarea de probar pasteles.

O sea, ya sé que había cosas peores que hacer. Al menos me las había arreglado para evadir elegir entre distintos tipos de arreglos de mesa, pero no dejaba de molestarme que insistiera en que yo formara parte de todo esto. Era como si se hubiera olvidado de que yo no le di mi bendición a aquella unión infame, o como si creyera que comer suficiente betún de vainilla me borraría la memoria a mí también. Aun así, puesto que prácticamente soy una santa, accedí a acompañarlo a la prueba de pasteles. Estaba harta de que pusiera su cara de puchero cada vez que le decía que estaba demasiado ocupada para elegir el color de las fundas de organza de las sillas o cualquier otra cosa.

La pastelería era tan hípster que hasta me dio un poco de vergüenza por mi papá. Se estaba esforzando demasiado. Las baldosas de las paredes, con diseños botánicos, parecían de estación del metro y toda la gente que trabajaba ahí tenía una barba asquerosa y llevaba un gorro holgado.

—¿Qué se te antoja probar? —dijo papá y alzó el rostro maravillado hacia la pizarra del menú.

—¿Tendrán pastel esponjoso de flor de saúco y cianuro? —pregunté.

—Tenemos de flor de saúco y ginebra —contestó un veinteañero barbón mientras se secaba las manos en el delantal inmaculado. No era posible que fuera uno de los pasteleros, pero ni en sueños.

—¿Qué tan borracho te pone el pastel de ginebra?

El hombre frunció el ceño.

—Saoirse —dijo papá en tono de advertencia. Luego le dijo al hombre con una sonrisa avergonzada—: No le hagas caso. Tiene diecisiete años. Son las hormonas o yo qué sé. —Ambos se rieron como si pensaran «Ay, los jóvenes de hoy en día».

Lo primero que me atacó fue la vergüenza. Se me metió bajo la piel y me estrujó el estómago. Papá me había llevado a un lugar donde él podía hacer equipo con un tipo al que yo jamás había visto.

Luego vino la furia. El que yo hiciera un chiste inofensivo le parecía vergonzoso, pero ¿por qué no le mortificaba su intento bochornoso de volverse el amigazo de un patán barbón?

A la mierda con todo.

—Mi papá se va a casar con alguien nuevo después de encerrar a mi mamá en una residencia para ancianos porque le dio demencia —dije con voz alegre—. Y mi nueva mamá quiere emborracharse con el pastel para no tener que preguntarse si él sería capaz de hacerle lo mismo a ella.

Papá me jaló de la manga hasta una mesa, mientras el tipo del mostrador recobraba la quijada que se le había caído al suelo.

—¿Qué demonios te pasa, Saoirse? —susurró papá.

—¿Será que no tengo control de impulsos? —contesté, como si de verdad me interesara que juntos encontráramos una respuesta a esa interrogante—. No, espera. ¿Será más bien que ya nada me importa un carajo? Sí, creo que es eso. Me quedé sin cosas que me importen.

Papá meneó la cabeza y alzó la mirada al techo. Era su cara de «oración silenciosa para tener paciencia». No sé a quién le estaba rezando, pero si de verdad quería ayuda, debería haber buscado en la otra dirección. Solo Satanás podría ayudarlo ahora.

A pesar de la vergüenza, logró pedir una prueba de menú de varios sabores, incluyendo pasteles de whiskey y jengibre, Earl Grey y lavanda, y fresa y tomillo. No hablamos durante la espera. Me estuve escribiendo con Ruby, quien iba a pasar el día haciéndose faciales con Jane. Papá también estaba pegado a su teléfono. Tal vez buscando en Google cómo lograr que la barba le creciera lo suficiente para el día de la boda. El mesero que nos llevó los pasteles fue otro. Estaba casi segura de que el primero ya nos tenía miedo.

Los trozos de pastel se quedaron en la mesa unos segundos sin que los tocáramos. Papá guardó el celular. A regañadientes, hice lo mismo.

—¿En serio ves así las cosas? —preguntó sin mirarme a los ojos.

Me encogí de hombros. Esperé que argumentara que así no eran las cosas, que dijera algo que lo resolvería todo. Pero guardó silencio.

Tomé el pastel que se veía más normal: un par de capas de pan y betún cremoso en medio. Papá tomó el que parecía una hogaza de pan pegajosa con algo derramado encima. Cada quien probó un bocado de su pastel.

Vi cómo él arrugó la cara, y fue como si estuviera mirando la mía en un espejo. Agarré una servilleta y escupí el bocado casi sin masticar. Papá hizo lo mismo, pero antes de eso se asomó por encima del hombro con expresión nerviosa, por temor a que sus héroes, los hombres barbados, lo vieran.

—¡Virgen santa! —exclamé—. ¿A qué sabía el tuyo?

—¿A pasto? —contestó papá, confundido—. ¿El tuyo?

—A medicina. —Observé la lista de los sabores—. Creo que me tocó el de anís y azafrán.

—¿Crees que todos estén igual de deliciosos? —preguntó papá mientras observaba el platón con expresión suspicaz.

—Seguro.

Nos miramos a los ojos y nos entendimos de inmediato.

—No puedo con estos sabores —dijeron sus labios, pero su mirada decía otra cosa: «Tu misión, si decides aceptarla, es probar todos los pasteles sin vomitar».

—Ese —dije, y le empujé un pastel grisáceo con flores moradas encima.

Él respondió acercándome uno que tenía unas manchitas verdes.

Misión aceptada.

13.

SAOIRSE
¿Por qué tengo guardado tu número
como Dios del Sexo?

DIOS DEL SEXO
Ah, ya se me había olvidado.

SAOIRSE
Lo voy a cambiar por algo más
apropiado.

Añadí un GIF de una chica poniendo los ojos bien en blanco.

**TESTÍCULO MARCHITO
DE SATÁN**
Esa es la cara de éxtasis que ponen
mis múltiples amantes cuando nos
acostamos.

Mandé un GIF de una chica mirando a través de una lupa.

SAOIRSE

Esa es la cara de cualquier chica con la que sales cuando te quitas los pantalones.

TESTÍCULO MARCHITO DE SATÁN

Se pueden las dos cosas, querida Saoirse. Primero bajas sus expectativas, luego pones a temblar su mundo.

SAOIRSE

¡Funciona! En este momento quiero que tiemble el mundo para que se acabe esta conversación.

TESTÍCULO MARCHITO DE SATÁN

¿Para qué me buscaste entonces? ¿Extrañas mi extraordinaria habilidad para conversar?

SAOIRSE

Estoy viendo *Realmente amor* en pleno mes de julio. Y necesito confesarle mis pecados a alguien. ¿Ya la viste?

**TESTÍCULO MARCHITO
DE SATÁN**

Obvio. Todo mundo la ha visto.

SAOIRSE

Perdón, es que, ¿ves que se la pasan diciendo que la becaria tiene las piernas gordas? O sea,
1. Las muslonas son lo máximo.
2. Esa actriz tiene piernas normales.
3. ¿Por qué tienen que hacer comentarios sobre su cuerpo? ¿Se supone que Hugh Grant es un héroe porque le gustan las mujeres con muslos?

**TESTÍCULO MARCHITO
DE SATÁN**

Eso era ser *progre* en 2003. Hemos avanzado mucho y al mismo tiempo retrocedido tanto.

SAOIRSE

Qué deprimente.

**TESTÍCULO MARCHITO
DE SATÁN**

Y no has visto la peor parte.

SAOIRSE

Supongo que estás hablando de la del tipo con los carteles.

¿Qué carajos le pasa? Imagina que llegas a casa de tu mejor amigo y le dices a su esposa que la amas con un montón de carteles hechos a mano. Qué inapropiado.

TESTÍCULO MARCHITO DE SATÁN
Sí, al menos podría haber decorado las letras.

SAOIRSE
¡Y encima lo besa! Como si fuera un buen tipo y no un pervertido. ¡No jodas!

TESTÍCULO MARCHITO DE SATÁN
¿Ya llegaste a la parte en la que Emma Thompson llora?

SAOIRSE
No.

SAOIRSE
Ya.

TESTÍCULO MARCHITO DE SATÁN
Lloraste, ¿verdad?

SAOIRSE

Claro que no.

TESTÍCULO MARCHITO DE SATÁN

No mientas.

SAOIRSE

Tal vez se me salió una lagrimita.

TESTÍCULO MARCHITO DE SATÁN

Apuesto a que berreaste.

SAOIRSE

Cállate.

14.

6. ~~Noche de pelis (como lo viste en *A todos los chicos de los que me enamoré* y *Un lugar llamado Notting Hill*).~~

—Por favor, papá.

—No sé. Eres pésima conductora. —Se aferró a las llaves del auto y las estrujó contra su pecho.

—¿Por qué me incluiste entonces en el seguro de tu auto si no me ibas a dar permiso de manejarlo?

—Por si había una emergencia.

—¡Esta es una emergencia! Ya compré los boletos y mi Lamborghini está en el taller.

—Creo que no tenemos el mismo concepto de *emergencia*.

—Esta situación es tan incómoda para mí como lo es para ti, pero en serio necesito el auto. —Logré arrebatarle las llaves de sus fríos dedos y las mecí en el aire—. Te prometo no estrellarme contra un árbol ni salir volando de un muelle. No mataré a nadie. Todo saldrá bien.

—Mi temor no es que *mueras*. Vivimos en una zona donde el límite de velocidad es de 30 kilómetros por hora. Me preocupa más que le pegues a otro auto y que la prima de mi seguro se dispare.

—Es una preocupación muy conmovedora —masculle, pero de cualquier forma no me detuvo.

—No olvides encender las luces. Ya está oscuro —me gritó. De verdad creía que yo era idiota o algo así.

De camino a casa de Oliver, el auto se me apagó seis veces. Sin embargo, para cuando llegué, ya había encontrado el modo. Ruby me estaba esperando en el portón, vestida con un par de calcetines a rayas, un overol con parches bordados y una ombliguera debajo. Entre la ombliguera y los pantalones había unos buenos doce centímetros de piel. No sabía que podía sentirme atraída hacia el costado de alguien hasta que conocí a Ruby. Yo llevaba una camiseta negra y jeans negros. Eran los que casi nunca usaba porque eran sumamente perfectos y ya no los vendían, así que no quería desgastarlos. Parecíamos Merlina Addams y Pippi Calzaslargas en una cita romántica.

Era una tontería, pero una parte de mí se avergonzaba de ir a recogerla en el auto de mi papá. Salvo por Oliver, no conocía a nadie de mi edad que tuviera auto propio; a fin de cuentas, esto no era una serie de televisión estadunidense. Aun así, me sentía tonta. Y no ayudaba que el auto fuera viejo y color marrón, y que tuviera una abolladura de la vez en que me eché en reversa y choqué contra una esquina de la casa porque todavía no entendía para qué funcionaban los espejos laterales. No es como si creyera que tengo que ser rica o que Ruby me iba a juzgar por ello, pero seguía siendo raro saber que la persona con la que estaba tenía muchísimo más dinero que yo.

Ruby me dio un beso en la mejilla al subirse al auto, pero luego pareció avergonzarse. Estábamos en medio de una fase incómoda. Habíamos pasado por el manoseo intenso demasiado al principio y como que las cosas habían retrocedido unos pasos desde que decidimos tener citas formales. Sin duda quería abalanzarme sobre ella (con su consentimiento) y tocarnos de pies a cabeza, pero de algún modo había sido más fácil sentirme sexy cuando en realidad no nos conocíamos. Ahora que teníamos conversaciones de verdad, incluyendo aquella sobre la posibilidad de orinarme encima, era como si Ruby supiera que yo no era una desconocida misteriosa y sensual, sino un bicho raro con problemas para comprometerse.

—¿Lista para la número seis: noche de pelis? —anuncié el título de la cita como si fuera la voz esa que usan en los tráileres de películas.

—Sí. No tengo el más mínimo miedo —agregó.

Decidimos ir directo a la número seis cuando vi que pasarían *Scream: grita antes de morir* en un autocinema improvisado. No era necesario completar la lista en un orden específico y esta era una oportunidad única. Además, acordamos que podría elegir una película de terror para la noche de pelis. Ya que estaba dedicando tiempo a ver sus amadas comedias románticas, quería compartir una de mis películas favoritas con ella.

Quizá olvidé mencionar que a la semana siguiente pondrían *Casablanca*. Alguna vez tuve que verla con Hannah y me pareció la película más aburrida de la historia.

Mientras conducía me dio la impresión de que Ruby estaba distraída. Recibía mensajes de texto sin parar y, aunque sabía que debían de ser de su mamá, sentí una punzada de curiosidad. En realidad no sabía nada de la vida familiar de Ruby y me daba miedo preguntar. Bastaría con hacer una inocente pregunta sobre sus amistades para que luego ella indagara sobre las mías. Eso llevaría a Izzy y a Hannah. Lo cual derivaría en dolor y emociones y catástrofe. Puesto que soy una persona muy madura, intenté disimuladamente ver quién le estaba escribiendo. Pero nunca alcancé a ver lo suficiente.

—Perdón —dijo al notar mi mirada intrusiva—. Dame unos segundos y ya lo guardo. Te lo juro.

—No te preocupes —contesté, como si no me hubiera percatado de nada.

Ding. Otro mensaje. Arqueé el cuello para ver si alcanzaba a leer el nombre.

—¡FRENA! —gritó Ruby.

Metí el freno hasta el fondo.

Rechinidos.

Claxonazos.

—¡VETE AL CARAJO! —gritó otro automovilista.

Me detuve apenas a un par de centímetros del auto de enfrente. No había visto que había frenado ni que el semáforo se había puesto en rojo. El corazón me latía con tal fuerza que prácticamente me retumbaba en las orejas.

—¿Estás bien? —le pregunté, jadeando.

Ruby se rio, un tanto aliviada.

—Estoy bien. Vamos a veinticinco kilómetros por hora. Pero quizá convenga que no quites la mirada de enfrente. La que me está escribiendo es mi mamá, así que no te preocupes.

Me sonrojé y quise que me tragara la tierra.

—No estaba...

—No te hagas.

—Perdón —dije y avancé cuando cambió el semáforo.

Quería preguntarle por qué de pronto su mamá era tan demandante, pero no le había llamado en su cumpleaños. Al parecer hablaban bastante, pero se había ido de vacaciones sin su hija. Todo era demasiado extraño.

Ruby me dio un apretón de muslo que casi me hace chocar de nuevo.

—Puesto que no morimos accidentadas, te perdono. Pero husmear en el teléfono de alguien no está bien.

No sonaba molesta, aunque me mereciera toda la fuerza de su furia; a fin de cuentas, lo que había hecho era como de novio celoso.

—Claro, a menos que fuera Hugh Grant. —El uso de ese nombre fue intencional para que supiera que había estado haciendo mi tarea.

Ruby sonrió.

—¿En *Cuatro bodas* o en *Notting Hill*?

—En *Notting Hill* —contesté—. La vi anoche. Te juro que, cuando llegó al set, pensé que iba a aplicar la de *Atracción fatal*. Tenía una vibra de acosador durísima.

—¡No! ¡No digas eso! Estaban destinados a estar juntos.

—Entre los trece y los dieciséis yo creí que estaba destinada a estar con Chloë Grace Moretz, pero no por eso la fui a buscar a su lugar de trabajo. —Ruby se rio, y en mi interior se encendió una pequeña fogata—. Pero me encantó el discurso —dije.

—¿El de «Solo soy una chica»? ¿Por qué?

—Porque siempre es Hugh o algún otro protagonista blanco el que da el gran discurso, pero en *Notting Hill* le toca hacerlo a la chica.

—Hugh también se avienta un discurso. O algo así. Tiene su momento, pues. En la conferencia de prensa.

—Sí, pero nadie se acuerda de esa parte.

Llegamos más o menos intactas y dejamos de debatir sobre los méritos de un Hugh frente a otro Hugh durante suficiente tiempo para encontrar dónde estacionarnos y descifrar cómo sintonizar el audio de la película.

El estacionamiento se llenó bastante rápido y en el perímetro había varias *gastronetas* en las que pudimos comprar refrigerios como si se avecinara el fin del mundo. Luego, nos sentamos a esperar a que empezara la película.

—Esto está increíble —dijo Ruby mientras intentábamos acomodar dentro de un Fiat de tres puertas las bebidas, la cubeta de rosetas de maíz y una amplia variedad de dulces que por lo regular solo encontrarías en la fábrica de Willy Wonka.

—¿Ah, sí?

—¡Síííí! —exclamó—. Jamás podrías hacer algo así donde yo vivo. El barrio tiene demasiadas construcciones y nadie usa los estacionamientos para hacer cosas divertidas. Aquí todo es muy acogedor.

Me tomó la mano y la estrujó.

Verla reírse y entusiasmarse por ese tipo de detallitos me inspiraba.

—Sí, lo es —dije—. Pero ¿no tienes frío? —Había sido un día sumamente caluroso, así que ninguna de las dos había llevado algo para taparse. Pero cuando el sol se puso empezó a refrescar.

—Un poquito, sí —contestó, así que encendí el motor del auto para poner la calefacción.

—Ya va a empezar —dije, y le subí el volumen al radio. No sé cómo, pero logré sintonizarlo bien. Me sentía orgullosa de mi capacidad para manejar aquella tecnología primitiva—. Y dices que nunca has visto *Scream: grita antes de morir*, ¿verdad? —pregunté mientras me enroscaba un dulce de regaliz con fresa alrededor del dedo, antes de meterme a la boca el rizo perfecto de caramelo.

—Salió antes de que yo naciera.

—Como casi todas las películas de la lista de la secuencia.

—Sí, pero las historias de amor son atemporales. Mira —dijo y señaló la pantalla—. Esa persona está usando un teléfono normal. Si hubieran tenido celulares, la trama de la película no habría tenido sentido.

—Claro que sí —reviré—. La tecnología incipiente de los celulares desempeña un papel central en esta película, lo que prácticamente la convierte en un artefacto histórico. Y merece que la trates con reverencia.

Ruby se rio.

—Disculpe usted, señorita.

—Además, creo que fuiste tú quien puso en la lista una llamada por teléfono normal, ¿me equivoco? —señalé.

—Es un homenaje a clásicos como *Problemas de alcoba* y *Sintonía de amor*.

—Este también es un clásico. Te va a encantar. Es básicamente la versión de terror de la secuencia del enamoramiento porque incluye todos los tropos de las pelis de terror.

—Pero no sé cuáles son esos tropos.

—Claro que sí. Son cosas que han logrado infiltrarse en el inconsciente colectivo. Por eso yo sabía que el gesto grandilocuente venía después de la gran pelea, ¿recuerdas?

Ruby arqueó una ceja.

—Deberías estudiar Derecho o algo así. No dejarías de hablar hasta ganar los juicios.

Me llevé la mano al corazón y fingí indignarme.

—Me siento sumamente agredida por ese comentario.

—¿Tú crees que yo debería ser abogada? —preguntó.

La miré durante un largo rato.

—Para nada. Eres demasiado buena persona. Llevas premios para gato en el bolsillo por si te topas un gato callejero. No estás hecha para los tribunales.

Ruby se sonrojó, entonces sentí una oleada de calidez que me hizo pensar que quizá era capaz de hacerla sentir como ella me hacía sentir a mí.

Durante la película, varias veces volteé a ver a Ruby de reojo. Tenía la mirada fija en la pantalla. Al principio conversamos un poco (a Ruby no le simpatizó que hubiera tantas puñaladas), pero, después de un rato, la conversación se fue haciendo más esporádica, salvo por algunos comentarios aislados: «No suelo decir este tipo de cosas, pero el cabello de Courteney Cox es horrendo». «¡Ve esta parte, es un disparate!». «Ay, noooo. La amiga insolente me caía bien».

Había una tensión de la que no nos atrevíamos a hablar. O sea, el punto de haber ido ahí era para darnos unos buenos besos, ¿cierto? En realidad el plan no era ver la película, ¿o sí? Sin embargo, no tenía idea de cómo hacer la transición de forma sutil. Examiné de reojo el espacio entre nosotras en busca de potenciales obstáculos. Yo estaba demasiado cerca del volante y no podía maniobrar, sin importar cuántas ganas tuviera de besarla.

Tal vez podría echar el asiento un poco hacia atrás...

—¡Ay! —No me acordé que estábamos estacionadas en una pendiente y al jalar la palanca el asiento se fue hasta atrás de golpe. Qué sutil de mi parte—. Es que estaba... demasiado cerca de... —mientras balbuceaba, señalé el volante.

Ruby esbozó una sonrisa incómoda. Ya sabes, cuando aprietas demasiado los labios y solo asientes y dejas que las cosas sigan su curso.

Ya no podía seguirle poniendo atención a la película y, al parecer, Ruby tampoco. La tensión burbujeante era casi escandalosa. Hasta la última célula de mi cuerpo estaba en alerta total; el más ligero roce de su brazo contra el mío parecía alterar por completo la composición química del aire a nuestro alrededor. ¿Lo estaría haciendo a propósito? ¿O solo yo me sentía así? ¿Cómo pasas de una conversación a los besos? Intenté recordar alguna ocasión en la que hubiera besado a alguien, pero la memoria no me servía. No era posible que siempre fuera tan difícil. Al menos eso lo tenía claro.

—Me gusta tu camiseta —dijo Ruby con voz casual.

Se estiró y acarició el dobladillo de mi camiseta negra sin estampado. Con la punta de los dedos acarició un centímetro de piel que había quedado descubierta y en ese momento sentí descargas eléctricas que me recorrieron de pies a cabeza.

—¡Al diablo! —declaré, y me le fui encima como si me fuera a sumergir en una piscina por primera vez en la vida. Tenías que hacerlo; si te ahogabas, te ahogabas. Pero no me ahogué. La besé y ella me respondió el beso, y sentí que todo se relajaba. Después de unos instantes, me quedé sin aliento y me separé unos milímetros de ella.

—Ya era hora —dijo entre jadeos—. No sabía cómo empezar.

—Me reí y volví a besarla, y sus risitas se escaparon de entre nuestros labios, como si los besos tuvieran burbujas de champaña—. ¿Sabes qué vendría bien para subir el nivel? —susurró. Con un ademán rápido jaló la palanca que reclinaba el asiento y salió disparada hacia atrás, con un golpe seco. No pude contener la risa mientras intentaba liberarme de mi asiento y pasar por encima del freno de mano. Logré acomodarme encima de ella, cabeza con cabeza, pies con pies, y aquello dejó de ser gracioso. Esta vez la besé con ternura, con la suavidad de una pregunta, y su respuesta fue jalarme para que me acercara más. Me incliné sobre ella, presionando mi cuerpo contra el suyo, ansiando sentir más que solo sus labios. Mis manos encontraron las curvas de sus caderas y sus senos.

Cuando nuestras piernas se entrelazaron, el corazón se me aceleró tanto que temí que me reventara las costillas y saliera volando. Me sumergí en una fricción exquisita que me hizo vibrar por completo; entonces, lo único que me pasaba por la cabeza era quitarle la ombliguera y encontrar piel para besarla y acariciarla. Pero Ruby me empujó con una mano contra mi pecho y abrió el espacio entre nosotras.

—¿Crees que la gente de los otros autos nos puede ver? —preguntó.

Me asomé por la ventana. Como solía ocurrir en las películas, las ventanas estaban todas empañadas, pero aun así alcancé a ver que ya casi se acababa la película. Neve Campbell acababa de lanzarle una tele en la cabeza al villano.

—No mucho que digamos.

—¿Crees que sepan que estamos…?

—Ah, eso sí.

—Quizá deberíamos irnos a tu casa —dijo. Se me atoró algo en la garganta. ¿Eso implicaba…? (Por si quedaba duda, los puntos suspensivos significan «sexo», pero creo que era obvio, ¿no?).

—Ah, claro, sí. —¿Papá habría ido a casa de Beth? Había dicho que tal vez, pero lo malo era que no tenía auto. ¿Y si ella estaba en nuestra casa? ¿Por qué no me emancipé a los dieciséis años y conseguí un espacio propio y lo decoré como una alcoba romántica? Mi yo del pasado no tenía visión.

Decidí arriesgarme a ver qué pasaba. Ruby y yo nos desenredamos, volví a treparme en mi asiento y lo acomodé en su posición original. Giré la llave para arrancar. *Clic clic clic.* Volví a girarla. *Clic clic clic.*

Volteé a ver a Ruby, quien frunció el ceño.

Clic, clic, clic.

—¿Qué significa eso? —preguntó Ruby.

—Es la tercera vez que conduzco desde que obtuve mi licencia. No tengo la menor idea. ¿Lo googleas?

Un par de segundos después me dijo que la batería se había acabado. La del auto, no la de su celular. Examiné el tablero y me di cuenta de que nunca apagué las luces. Papá me iba a matar. Aunque eso ocurriría después. En ese instante, no tenía la menor idea de qué hacer.

—¿Qué hacemos? —pregunté, cada vez más angustiada.

Ruby siguió buscando en internet.

—¿Tienes un cargador para la batería?

—No —Ni siquiera sabía que había cargadores para batería de auto.

—¿Cables para pasar corriente?

—Eh, no lo creo —Aun así, me bajé del auto y me asomé a la cajuela. Había una vieja botella de agua y una novela de Stephen King que se había humedecido.

La gente empezaba a salir del estacionamiento. Golpeé la ventana del auto contiguo y una mujer como de treinta años bajó la ventana.

—¿De casualidad tienes cables para pasar corriente? —le pregunté.

—No. Lo lamento, nena. —Volvió a cerrar la ventana.

Abrí la puerta del lado del conductor y me asomé.

—¿Alguna otra cosa?

—¿Y si les preguntamos a ellos? —Ruby señaló el auto del otro lado. Era uno de esos a los que les bajan la suspensión y cuyos rines probablemente costaban más que el auto entero de mi papá. Traté de asomarme para ver quiénes eran los ocupantes. Un montón de chicos, quizá de nuestra edad, quizá un poco mayores, pero definitivamente demasiado drogados para conducir.

—Eh… no creo que sea buena idea —dije, e imaginé lo que podrían decirnos a dos chicas varadas en medio de la noche en un estacionamiento cada vez más vacío.

Me subí al auto y cerré la puerta con seguro. Esa era la parte de la película en la que nos asesinaba un peatón «servicial». De por sí era patético que el manoseo hubiera estado lleno de momentos fársicos de comedia romántica. No quería tentar al destino y convertir la noche en una película de terror. Las consecuencias serían un poco más sanguinarias que un ego herido. Además, si en realidad era una película de terror, el asesino ya debía de estar escondido en el asiento trasero, así que me asomé. Pero no había nada más que una bolsa vacía de dulces.

—¿Supongo que tendremos que llamar a tus padres? —dijo Ruby, mordiéndose el labio—. ¿Crees que se enojen?

En ese momento caí en cuenta de que Ruby no sabía que mis padres no estaban felizmente casados ni eran una pareja normal. ¿Por qué iba a saberlo si yo no le había contado nada?

—Preferiría no llamar a mi papá. No me lo va a perdonar nunca.

—¿Y tu mamá? —dijo Ruby—. Una vez que rompí la tele de la sala haciendo un giro hacia atrás, mamá me ayudó y dijo que lo había hecho mi hermanito, porque todavía era demasiado pequeño para que alguien se enojara con él.

Discretamente tomé nota del hecho de que Ruby tenía un hermano menor. No pensé que fuera el caso. ¿Él sí había ido de vacaciones con sus padres? ¿Qué diablos les pasaba a esas personas? Su familia era muy, muy rara. No obstante, en ese instante el tema más urgente era que Ruby le había dado al clavo a la única cosa de la que de verdad no quería hablar con ella nunca.

—Mi mamá no puede ayudarnos —contesté con firmeza.

Me quedé con la mente en blanco al intentar pensar en una explicación que sonara lógica. No quería que fuera una mentira complicada que tuviera que recordar después, así que confié en que Ruby no ahondaría en el tema.

—¿Por qué? —preguntó—. ¿Estás siendo sexista? Si tu mamá es una adulta, seguro que alguna vez ha tenido que enfrentar una batería de auto descargada.

—Te aseguro que no sabría qué hacer en estas circunstancias.
—Cada vez estaba más irritada. Era como si Ruby supiera lo que estaba haciendo. Pero eso no podía ser, ¿cierto? Oliver prometió que no le contaría nada.

—Bueno, a lo mejor podría decirnos qué hace…

—¡Por Dios, Ruby! ¡Que no! —protesté bruscamente—. No puede ayudarnos. —Ruby simplemente parpadeó. Frunció el ceño y entreabrió ligeramente la boca. De inmediato sentí que me asfixiaba la culpabilidad—. Perdón —dije enseguida—. No debí gritar. Es que me estresa mucho lo del auto. Papá me va a matar.

No realmente. No me dejaría en paz durante un buen rato, pero en realidad no se enojaría tanto como para literalmente matarme.

—Entonces habrá que encontrar una solución —dijo, pero su voz era fría y su mirada, distante.

«Mierda. Mierda, mierda, mierda».

Busqué un contacto específico en el celular. Era la única persona que se me ocurría que podía ayudarnos, lo cual decía mucho sobre mi absoluta falta de amistades, pero tendría tiempo para preocuparme por eso después.

Veinte minutos después, Oliver llegó en su estúpido y ostentoso Jeep. Fueron veinte largos minutos en los que el aire que nos rodeaba se enfrió, tanto en sentido estricto como figurado. Ruby pasó la mayor parte del tiempo mirando el celular. Después de los primeros diez minutos no aguanté más, me bajé del auto y me senté en el toldo. ¿Qué se suponía que debía hacer? Ya le había pedido perdón. Y no había sido tan terrible, ¿o sí? Perdí un poco la paciencia, pero no atropellé a una gatita ni nada por el estilo. En ese momento me di cuenta de lo tonta que había sido. Si Ruby hubiera sabido lo de mi mamá, lo habría mencionado sin tapujos; así era ella. Yo, en cambio, era una paranoica.

—Buenas noches, señoritas. —Oliver se bajó de un brinco y ladeó un sombrero imaginario—. Dicen que por aquí hay un par de damas en apuros.

—Ay, vete al diablo. —Cuando lo llamé supe que tendría que lidiar con ese tipo de idioteces, pero seguía sorprendiéndome que nunca dejara de joder.

—Vine a rescatarlas como el hombre hombruno que soy. —Usó una voz al menos una octava más grave de lo habitual mientras mecía los cables para pasar corriente con gesto seductor.

—¿Por qué finges voz de hombre? Por si no lo sabes, eres hombre —dije, poniendo los ojos en blanco.

Oliver se encogió de hombros. Ruby se bajó del auto y nuestras miradas se encontraron. Le sonreí, como un gesto para intentar disculparme de nuevo.

—¿Tienes idea de cómo pasarle batería al auto? —Su pregunta iba dirigida únicamente a Oliver.

—Obvio no, pero para eso sirve YouTube.

Ruby esbozó una enorme sonrisa de gratitud y alivio que la hacía parecer menos aterradora. Decidí entonces que hablaría con ella de regreso a casa. Una vez que dejáramos atrás el estrés de quedar varadas en un estacionamiento vacío, quizá ella también estaría más tranquila.

Entre los tres desciframos cómo hacerlo. Casi lloro de alegría cuando el motor arrancó y empezó a hacer los ruidos y tronidos de siempre.

—¿Quieres que te lleve de regreso a casa? —Oliver asintió en dirección de Ruby.

Ruby titubeó. Intenté comunicarle por telepatía que lamentaba mucho haber sido tan estúpida y que quería ser yo quien la llevara a casa. Era obvio que lo de ir a mi casa ya no era opción. Además, no quería que las cosas ocurrieran bajo esas circunstancias (y cuando digo «las cosas» estoy hablando de sexo, por si quedaba duda. No tengo que seguirlo repitiendo, ¿verdad?). Si iba a ocurrir, tendría que ser en un día perfecto.

—Saoirse me llevará a casa —contestó finalmente.

Al parecer, yo *sí* tenía poderes de transmisión psíquica. ¿Debía usarlos para hacer el bien o para hacer el mal?

No fue sino hasta que la dejé y le di un beso de despedida (y un agarrón de bubi, ¡cómo no!) cuando me vino a la mente un pensamiento terrible.

¿Aquello había contado como una pelea? Y, si había contado como una pelea, ¿nos habíamos reconciliado? ¿Le había abierto la puerta a uno de los jinetes del apocalipsis?

No, definitivamente no. No había sido una pelea. Había sido una tontería. Ni siquiera una discusión. Una pelea habría implicado un desacuerdo mayúsculo sobre algo importante. Un intercambio de gritos y palabras ofensivas. Un mar de lágrimas. Obviamente a eso me refería cuando prohibí pelearnos. Todo mundo pasa por momentos de tensión. Es normal, incluso dentro de una secuencia de enamoramiento. Es parte de la naturaleza antagonista de la química humana.

Así que no cuenta.

Sí, ya sé. Cállate.

15.

Cinco días después comencé el proceso de guardar toda la casa en cajas para mudarnos. Sabía que papá no le daría mucha importancia a dejar todo listo antes de tiempo, pues siempre subestimaba cuánto se tardaría en hacer las cosas, lo que provocaba que se retrasara en casi absolutamente todo. Me enojaba que aunque yo fuera la que no quería mudarse, tuviera que ser la que hacía todo el trabajo.

Había pensado que quizá sería triste empacar los últimos diez años de nuestras vidas o algo así. Me imaginé examinando tiliches con mirada anhelante y derramando una única lágrima por los recuerdos. De hecho, fue tan brutalmente aburrido que no me sobró energía para darle un toque dramático. Me corté varias veces al perder el control del dispensador de cinta canela cuando lo usaba con demasiado entusiasmo para cerrar las cajas y, por inercia, el filo terminaba en mi rodilla. La peor parte era pensar que quizá tendría que volver a hacerlo para irme a Oxford. Por alguna razón no podía visualizar estar ahí, pero tampoco me visualizaba en el departamento con papá y Beth. Me sentía en un limbo, incapaz de estar en paz ni en mi propia mente, así que puse la música a todo volumen para intentar ahogar mi propia voz interior.

Empacar la casa le quitaba tiempo a mi tiempo para la secuencia del enamoramiento y eso era imperdonable. Al día siguiente de la noche de pelis, Ruby y yo dimos un paseo matutino en la playa, y en ese momento me sentí confiada de que habíamos superado nuestra «pelea que no fue pelea», pero desde entonces no la había visto. Se había ido con la familia de Oliver a visitar a sus abuelos unos días y, cuando volvió, entre las visitas a mamá, la preparación para la mudanza y el llenado de diez solicitudes de trabajo más, no tuve tiempo. Nos habíamos mandado mensajes, pero no era lo mismo, y eso me ponía nerviosa.

Aun así, no podía frenar: para colmo de males estaba en el cuarto de papá, doblando sus camisas y guardándolas en una caja.

—Si sangras sobre la alfombra tendré que pagar para limpiarla antes de mudarnos, Saoirse. —Papá se cernió sobre mí, lo cual era todo un logro, pues no medía más de un metro sesenta y cinco. Traía uno de sus atuendos de día de descanso: una camiseta ajustada y de manga larga, un saco de tweed, jeans de la sección infantil enrollados hasta el dobladillo para mostrar sus brogues de agujetas, sin calcetines. Un hípster irredento.

—Tu preocupación por mi bienestar me conmueve, padre. —Me enderecé y me apoyé sobre la cama—. ¿Cómo puedo ayudarte hoy? ¿Quieres que Dobby planche tus calzones o bolee tus zapatos?

—Para empezar, menos insolencia vendría bien. Después, puedes abrirle a Beth cuando toque el timbre. Asegúrate de que puedas escucharlo por encima de tu música del infierno.

—Cuando dices «música del infierno», ¿hablas de cantantes de folk escandinavas?

—Sí, leí un artículo sobre cómo las jovencitas noruegas con guitarras acústicas son la puerta de entrada a la heroína y la brujería.

—¿No puedes abrirle tú? —gimoteé.

—Tengo que ir a la residencia. Se suponía que llevaría a tu madre a... —Se detuvo de pronto—. Bueno, el punto es que está teniendo un mal día. ¿Cómo la viste esta mañana?

«Tu madre». Como si no tuviera nada que ver con él.

—Hoy en la mañana se veía bien.

Que tuviera un mal día significaba que estaba alterada y llorosa, que podía gritar en cualquier momento e incluso ponerse violenta.

—Intenté llamar a Beth para cancelar, pero no contestó —dijo papá mientras salía del cuarto—. Supongo que dejó el celular en casa. Dile que me disculpe y que le llamaré después. Ah, y si puedes guardar también los pantalones sería genial.

—No te prometo que no la sacrificaré ante el dios Cabra si la música me lo exige —dije, medio en broma. Procuré ser un poco más amable puesto que iría a ver si mamá estaba bien. Y más porque no ofrecí acompañarlo.

—Claro, lo entiendo. ¿Qué clase de tirano irracional crees que soy?

Estaba metiendo libros a una caja cuando sonó el timbre. Técnicamente, en alguna parte más madura de mi cerebro sabía que no tenía derecho a estar enojada con Beth, pero no permitiría que esa parte dominara. Me rehusaba a dejarla en paz. Caminé a zancadas hacia la puerta. Beth estaba frente a mí, y cuando me vio, la enorme sonrisa que traía en el rostro se derritió de forma muy graciosa. Pero luego la retomó tan rápido como pudo.

—Saoirse. ¡Qué lindo volver a verte! —dijo.

—Sí, claro. Mira, papá tuvo que... salir. —No sabía si papá esperaba que le dijera la verdad o no. Claro que Beth sabía lo de mamá, pero era incómodo tocar el tema.

—¿Lo espero? ¿Dijo si iba a volver pronto?

—La verdad no sé.

Era probable que tardara al menos una o dos horas, pero ¿quién era yo para hacer predicciones salvajes?

—Bueno, lo esperaré un ratito —dijo—. Si no te importa.

—Adelante —dije, y me di media vuelta. Beth se sentó con timidez en la orilla del sofá, como si estuviera en la sala de espera de un consultorio médico, esperando malas noticias.

Suspiré con fuerza y me obligué a voltear.

—¿Quieres un té o algo así?

El rostro se le iluminó.

—Me encantaría, muchas gracias.

Le llevé un té y me senté en el sillón junto al sofá por mera educación. Luego caí en cuenta de que yo también estaba sentada en la orilla del asiento. Tal vez eso suele hacerse cuando planeas salir disparada a la menor provocación.

—Y... —Busqué algún posible tema de conversación que no fuera la boda—. ¿Qué planes tienes para hoy?

—Ir a buscar el vestido de novia —contestó con una sonrisa.

Primera lección: cuando alguien está planeando su boda, no existe tal cosa como una conversación que no sea sobre la boda.

—¿Cómo? ¿Con papá? —pregunté.

Beth asintió. El vapor que salía de su taza le empañó los lentes.

—¿Que no eso va en contra de las reglas?

Beth se encogió de hombros, con incomodidad.

—En realidad no hay nadie más que pueda acompañarme. Mi mamá falleció cuando era niña. No tengo hermanas. Y no tengo muchas íntimas por aquí.

Me irrita mucho que las mujeres heterosexuales usen esa palabra para referirse a sus amigas cercanas. No son tus «íntimas». Si no estás metiéndote con sus partes «íntimas», mejor llámalas amigas, comadres o hermanas. Déjenos nuestra palabra, ¿okey?

Como fuera, no dije nada al respecto. Recordé vagamente que papá comentó que Beth se había mudado a Irlanda hacía un par de años para abrir una sucursal de su negocio en Dublín y aún no tenía muchas amistades. Pensé que sería difícil no tener amigas desde hace rato, sobre todo para alguien tan demandante como se veía que era Beth. Así que no le sugerí que también se apropiara de las amistades de mamá, aunque fue lo primero que se me ocurrió. De hecho, me dio un poco de lástima.

Punto para la madurez.

Agitó la mano para dar a entender que no importaba. De cualquier modo, quería que papá estuviera ahí mientras se probaba vestidos. No sé qué me pareció más patético: que no tuviera amigas o que la única forma de compensarlo fuera llevando a papá.

En ese momento ocurrió algo que sigo sin poder explicar del todo. La lástima que sentí por ella se tradujo de algún modo en palabras:

—¿Y si te acompaño yo?

Tan pronto las dije, quise retractarme. Pero no me quedó más que rogar que ella contestara algo como: «Ay, jamás me atrevería a pedirte algo así», después de lo cual yo asentiría y me iría corriendo a mi cuarto para no meterme en más problemas.

—¿En serio? —De repente, su cuerpo lánguido se recargó de energía y sus ojos resplandecieron.

—Bueno, aunque seguro no te gustaría que yo estuviera ahí…

—No, no, claro que sí. Sería maravilloso. Sí sabes que te regalan champán gratis y esas cosas, ¿no? —agregó, como para sobornarme.

Fingí voltear a ver el reloj.

—Bueno, ya es casi hora de mi bebida alcohólica de la tarde, así que me viene bien. ¿A qué hora es la cita?

—En media hora.

—Subiré a cambiarme entonces —dije, obligándome a sonreír y a disimular tanto como fuera posible mi arrepentimiento.

Media hora. ¿Por qué papá había creído que podía salir y volver a tiempo? Nunca calculaba bien cuánto tardaría. Si no me hubiera ofrecido a ir, habrían perdido la cita o Beth habría terminado yendo sola. Era mi buena acción del año, quizá incluso de la década. Dependiendo de cómo se dieran las cosas.

En la puerta de Pronupcias nos recibió una mujer de edad indescifrable, entre sesenta y cien años, con una maraña de rizos canos atados con una mascada colorida.

—Adelante, chicas, adelante —anunció al abrir la puerta. Sonaba encantada. Creí que nos recibiría una empleada joven, altanera y desdeñosa, porque la única experiencia que tenía en tiendas de vestidos de novias provenía de escenas de la tele y de las películas. Sin embargo, de no ser por ese detalle, aquellas escenas eran bastante realistas.

Nos guio a un enorme vestidor con tantas superficies reflejantes que sentí como si estuviera en la casa de los espejos de la feria. ¿Por qué alguien querría verse hasta el último centímetro del cuerpo al mismo tiempo? En mi opinión, algunas cosas es mejor no verlas jamás. La anciana me puso una copa de algo espumoso en la mano que yo acepté, gustosa, y le di un trago. También había un plato de trufas de chocolate envueltas en papel dorado. Bueno, habría sido una grosería no probarlas.

—Muy bien, linda, dime qué estás buscando. ¿Línea A, corte sirena, corte princesa, tipo imperio, entallado, romántico, corto, largo, cola barrida, cola de corte, cola real, cola desmontable, cola de catedral, cola de capilla, cola watteau...? —La mujer hizo una pausa para inhalar profundo.

—Eh... —Beth parpadeó varias veces.

—¿Velo catedral, velo capilla, velo mantilla, velo francés, velo de puntas a codos, velo corto, velo tipo fuente? ¿Escote palabra de honor, escote ilusión, escote corazón, escote en V, escote redondo, escote cuadrado, escote asimétrico, halter, sin mangas, de crepé, de charmeuse, de organza...?

—Basta. —Beth alzó una mano—. Esas palabras ya no tienen sentido.

La empleada se rio.

—Eres una de esas —dijo, sin sonar juzgona.

—¿Una de cuáles? —preguntó Beth.

—Una de esas que no sabe lo que quiere. Hay dos extremos en el espectro, cariño: las novias que saben a la perfección lo que quieren, incluyendo el número exacto de lentejuelas en el corsé, y las que no tienen la menor idea. Pero no te preocupes, Bárbara sabe a la perfección lo que te va a encantar.

Me metí una trufa a la boca y me encogí de hombros hacia Beth. Supuse que esa mujer era la tal Bárbara.

—A ver, déjame verte. —Bárbara le hizo la seña universal de «da una vueltecita». Beth giró despacio y con timidez en su lugar—. Bueno, tienes una figura espectacular, cariño, pero cero tetas.

Beth abrió los ojos como platos y yo me carcajeé con tal fuerza que me cayó baba con chocolate en la barbilla.

—No es motivo de risa —dijo Bárbara, y me lanzó una mirada reprobadora—. Es lo que es. Debemos ser honestas con nosotras mismas. —Se volteó de nuevo hacia Beth—. Entonces, ¿vas a ponerte pechugas de pollo o estás contenta tal y como estás?

—Tal y como estoy —contestó Beth, desconcertada—. Supongo.

—Aquí no hay cabida para las suposiciones. Tienes que estar segura. Tengo muchos vestidos para mujeres despechugadas, pero si vas a ponerte tetas de látex en el sostén, más vale que hables ahora.

—No, no. Nada de… látex—dijo Beth.

Me dio la impresión de que Bárbara intimidaba a Beth. A mí me pareció una mujer increíble y quería que fuera mi abuela. Con el plato de trufas en el regazo, me senté en un pequeño sofá de terciopelo a un costado del salón para presenciar la escena completa.

—¿Cómo quieres sentirte en tu gran día? —Bárbara preguntó mientras envolvía las caderas de Beth con una cinta métrica.

—¿Contenta?

—Bueno, sería lo mínimo indispensable, pero no me refería a eso. ¿Esperas sentirte como una hermosa princesa de pastel o como una mujer sensual y seductora? ¿O te gustaría más un estilo clásico de novia mayor? ¿Virgen, puta o vieja? Esas son tus únicas opciones, cariño. —Bárbara me volteó a ver con expresión maliciosa—. Y no hay mayor verdad que esa —agregó entre dientes.

—Amén, Bárbara —dije, e hice una reverencia para celebrar su inmensa sabiduría. Por un instante pensé en sacar el celular y grabarlo todo para enviárselo a Ruby, pero tenía la fuerte sospecha de que Bárbara me lo arrebataría con una sonrisa y lo tiraría a un pozo o algo por el estilo.

—Eh, supongo que… ¿sexy? —Beth me miró de reojo, un tanto avergonzada. Intenté bloquear la parte de mi cerebro que conectaba la potencial sensualidad de Beth con mi papá metiéndome una trufa a la boca y dejando que se derritiera en mi lengua.

—Buena elección. No me gusta juzgar a la gente, sabes, pero a tu edad la pinta de princesa es un poco patética. Y no tienes edad suficiente para casarte en traje sastre.

Al parecer, había muchas normas de género y de edad en el mundo de la ropa para ponerte en tu propia boda.

—Tú solo quédate ahí, tómate otra copa de champán y volveré en unos minutos con algunas opciones.

Beth se sentó a mi lado y le dio varios tragos a su copa.

—Esto es muy intenso —susurró.

—Creo que si te equivocas al escoger vestido, Bárbara te va a poner en el cepo de tortura y te va a aventar trufas —contesté, también en voz baja.

—¿Por qué estamos susurrando? —preguntó Beth, sin dejar de hacerlo.

—Porque Bárbara nos va a regañar por estar hablando en clase.

Bárbara volvió con un único vestido envuelto en un portatrajes de plástico.

—Con ese tono de piel, cariño, podrías usar cualquier color que te agrade, pero me parece que el blanco brillante te quedaría muy lindo.

Abrió el cierre del portatrajes y sacó un trozo de tela que puso junto al rostro de Beth. Definitivamente resaltaba sus facciones y la hacía brillar. Bárbara asintió, satisfecha. Beth sacó el vestido con manos temblorosas y se dirigió al vestidor, no sin antes voltear a verme con absoluto desasosiego sin que Bárbara se diera cuenta.

—A ti no, corazón. —Bárbara me miró de frente—. Cuando vengas a verme, será marfil o champán. A esa piel rosita pálido no le iría bien ningún otro color.

Me señaló como si mi piel rosita pálido le resultara ofensiva.

—Gracias —dije—, pero no planeo casarme.

—¿Por qué no? —Retorció la cara, como si mi rechazo hacia el matrimonio fuera una afrenta personal para ella—. Si las lesbianas ya pueden casarse.

—¿Cómo sabes que soy lesbiana?

No debió sorprenderme. Era Bárbara, ¡por Dios! Era una mujer sabia y, al parecer, también con dotes psíquicas.

—Ay, corazón. ¿Crees que puedes pasar la vida trabajando en la industria del amor y no desarrollar un buen *gaydar*? Quiero decirte que en mis tiempos conocí a varias novias que no debieron casarse con hombres. Todavía a veces me llega alguna pobrecita que sigue sin darse cuenta. Entonces intento darle una pista. Algo sutil, ¿sabes? «¿No quieres probarte un traje con pantalón, muñeca?». Algo así.

—Eres una enviada de los dioses, Bárbara —dije. La mujer asintió con seriedad y se dio unos golpecitos en la nariz con el dedo—. De cualquier modo, creo que eso del matrimonio no es para mí —agregué—. ¿Qué es eso de «hasta que la muerte nos separe»? ¿No te parece un poco ridículo?

—Ay, qué la muerte ni qué nada —Bárbara reviró—. ¿No crees que la vida es demasiado corta para estar dudando de tus decisiones todo el tiempo? Lo único que puedes hacer es dejarte llevar por lo que parece correcto en el momento. Y si sientes que algo te va a hacer feliz, aunque sea un rato, atáscate, que hay lodo, mi niña.

Observé a Bárbara con curiosidad. ¿Tenía una capacidad única para leer la mente de la gente o nada más escupía verdades sabias todo el tiempo? ¿Y lo que dijo en ese instante fue casualidad que haya sido particularmente relevante para mí?

En ese momento Beth salió del vestidor y ambas guardamos silencio. El vestido era de un blanco deslumbrante, con cuello bateau y encaje alrededor de los hombros. Le ceñía la cintura y las caderas, y luego se abría a la altura de las rodillas. Al voltearse, vi la hilera de botones cubiertos de seda que le llegaban hasta los omóplatos. Era hermosísimo.

Beth se miró al espejo y me miró a través del reflejo.

—Este es —dijo—. Este es el vestido.

Bárbara asintió sabiamente.

—¿Ves? Te dije que sabía a la perfección lo que necesitabas.

Salimos de la tienda cuchicheando acerca de lo increíble y extraña que era Bárbara, así que no me percaté de su presencia hasta que ya era demasiado tarde. Ella no me vio porque se había detenido de golpe en medio de calle para buscar algo en su bolso. Así fue como literalmente choqué con Izzy en la calle, afuera de la tienda de vestidos de novia.

—Ay, Saoirse —dijo después de que ambas retrocediéramos diciendo «Disculpe» sin darnos cuenta de con quién nos estábamos disculpando.

La saludé porque no era tan grosera para chocar contra alguien y luego ignorar a esa persona. Si hubiera estado atenta, si la hubiera visto antes, habría fingido distraerme de pronto con algo para hacer como que no la veía, como cualquier persona normal.

Beth estaba junto a nosotras, con una enorme sonrisa. Supongo que esperaba que las presentara. Y déjame decirte que esperó un laaaargo rato. Cuando se dio cuenta de que estaba en medio de una situación incómoda, masculló que se le había olvidado decirle a Bárbara algo sobre los botones y corrió de regreso a la tienda. Al menos no era una tarada que no se enteraba de nada. Si hubiera estado con papá, probablemente él hubiera empezado a conversar con Izzy por voluntad propia y dicho algo imperdonable como: «Ay, Izzy, ¿por qué ya nunca te veo?» o «Desearía que se reconciliaran porque te extrañamos en la casa» o, peor aún, «Saoirse se la pasa encerrada en su cuarto todo el tiempo, así que deberías ir a casa y sacarla a pasear».

Izzy me miró, luego vio la tienda de Pronupcias y percibí en su rostro el momento exacto en el que entendió lo que estaba pasando.

—¿Es... *ella*? —susurró, a pesar de que Beth ya estaba demasiado lejos para escucharla.

Asentí.

—Jamás creí que llegaría el día en que se volvieran amigas —dijo.

No sonaba desolada, sino más bien impresionada de mi crecimiento personal, pero yo sentí como si me hubieran atrapado haciendo algo vergonzoso.

—No es para tanto. —Esbocé una sonrisa incómoda y me froté la cicatriz de la mano con el pulgar.

Izzy se dio cuenta y me volteó a ver como si intentara decirme algo. Si aún fuéramos amigas, probablemente yo entendería el mensaje de que a ella no la engañaba y que dejara de fingir. Pero como ya no éramos amigas decidí mostrarme confundida por el mensaje misterioso que intentaba comunicarme.

—Podríamos hablarlo, si quieres.

—Debo irme —dije, y me fui deprisa, sin que me importara dejarla sola en plena calle y viendo cómo me alejaba. Digo, supongo que vio cómo me alejaba. Esa parte no me consta, pero como había estado viendo tantas películas, parecía lo más sensato, desde el punto de vista dramático.

Segundos después, Beth me alcanzó.

—Me dio la impresión de que necesitaban un momento a solas —dijo—. ¿Qué pasó?

Me puse frente a Beth para detenerla en seco.

—Beth, tú y yo no somos amigas, ¿de acuerdo?

—Lo sé —dijo, y se entristeció—. Pero me gustaría que lo fuéramos. No tengo muchas amigas aquí. Es difícil conocer gente cuando llegas a un pueblo donde todo el mundo tiene mejores amigos desde los cuatro años. Me hace sentir un poco sola.

Su vulnerabilidad era insoportable. No podía creer que alguien fuera tan demandante. Me daban ganas de arrancarme la piel de la cara. ¿Quién se atreve a admitir su soledad frente a cualquier otra persona? ¿No te darían ganas de morirte?

—A mí no me pasa eso —dije.

—Bueno, si tú lo dices —contestó Beth, y me pareció ver un destello de algo en su mirada. No sé si era tristeza por su situación o compasión por la mía—. Ya sabes dónde encontrarme si cambias de opinión.

Dado que un grito de frustración habría implicado un gran retroceso, me conformé con irme dignamente en dirección contraria, mientras crujía los dientes. ¿Qué le hacía pensar a Beth que su empatía era bienvenida?

16.

Cuando era niña, mamá solía llevarme al museo. Era horrible. Ella pasaba horas mirando las pinturas, así que yo me aburría. No entendía por qué tardaba tanto en avanzar, así que le jalaba la mano para sacarla de ahí. Lo único que me gustaba era pasar a la tienda de regalos, donde había juguetes y libros coloridos.

Ahora yo la llevaba al menos una vez al mes y nos quedábamos frente a cada cuadro todo el tiempo que ella quisiera. En las mañanas casi no había nadie, así que era uno de los pocos lugares a los que podíamos ir sin sentir que medio mundo nos miraba mientras se preguntaba qué le pasaba a mi mamá.

Esa mañana, cuando fui por ella, la cuidadora principal de mamá, Nora, mencionó que mamá se había llevado bien con una joven que trabajaba ahí en las noches y que incluso habían visto un concierto por internet juntas. La fulminé con la mirada, lo que hizo que Nora saliera cuanto antes de ahí. No me parecía simpático que una chica cualquiera hiciera que mi mamá se aventara completo un concierto de alguna banda popular en un mugroso

163

celular. Mamá era una esnob maravillosa y gloriosa que podía sonreír con indulgencia cuando papá quería cantar a todo pulmón la música de una banda casi desconocida, pero que siempre encontraba la forma de escabullirse cuando él ponía su música en el estéreo.

Él nunca podía seguirle el ritmo a mamá. Ella era muy veloz y culta; siempre tenía datos y cifras en la punta de la lengua, y las discusiones de sobremesa siempre terminaban con él riéndose y aceptando que ella tenía toda la razón y que ni siquiera sabía por qué había decidido discutir con ella. Ella contestaba que tampoco entendía por qué él insistía en discutir con ella, porque siempre le ganaba. Cuando crecí me uní a sus discusiones; era la única ocasión en la que mamá y yo hacíamos equipo, en lugar de que fuéramos papá y yo. Cuando mamá empezó a perder el hilo y a confundirse, ya no me daban ganas de discutir. Y mucho menos cuando se mudó. Si papá intenta provocarme con un comentario tonto que sabe que me hará hervir la sangre, hago lo posible por no morder el anzuelo. Es algo que me entristece, pero creo que él no lo entiende.

La gente de la residencia no sabía eso sobre ella. Y a veces consideraba decírselos. Armé largos discursos para contarles cómo era mi mamá en realidad y por qué era importante que lo supieran. Pero nunca los dije en voz alta. A fin de cuentas eran empleados haciendo su trabajo. Y parte de mí pensaba que si compartía estas cosas con otras personas, se terminarían diluyendo y perdería esa pequeña parte de mamá que me pertenecía por haberla conocido como era antes.

Cuando papá dijo que había llegado el momento de internar a mamá en la residencia porque ya no era seguro tenerla en casa, dado que no podíamos supervisarla de la mejor forma posible, me negué a aceptarlo. Era cierto que se había deteriorado; eso era indudable. Y siempre estábamos en estado de alerta. Nuestra vida giraba en torno a su demencia y nada más. Pero a mí no me importaba. Era mi mamá. Nos las arreglaríamos de alguna manera. Insistí en que podíamos esforzarnos más.

Lloré y grité y le dije que tendría que pasar sobre mi cadáver. O preferiblemente el de él. Sin embargo, poco después de esa conversación las cosas cambiaron. Un día yo estaba en la escuela y papá en su trabajo, y entre la salida de una cuidadora y la llegada de la siguiente (venían seis al día), mamá se salió de la casa y se perdió. Siempre intentaba huir, y era difícil lidiar con ello porque no podíamos vigilarla todo el tiempo ni encerrarla con llave en una habitación. No era justo ni era seguro. Pero tampoco era seguro dejarla vagar por ahí sin rumbo. Para entonces ya se confundía con demasiada facilidad.

Ese día, cuando llegó la cuidadora del siguiente turno encontró la puerta de la casa abierta y buscó a mamá por todas partes. Luego le llamó a papá, sin éxito. Llamó entonces a la policía. Y, por último, llamó a mi escuela. Yo llamé al celular de papá una y otra vez, y no fue sino hasta que llamé a su oficina que me dijeron que estaba en una junta con un cliente y que había dejado el celular en su escritorio.

Al final fue Hannah quien me llevó a casa. Le pidió a su papá que nos recogiera en la escuela, y condujimos por el pueblo en busca de mamá. Hannah me sostuvo la mano todo el tiempo mientras atravesábamos el paseo marítimo, recorríamos las playas y la buscábamos en los lugares más recónditos de nuestro barrio. Seguíamos en la búsqueda cuando por fin papá apareció. Me dieron ganas de gritarle y hacerlo sentir mal por haber estado ocupado, pero desistí al verlo tan angustiado.

Hasta antes de ese día creía que vivíamos en un lugar pequeño, un pueblito junto al mar. Al darme cuenta de que mi mamá podía estar en cualquier parte, se volvió infinito. No pasé el día entero llorando, aunque es probable que le haya dejado moretones a Hannah en la mano por lo mucho que se la estrujé. Después de unas horas la policía recibió una llamada y fueron a buscarla al costado de una carretera. Tenía la cara llena de rasguños, le caía un hilo de sangre por el cabello y tenía los pantalones empapados de orina. Nunca supimos qué fue lo que le pasó ni cómo se rasguñó de esa manera. No sabemos si se cayó o si alguien le hizo daño. Una parte de mí quería encerrarla bajo llave en un cuarto de nuestra casa para que se quedara quieta ahí y pudiera verla a diario.

Sigo resintiendo la expresión de inmenso alivio que puso papá cuando le dije que accedía a que la internáramos en la residencia.

Pero, sobre todo, intenté fingir por todos los medios que no era un alivio para mí también.

—¿Cómo estás? —me preguntó mamá más tarde, en la cafetería del museo. No había indicio alguno de la crisis del día anterior. Estaba en buen estado y había disfrutado visitar las distintas exposiciones. Era agradable verla a gusto. Puso su mano sobre la mía. Cerré los ojos un instante y atesoré el contacto. Mamá siempre me abrazaba si yo era quien iniciaba el abrazo, pero en general ya no acostumbraba tomar la iniciativa del contacto físico. La mesera puso un par de bísquets frente a nosotras y le sonrió a mamá. Tenía mucho tiempo trabajando ahí, así que supuse que ya nos reconocía.

Corté el bísquet de mamá por la mitad y le unté mantequilla y mermelada. Luego empezó a contarme una historia de su papá, de cuando ella era niña.

—Entonces, cada vez que había un cambio de estación yo le escribía una carta a un hada distinta. El hada de la primavera o el hada del verano. Y en la mañana salía al jardín y alzaba la piedra y descubría que la carta ya no estaba. Pero había una notita escrita en lenguaje feérico. Y papá me la leía, porque él entendía el lenguaje de las hadas. —Se veía muy feliz al recordarlo, como seguramente debió sentirse cuando encontraba aquellas notas.

Mamá hablaba mucho de su papá. No era su papá biológico, sino su papá «real», como ella decía. Él murió antes de que yo naciera, pero en mi infancia oí hablar tanto de él que sentía como si lo conociera. Parecía un ser proveniente de un mundo mágico. Y yo agradecía que los recuerdos que le venían a la mente la hicieran feliz. No siempre era así. Otra señora internada en la misma residencia revivía con frecuencia la muerte de sus padres como si acabara de ocurrir, y revivía una y otra vez el dolor y el trauma.

A veces me preguntaba qué diría de mi papá si yo también me quedara atorada en el tiempo.

Supongo que diría muchos improperios.

Mamá se puso de pie y miró a su alrededor, mordiéndose el labio.

—¿Dónde está el baño? —preguntó.

Le dije que la acompañaría y tomé mi bolso, pero dejé el té a medias y el suéter de mamá para que supieran que volveríamos, de modo que la mesera no creyera que nos iríamos sin pagar la cuenta. La guie hacia el mostrador y luego hacia el baño de discapacitados, y la esperé afuera. Por lo regular mamá no necesitaba ayuda en el baño, pero era importante esperarla afuera, sobre todo si estábamos en un lugar donde podía perderse o desorientarse con facilidad. Y yo no podía evitar pensar qué pasaría el día que necesitara ayuda dentro del baño. A mí no me importaría, claro, pero sabía que a ella sí la haría sentir mal.

Mamá abrió la puerta y me volteó a ver.

—Este… el lavamanos… no sirve —dijo. Me asomé y vi que era uno de esos modernos en donde tienes que pasar la mano por debajo de un lugar preciso para que caigan el jabón y el agua, así que entré y la ayudé a lavarse las manos. En el instante en el que estábamos saliendo del baño, un hombre pasó deprisa a mi lado en el pasillo que llevaba al baño de hombres, pero se detuvo al ver de dónde veníamos.

—No deberían usar el baño de discapacitados si no son discapacitadas —dijo en el tono más aleccionador del mundo.

Lo fulminé con una mirada gélida, con la esperanza de que siguiera su camino y nos dejara en paz. Pero se quedó ahí, esperando una respuesta. Mamá arrugó la cara, retrocedió un paso y se escondió atrás de mí.

—Perdón. Lo siento mucho —dijo ella.

No creo que mamá entendiera por qué el hombre se había indignado tanto, pero percibió el malestar en su tono de voz.

—Vete al carajo —dije, intentando modular mi lenguaje soez porque mamá no lo soportaba—. Y no te metas donde no te llaman.

El hombre hizo unos resoplidos furiosos y cuando se dio vuelta alcé el dedo medio de ambas manos y hasta hice un bailecito burlón.

Volvimos a nuestra mesa para terminarnos el té y los bísquets. Minutos después vi al hombre hablando con la mesera y señalando en dirección de los baños. Se veía que había desayunado gallo y tenía ganas de defender una causa que no le correspondía. Desvié la mirada y rogué en silencio que mi madre se terminara su té cuanto antes para que pudiéramos salir de ahí.

—Hola. Perdón por haber sido grosero. No lo sabía.

El hombre estaba de pie junto a nosotras, y aunque sus palabras expresaran remordimiento, se notaba a leguas que no acostumbraba disculparse, pues le costaba enunciar cada una, como si tuviera estreñido el ano que tenía por boca.

—¿No sabía qué cosa? —contesté en tono desdeñoso.

—La mesera me dijo que tu mamá no está del todo bien. Pero no me di cuenta. Es que no se ve… —Aunque hubiera dejado la oración incompleta, al parecer tenía más cosas que decir—. En fin, me dijo que tú la cuidas y creo que eso es muy admirable.

Aun así, me miró con más compasión que admiración, y no se atrevió a voltear a ver a mamá, aunque en realidad era ella quien merecía la disculpa.

Me dieron ganas de mandarlo a volar. De darle un sermón aleccionador sobre la importancia de no meterse en las vidas ajenas ni juzgar a los demás. Esa noche, en mi cama, encontraría las palabras perfectas que en ese instante se me escaparon. Además, el hombre no esperó mi respuesta, sino que se fue con la cara en alto, seguramente regodeándose con arrogancia en su infinita bondad y humildad. Decidí entonces enfocarme tanto como pude en mi bísquet.

—Tengo que irme —dijo mamá de pronto, lo que me sacó del ensimismamiento. Reconocí el tono de urgencia en su voz, lo que indicaba que empezaba a alterarse.

—Todo está bien —contesté en tono reconfortante. No quería que el tipo ese nos arruinara el día—. Nos la estamos pasando bien.

Frunció el ceño e hizo la cara que uno hace cuando huele algo asqueroso.

—En serio tengo que irme. Tengo que trabajar. —Miró a su alrededor—. ¿Me llevarías a casa?

—Por favor, mamá —dije mientras me sobaba la nuca—. Nos la estamos pasando bien. Todo está bien. No tienes que irte aún.

—¡Tengo que irme! —exclamó, y dio un pisotón bajo la mesa.

Me odié por mirar de reojo hacia el mostrador para comprobar si la mesera nos estaba mirando. Por un instante me enfurecí tanto que me dieron ganas de dar pisotones también. Pero, sobre todo, quería gritar. Quería decirle que su papá estaba muerto y que ella había tenido que renunciar a su trabajo porque ni siquiera era capaz de recordar su propio apellido. Quería gritarle que literalmente no necesitaba estar en ningún otro lugar. Con el pulgar me presioné con fuerza la cicatriz de la mano. Necesitaba respirar y tranquilizarme.

Mamá se veía muy perdida; su expresión nebulosa me rompió el corazón. Alcé la mirada al techo para evitar llorar, pues eso solo empeoraría las cosas.

—Te llevaré a casa —dije, y tomé nuestras cosas—. Ven, dame la mano.

Al ponerse de pie su expresión se aclaró y recobró su alegría, como si nada hubiera pasado. Me tomó la mano y la estrujó.

—Te quiero, mamá.

—Yo también te quiero —contestó.

Aunque era obvio que solo lo había dicho porque yo se lo había dicho primero, atesoré escuchar esas palabras de boca de mi madre.

17.

4. ~~Retozar (al más puro estilo de *todas* las comedias románticas, al parecer).~~

8. ~~Cita en un bote (como lo viste en *La propuesta* y *10 cosas que odio de ti*).~~

SAOIRSE
Ruby, te veo en la playa a la 1 a. m.

RUBY
Uy, qué misteriosa.

SAOIRSE
Es hora del paso 8.

RUBY
Pensé que sería el sábado.

Vi a Ruby antes de que ella me viera a mí. No alcancé a distinguir su cara en la oscuridad, pero supe que era ella por la forma en que se movía. Me gustaban mucho esos momentos en los que podía observarla sin que ella se diera cuenta. Era como observar un secreto. Cuando se acercó lo suficiente vi que traía unos tenis viejos y unos shorts con una tira de pomponcitos de colores cosida al dobladillo. Sus piernas eran largas y sus muslos eran gruesos y musculosos.

—Está demasiado silencioso —susurró Ruby, aunque no había nadie a nuestro alrededor que pudiera escucharla. Estaba oscuro, pero era posible distinguir las nubes negras que se arremolinaban sobre las estrellas dispersas—. Es un poco inquietante.

—A mí me agrada.

—A mí también —dijo Ruby, temblorosa. La tomé de la mano y la llevé hasta la playa—. Es hermoso. —Inhaló el aire marino y alzó el rostro para mirar las estrellas—. Creo que desde aquí se alcanza a ver mi estrella —dijo, y señaló el cielo—. Pero ¿cómo vamos a hacer el paso ocho?

—Cuatro y ocho, nada más y nada menos.

—¿Cuál era el cuatro?

—Retozar —le recordé—. No estaba muy segura de qué diablos hacer en esa parte de la secuencia, pero ya lo descifré. Dos pájaros, un tiro.

—¿Cómo le harás?

—Verás, Ruby… vamos a robar un bote.

Se detuvo en seco.

—¿Qué?

—Allá adelante hay hidropedales. Vamos a robarnos uno.

—Es broma, ¿verdad?

—Si el día que nos conocimos robamos la adorada mascota de alguien, ¿por qué ahora te da miedo tomar prestado un ave de plástico?

—¿Cómo que un ave?

—Deja de cambiar el tema. ¿Aceptas o no?

Parecía considerarlo. Se pasó el cabello de un lado a otro, luego, con expresión decidida, asintió.

—Acepto.

Se rio al ver los hidropedales. Tenían forma de cisne, medían como tres metros de alto y eran sumamente decrépitos. Se notaba que no los habían cambiado desde que era niña, tanto así que tenían grafitis hechos con plumón negro por todas partes.

—Mira, ya sé que no es un bote…

—Es totalmente lo contrario a un bote.

—…pero se mantiene a flote en el mar. Te lo prometo.

Observamos en silencio a la bandada de cisnes de plástico.

—¿A cuál de todos quieres liberar? —preguntó, y ambas fingimos reflexionarlo con detenimiento.

—No me decido entre la de la barbita o la que tiene cuatro estrellas y la frase «montaría este cisne de nuevo» en el culo.

—Es difícil no tomar en cuenta una reseña de cuatro estrellas —comentó Ruby.

La inmensa ave estaba atrapada en una parte poco profunda del mar, delimitada por una cerca de boyas. Se suponía que estaba hecha para impedir que los niños se fueran pedaleando hacia el horizonte y perecieran en medio del mar, pero en este caso representaba un gran inconveniente.

—Tendremos que vadear la cerca y sacarla hacia la arena —afirmé.

Ruby asintió.

—Está bien. Tú te encargas de eso y aquí estaré esperando.

—Ay, no seas chillona. Son cinco centímetros de agua. Aquí no hay lugar para los debiluchos, Quinn.

Ruby suspiró y se quitó los zapatos.

Llevar el cisne a la orilla fue la parte fácil, a pesar del agua helada que nos envolvía los tobillos. La parte más pesada fue sacarlo a la playa, empujarlo más allá de la cerca y volver a meterlo al mar. Hubo muchos gruñidos, gotas de sudor y blasfemias.

—¿No es lindo? —jadeé una vez que levamos anclas. Nos habíamos apretujado dentro del cisne y estábamos pedaleando hacia el horizonte. Ya ninguna de las dos tenía frío.

—Creo que nunca había considerado seriamente dedicarme al robo de forma profesional. ¿Qué opinas? —preguntó Ruby. Me reí. Ella rio también. Y no pudimos parar de reír—. Nos robamos un cisne de tres metros —dijo entre carcajadas.

—Nos robamos un cisne de tres metros y de cuatro estrellas —la corregí. Luego me empecé a reír también. No es que fuera muy gracioso, pero era tan ridículo y absurdo que no había más alternativa que reír.

—No creo que esto haya pasado en una película —dijo Ruby cuando al fin recobramos el aliento. Luego acarició la superficie del agua con la mano. Así como aquella noche en el autocinema temí quedarnos varadas a merced de un asesino serial que saldría del asiento trasero, en esta ocasión pensé decir que, si esta fuera una película de terror, un demonio acuático le arrancaría la mano derecha o un asesino serial la jalaría hacia el agua y yo tendría que dejarla ahí y pedalear hasta la costa. Pero supuse que arruinaría el momento.

—Lo incluiré en mis memorias —dije—. Cuando hagan mi película biográfica, será una de las primeras escenas.

—¿En serio crees que eres tan interesante que harían una película sobre ti? —preguntó en broma.

—Tal vez no en este momento, pero cuando cure el cáncer o logre la paz mundial tendrán que darle al público lo que pida.

—¿Qué te gustaría hacer cuando... ya sabes, «cuando seas grande»? —preguntó Ruby.

¿Qué esperaba que dijera? No tenía planes bien armados ni pasiones que me inspiraran a hacer algo. Nunca me había permitido tenerlos. Y no me atrevía a decirle a Ruby por qué tener un plan era un sinsentido, dadas las circunstancias.

—No tantas cosas como tú —bromeé.

Ruby sonrió, pero no dijo nada. Esperó a que yo contribuyera a la conversación. Era lo normal. Era una conversación perfectamente normal. Era de lo que único de lo que la gente había hablado en la escuela durante el último año. ¿En qué universidades te aceptaron? ¿Qué vas a estudiar? Etcétera, etcétera. No se cansaban de preguntar porque, aunque ya se lo hubieran preguntado a todo mundo, en el fondo no les importaba lo que fueran a hacer los demás, sino hablar de sus propios planes a futuro.

No me dio la impresión de que esa fuera la motivación de Ruby, así que tendría que aventarle un hueso, cuando menos. Podía hacerlo sin romper las reglas. Tal vez necesitaría torcerlas un poco, pero al menos vería si eran flexibles.

—Para ser sincera, no tengo idea.

—Yo me siento igual.

—Te sientes así porque a ti todo te parece una excelente idea —dije.

Ruby consideraba que cualquier carrera que saliera al tema, incluso durante conversaciones casuales, era una buena posibilidad; a todo le veía potencial. Yo era lo contrario.

—A mí nada me parece buena idea.

Mientras las palabras se me escapaban de la boca, caí en cuenta de que eran prácticamente una confesión de mis sentimientos verdaderos, lo cual se parecía peligrosamente al tipo de conversación profunda y significativa que se suponía que no debía tener con Ruby. O al menos no debía tenerla si quería respetar las reglas. Lo cual quería hacer, por supuesto. Porque estaban funcionando.

Ruby me tomó la mano y me sobó la palma con el pulgar.

—No, me siento así porque... —De pronto se detuvo y me volteó la mano para verla de cerca—. Tienes una cicatriz ahí —dijo, sorprendida—. ¿Por qué no la había visto antes?

Estaba bastante bien disimulada, ya que seguía una de las líneas de la mano. Incluso había hecho la prueba de estrecharme esa mano con la otra para ver si así se sentía, pero ni así se percibía.

—Bueno, he ahí una buena historia—dije, en un intento por aprovechar la oportunidad para cambiar el tema—. Verás, me metí corriendo a un edificio en llamas.

—No, no, no... —Ruby puso los ojos en blanco.

—En serio. Para salvar a unas mininas.

—¿Mininas? ¿En serio?

—Sí. Tus favoritas. Y también huérfanos. ¿Te gustan los huérfanos? Soy toda una heroína.

—¿Y después de ese valiente rescate lo único que te quedó fue esa cicatriz en la mano?

—Sí. Además de ser una heroína soy casi inmune al fuego. ¿Qué te puedo decir?

—¿Por qué no me dices la verdad, para variar?

Ruby me miró fijamente. Su lunar azul parecía una gota de noche que había caído del cielo y aterrizado en su mejilla. Su rostro era redondo, y su piel, luminosa. Creo que era la chica más hermosa que hubiera visto jamás.

—¿Qué tal esto? —Le pellizqué la mejilla con el pulgar y el índice, y la acerqué a mí para susurrarle a los labios. Quería decirle que me gustaba muchísimo, que sentía un vuelco en el estómago que me atraía hacia ella, pero no permití que las palabras salieran de mi boca porque temía desatar algo que se saliera de mi control. En vez de eso, le dije—: Quiero llevarte a un lugar especial.

Era mi parte favorita de la playa, alejada de las zonas turísticas. Era una pequeña caleta con rocas en lugar de arena. Si trepas por encima de las rocas encuentras una piscina natural, completamente cerrada, de casi dos metros de profundidad y como metro y medio de ancho. Por alguna extraña razón el agua ahí era menos fría que en el resto del mar. Aunque menos fría no quiere decir que estuviera caliente. Es un detalle importante. Atamos el cisne a una roca sobresaliente y ahí se quedó nuestro enorme vehículo de fuga, una enorme ave blanca que se mecía como tonta. Luego empezamos a escalar las rocas.

—Esto es muy especial. —Ruby suspiró en voz baja. Era nuestra piscina privada, iluminada por las estrellas. Me senté en la orilla de la roca y dejé colgando los pies sobre el agua. Ruby estiró las piernas y las agitó. Tal vez yo no había pedaleado tanto como ella, para ser sincera, pero como ella tenía unas piernas tan atléticas y fuertes yo solo la habría detenido. Alzó los brazos por encima de la cabeza, e intenté no mirar fijamente la piel que quedó expuesta donde se le alzó la camiseta. En vez de eso di una palmadita a la tierra a mi costado, y ella se sentó a mi lado y metió los pies al agua.

—Qué agradable —dijo, y apoyó la cabeza sobre mi hombro, de tal forma que un mechón de su cabello despeinado me hizo cosquillas en la barbilla.

—Bien —dije lentamente—. Porque se me ocurría que nadáramos desnudas.

Ruby alzó la cabeza de golpe.

—Es broma, ¿verdad?

Negué con la cabeza.

—Es muy de película, ¿no crees?

177

—Pero no está en la lista.

—¿Alguna vez lo has hecho? —pregunté, intentando no sonar celosa de la persona que podría haber nadado desnuda con mi... con Ruby.

—No —contestó. ¡En tu cara, persona imaginaria!—. Pero el agua está helada. —Miró el agua con tristeza. Aunque la piscina era demasiado pequeña para que se formaran olas, era oscura y ominosa, y hacía sonidos de deglución, como si fluyera desde el mar a través de las rocas.

—Hace un segundo dijiste que era agradable —dije en tono burlón.

Sus ojos buscaron los míos para intentar descifrar si yo hablaba en serio, así que le sostuve la mirada.

—Hagámoslo. —Se levantó de un brinco y gruñó como si estuviera armándose de valor para enfrentar una batalla contra los elementos.

—¿En serio estás segura? ¿No te va a dar demasiado frío? —la molesté mientras me ponía de pie, me quitaba el suéter y lo lanzaba hacia una parte alta y sobresaliente de la roca.

—Si se me congela un pezón y se me cae, te señalaré como la única responsable —dijo mientras se quitaba los tenis.

—Prometo que me responsabilizaré por completo de tus pezones.

Agité las piernas para quitarme los shorts, pero me entró una pizca de duda cuando una oleada de agua chocó contra las rocas y me salpicó las piernas. Ruby tomó la orilla de su camiseta con ambas manos y la jaló hacia arriba. No supe si tenía permitido mirar o no. La constelación de pecas sobre su torso parecía como si alguien las hubiera rociado sobre su piel de un soplo. Su cintura era estrecha, mientras que sus caderas eran anchas. Su pancita se asomaba por encima de la pretina de los calzones rosas de puntitos que le quedaban demasiado apretados. Le estrujaban las caderas, y la piel suave sobresalía por las orillas de la tela. Si crees que no era una visión hermosa es porque no la has visto.

Traía un sostén azul a rayas, pero no quería parecer el chico que se escabulle al vestidor de chicas y no puede parar de mirarles el pecho. Pero la curvatura de sus senos que se escondía bajo la tela me hizo desear algo con tal desesperación que una criatura indomable despertó en mi interior, subió a rastras desde mi estómago y fue en busca de mis manos anhelantes. Pensé en cerrar la brecha entre nosotras, pero hay un *quid pro quo* implícito al poder mirar a alguien en ropa interior. Me quité la camiseta y la sostuve en una mano para cubrirme buena parte del cuerpo antes de dejarla caer. Temí que no le gustara lo que estaba por ver. Las mejillas se me incendiaron mientras examinaba mi cuerpo con la mirada. Me pareció que sus ojos reflejaban la misma expresión que debieron irradiar los míos y eso me hizo sentir hermosa. Me relajé, bajé los hombros y dejé caer las manos a los costados.

—No mires —dijo mientras llevaba las manos hacia atrás para desabrocharse el sostén, así que cerré los ojos con fuerza. Momentos después escuché un chapuzón, combinado con un grito, seguido de respiraciones superficiales y rápidas. Abrí los ojos. Ruby salpicaba agua con furia, con el rostro arrugado por el dolor de haberse sumergido en agua helada.

—Eh, a lo mejor no debería meterme —dije y fingí empezar a ponerme la camiseta.

—Ay. No. Jodas. Métete. Ya. Ahora. Mismo. O. Juro. Que. Te. Mato —dijo Ruby, enunciando cada palabra con dificultad entre jadeos temblorosos.

Nadó hacia el otro lado para entrar en calor, lo que me dio la privacidad de quitarme la poca ropa que me quedaba. Era extraño estar desnuda en el exterior. Intenté recordar alguna otra ocasión en la que hubiera estado así, pero creo que no había ocurrido desde que era bebé. El aire frío era agradable y me hacía cosquillas en lugares que no acostumbraban estar expuestos, pero supuse que la sensación del agua sería menos agradable. Titubeé un instante en la orilla de la piscina mientras pensaba en el chapuzón. Luego, decidí poner la ropa en la orilla e intentar sumergirme poco a poco.

—¡Ahhhhhh! —grité.

—¿Ya te metiste? —preguntó. Me daba la espalda y apoyaba los brazos en la orilla de la piscina.

—Todavía no.

—Salta y ya.

No podía. Me sumergí un par de centímetros más.

—¡Ay, Dios!

El agua me mojó partes del cuerpo que no acostumbraban estar a la vista del mundo y mi respuesta fue un chillido agudo.

—Se te metió al pubis, ¿verdad? —dijo Ruby, como por experiencia propia.

—No me hagas reír. Estoy en medio de una operación delicada —dije, pero no pude contener la risita y resbalé, me rasguñé la rodilla con la piedra y caí al agua. Era el tercer strike para mi pobre rodilla—. ¡Aaaaayyyy! Ay, está helada y duele.

Ruby se dio vuelta y flotó en el agua. Solo le veía de los hombros para arriba. Se acercó nadando, intentando no carcajearse.

—Se pasa rápido. Yo ya no tengo tanto frío —dijo Ruby.

Agité las piernas y nadé en circulitos por la orilla de la piscina hasta que mi corazón se calmó un poco y dejé de sentir que el frío me calaba los huesos—. Te recuerdo que fue tu idea —dijo Ruby entre risas al ver mi cara.

—A veces tengo pésimas ideas.

No hablaba en serio, porque estaba en una piscina natural, desnuda, con una chica que también estaba desnuda, y eso era básicamente lo mejor que me había pasado en la vida. Me acerqué nadando y ambas pataleamos despacio. Su pierna rozó la mía y, en vista de que morir de hipotermia ya no era mi principal pre-ocupación, la criatura hambrienta volvió al acecho. Nunca había sentido un apetito tan voraz. Me acerqué lo suficiente para poner-le las manos en la cintura y jalarla hacia mí. Bajo el agua, su piel era sedosa. Aunque las patadas necesarias para mantenernos a flote nos impedían acercarnos demasiado, hasta el más mínimo contacto entre pieles era incendiario, como si generara un resplan-dor por debajo del agua oscura. Mis manos en su cintura, las su-yas en mi cadera, nuestras piernas rozándose entre sí.

Me jaló para besarme y me dejó sin aliento. No eran solo sus labios sobre los míos, sino que su cuerpo entero se frotó y resbaló contra el mío de una forma tan dulce que me encendió de pies a cabeza. Dejé de escuchar el sonido del agua atrapada bajo la roca y el oleaje. Luego me abrazó la cintura con las piernas. Yo la besé hasta no poder más. Quería recorrerle el cuerpo entero con las manos, encontrar los lugares más secretos de su cuerpo. Y quería que ella me hiciera lo mismo. Pero en vez de eso, nos separamos.

Desear más también era agradable. Era un dolor disfrutable.

Salimos del agua sin mirarnos la una a la otra. Aunque nuestros cuerpos hubieran estado entrelazados, la idea de vernos desnudas aún era intimidante. Me exprimí el cabello con am-bas manos y el agua me salpicó los pies. Ruby castañeó los dientes mientras se vestía.

Una vez que estuvimos vestidas con ropa húmeda, me dio un besito en la nariz.

—Tienes muy buenas ideas —dijo.

Fue un tipo de beso distinto al que me dio dentro del agua, pero no por eso fue menos agradable.

18.

GENIO, PLAYBOY, MILLONARIO Y FILÁNTROPO
¿Qué haces?

SAOIRSE
¿En qué momento agarraste mi celular?

GENIO, PLAYBOY, MILLONARIO Y FILÁNTROPO
Esa es información confidencial. Ya sabes que soy escurridizo. Como James Bond. Definitivamente no fue cuando fuiste al baño.

SAOIRSE

Okey. Al menos esta peli sí me gusta.
El soundtrack es lo máximo.

JAMES BABOSOND

Necesito más detalles.

SAOIRSE

Estoy viendo *10 cosas que odio de ti*.

JAMES BABOSOND

Creo que esa no la he visto.

SAOIRSE

Ponla. Acabo de empezar apenas. Le
pondré pausa. Avísame cuando
llegues a la parte en la que está
leyendo a Plath.

JAMES BABOSOND

Listo.

SAOIRSE

Me gusta la amiga gótica intensa.

JAMES BABOSOND

Uff, sí.

SAOIRSE

¿Por qué siempre hacen apuestas
en las comedias románticas?

JAMES BABOSOND

La verdadera pregunta es, entre tantas apuestas y cursilerías, ¿a qué hora se ponen a hacer la tarea estos cabrones? ¿Qué no se supone que ya van a terminar la escuela? Yo sigo teniendo pesadillas en las que llego en calzones a los exámenes, y eso que acabaron hace semanas.

SAOIRSE

La cosa es que, o te gusta alguien o no. Si tienes que cantar *Can't Take My Eyes Off You* frente a medio mundo para que alguien acepte salir contigo, supongo que no le gustas mucho en realidad.

JAMES BABOSOND

No todos heredamos tu salvaje magnetismo animal. Eres como anuncio de AXE andante.

SAOIRSE

Qué asco. Solo da ternura porque Heath Ledger es guapo. Si fuera un tipo cualquiera con cara de moco, ya hubieran llamado a la policía.

JAMES BABOSOND

¿En serio le enseñó las bubis al maestro para librar al novio del castigo?

SAOIRSE

Sí. ¿Te imaginas enseñarle las bubis al profesor Connolly?

JAMES BABOSOND

Yo sí. Pero bueno, nada más porque estoy muy orgulloso de mis pezones, así que...

SAOIRSE

Ignoraré el detalle de que hablaste de tus pezones.
A ver, ¿por qué ella está disculpándose con un poema si él fue quien hizo la apuesta?

JAMES BABOSOND

Como se enamoró, dejó de ser feminista. Estoy seguro de que esa es la moraleja de la historia.

SAOIRSE

Es ilógico.

JAMES BABOSOND

Pero todos son tan atractivos que no importa.

SAOIRSE

Ah, y él le compró la guitarra porque apoya sus sueños de guitarrista furiosa. O sea, yo no lo perdonaría, pero supongo que está lindo.

JAMES BABOSOND

Te estás volviendo bien cursi. Te voy a acusar con Ruby.

SAOIRSE

Ay, no. No le digas a la chica que me gusta que en secreto disfruto las películas que a ella le encantan. Sería desastroso.

JAMES BABOSOND

Me engañaste. No soy más que un peón en tus juegos mentales, ¿verdad?

SAOIRSE

Para que pudiera engañarte con juegos mentales necesitarías tener cerebro, baboso.

JAMES BABOSOND

Golpe mortal al ego. -2000 puntos

19.

Acordamos que el jueves tendríamos una de esas conversaciones telefónicas en las que ninguna de las dos querría ser la primera en colgar. Era uno de los puntos de la lista que más ganas tenía de evitar porque a nadie le gustan las llamadas telefónicas en realidad. Son una tortura. Y las comedias románticas en las que la gente no quiere colgar se filmaron antes de que la tecnología nos concediera el don de los mensajes de texto.

Pero como estaba en la lista, se tenía que hacer. Para darle un toque de autenticidad, accedí a llamar al teléfono de la casa de Oliver desde el teléfono fijo del estudio de mi papá. Lo único que me preocupaba era que alguien distinto a Ruby contestara. Incluso le mandé un mensaje para advertirle. Me sorprende que la especie humana haya sobrevivido si los viejos tuvieron que enfrentar esta angustia cuando eran jóvenes.

—¿Bueno? —contestó una voz masculina que sonaba confundida. Tenía que ser Oliver, por supuesto.

—¿Se encuentra Ruby? —pregunté con la voz más aguda posible e intentando sonar educada y profesional para que no me reconociera.

—¿Saoirse?

Tenía que ser.

—Sí. ¿Y qué? —Mi voz volvió a recobrar su gravedad desdeñosa.

—Qué extraño. Escuché una especie de timbre, pero no sabía de dónde venía. Luego vi que venía de una máquina cubierta de telarañas.

Estuve a punto de reírme, pero eso solo le daría cuerda.

—¿Me puedes pasar a Ruby?

—¿Se descompuso tu celular? —preguntó, sin contestar mi pregunta. Sonaba genuinamente interesado en averiguar por qué alguien usaría un medio de comunicación tan anticuado.

—No. Sí. Mira, no es de tu incumbencia.

—¿Es parte de su jueguito de cosas románticas?

Un escalofrío helado me recorrió las extremidades. Era el momento más vergonzoso de toda mi vida.

—¿Qué? —Cerré los ojos con fuerza, con la esperanza de que él dijera algo, cualquier cosa, siempre y cuando no fuera…

—Ruby me contó lo de su listita. Me parece adorable —canturreó—. ¿Quién habría pensado que eras una romántica empedernida? ¿Estás llevando un diario de las experiencias? ¿O un álbum de fotos? ¿Quieres que le robe un rizo a Ruby mientras duerme?

—¡Vete al diablo! —gruñí, y habría colgado en ese instante de no ser porque alcancé a oír la voz de Ruby del otro lado.

—¡Ya basta, Oliver! —le dijo—. Hola —me dijo a mí.

—Hola. Mira, ya sé que se supone que en esta llamada ninguna de las dos debe querer colgar. Pero para ser sincera, lo que más quiero es colgar ahora mismo.

Ruby se rio.

—¿Por qué? ¿Qué pasa?

—¿Le contaste a Oliver?

—Sí, ¿por?

—Porque Oliver es mi némesis. Y tú le mostraste mi debilidad. Mi talón de Aquiles.

Ruby se rio de nuevo.

—Oliver no es tu némesis. Y seguro que tu principal debilidad es tu falta de fuerza en piernas e incapacidad para fingir que pedaleas, ¿no?

—¿Era muy obvio? —En serio creí que parecía que yo también le había estado echando ganas.

—Yo hice todo el trabajo, así que ¡claro que sí! Al día siguiente me dolían los glúteos como no te imaginas.

—Ya veo... —Me quedé callada un segundo—. Demasiados detalles.

—¿Crees que debería ser marinera profesional? Podría unirme a la marina.

—¿Con base en tu experiencia pedaleando? Lo dudo mucho.

—Podría ser la primera mujer en navegar por el mundo entero en un cisne.

—Saoirse, ¿qué haces aquí? —Papá entró a su estudio con un café en una mano y su tableta en la otra—. ¿Estás hablando por teléfono? ¿Perdiste tu celular? Me niego a comprarte uno nuevo.

—Estoy en una llamada. Por favor, vete.

—¿Es tu papá? Salúdalo de mi parte —dijo Ruby, quien estaba más emocionada que ningún adolescente lo estaría alguna vez de escuchar a escondidas una conversación parental.

—Oye, Saoirse, ¿oíste que uno de los cisnes gigantes se escapó? —dijo papá y volteó la tableta para mostrarme la pantalla. Tenía abierto el navegador en la página principal del periódico local. El encabezado decía «Un ladrón sabandija roba hidropedal en forma de cisne» y había una fotografía del dueño junto a nuestra ave recién recuperada.

—No jodas —dije.

—¿Por qué no? —preguntó Ruby.

—Ya sé, ¿verdad? —dijo papá—. Fue todo un escándalo. Creen que fue una travesura juvenil. Lo encontraron atorado en una roca, al fondo de una caleta.

«Travesura». ¿En serio?

—Le hablaba a Ruby, papá. ¿Me das un segundo, por favor?

—Uy, es Ruuuuuby —dijo en un tono superinfantil. Luego hizo unos ruidos de besitos que volverían monja a cualquiera.

—¿Por qué no? ¿No puedo saludar a tu papá?

—Esta fue una pésima idea —dije, más para mis adentros que para cualquiera de ellos.

—¿Por qué no invitas a Ruby a cenar el sábado en la noche? —dijo papá, cuya sonrisa se asomaba por encima de la taza de café.

Negué con la cabeza en un intento desesperado por disuadirlo.

—Ya oí a tu papá. ME ENCANTARÍA IR A CENAR —gritó Ruby al teléfono, por lo que alejé el auricular de forma instintiva para evitar un daño permanente a mi oído. El corazón se me aceleró. No podía venir aquí. Digo, al menos no para conocer a papá. Tal vez si él saliera y tuviéramos la casa para nosotras solas…

—Ruby, tenemos aquel compromiso —dije, con la intención de recordarle el número tres de la lista de la secuencia. Tomaríamos un tren a la ciudad e iríamos a un bar de karaoke en el que estaba casi segura que no pedían identificación para entrar. Era la única forma de obligarme a cantar, pero hasta eso sonaba mejor que una cena con mi papá.

Papá gritó hacia el teléfono que yo sostenía en la mano.

—¿ERES ALÉRGICA A ALGO?

Abrí los ojos como platos y lo volteé a ver con cara de «no te atrevas». Papá me ignoró, lo cual era de esperarse.

—NO, PERO NO ME GUSTAN PARA NADA LOS CHAMPI-ÑONES.

—Ruby, teníamos otros planes —insistí. Ella no percibió mi molestia.

—ENTENDIDO. SIN CHAMPIÑONES ENTONCES —gritó papá en respuesta. Lo miré con cara de «¿Ya terminaste?». Papá asintió y salió del estudio—. Está bien, les daré un poco de privacidad —anunció y me guiñó.

No había nada que agradecerle. El daño ya estaba hecho.

20.

Después de la llamada intenté no entrar en pánico, lo cual considero que es una señal de crecimiento personal genuino. Subí a mi habitación y empecé a ver una de las películas, *500 días con ella,* e ignoré el hecho de que mi pie se negaba a estar en paz y no dejaba de dar golpecitos contra el marco de la cama. Por desgracia, el tipo de la película se negaba a escuchar que la chica de la película no quería tener nada serio, y eso no me ayudaba a distraerme de Ruby, así que mejor puse una película de verdad, con un niño demonio y una mansión embrujada. Papá se asomó para avisar que saldría. Llevaba una bolsa de regalo en la mano. Gruñí en lugar de despedirme y no me atreví a preguntarle qué llevaba en la bolsa. En parte porque seguía furiosa con él y en parte porque temía que fuera algo grotesco, como lencería para Beth.

Cuando terminó la película yo seguía agitada, así que decidí que era hora de salir de la casa. Necesitaba ver a mamá. Había ido a visitarla esa mañana, como de costumbre, pero las ansias de verla eran abrumadoras. Quería abrazarla e inhalar su olor a mamá y acurrucarme hecha bolita a su lado y sentirme reconfortada, aunque ella no supiera qué decir. La idea de que Ruby fuera a nuestra casa y hablara con papá me aceleraba muchísimo el corazón y no había suficientes niños demonios en el mundo que me distrajeran.

Era imposible que fuera a nuestra casa sin que eso rompiera las reglas de alguna forma. Una cena con papá no aparecía como tal en la lista, pero era una cosa muy de parejas formales. Era una forma de hablar en plural, aunque fuera de forma metafórica y no literal. Además, sería imposible sobrevivir a una noche entera sin que saliera a relucir lo de mamá o lo de la maldita boda. Ruby querría enterarse de todo, yo no querría hablar del tema, y entonces sí nos pelearíamos. Para entonces ya habríamos entrado de lleno al territorio de las relaciones de pareja. Ruby estaba metiendo la nariz donde no debía. Empecé a pensar que el plan de la secuencia del enamoramiento había sido pésima idea. Era evidente que Ruby no entendía el concepto de límites. Es decir, no es como si le hubiera puesto explícitamente esos límites, pero debió esperar a que yo la invitara, en vez de que lo hiciera mi papá gritándole por el teléfono.

No obstante, no quería terminar con Ruby por una cena incómoda, ¿o sí? Tal vez podía encontrar la forma de sacarle la vuelta. Necesitaba hablarlo con mamá. Quizá no sería como antes, pero al menos hablar con ella seguía ayudándome a ver las cosas con claridad.

Nora me saludó desde el extremo opuesto del vestíbulo. Supuse que se estaría preguntando por qué había ido de visita dos veces en un día. O quizá no pensaba en mí en absoluto porque era una mujer ocupada y yo era una egocéntrica.

Al llegar a la puerta del cuarto de mamá la encontré entreabierta y escuché una voz familiar. La voz de papá. Miré el reloj. No era su horario de visita habitual. Contemplé la posibilidad de dar media vuelta e irme, pero por alguna razón decidí quedarme a escuchar. Quizá era la costumbre. Volví a sentirme como una niñita y el estómago se me revolvió de nuevo, como si fuera posible escuchar más malas noticias. Como si lo peor no hubiera ocurrido ya.

La última vez que papá y yo visitamos a mamá juntos fue antes de que me enterara de que estaba saliendo con Beth. Después de eso me negué a acompañarlo. No soportaba verlo sentado al lado de mamá a sabiendas de que estaba mintiéndole y engañándola sin que ella pudiera entenderlo.

Me asomé por la puerta y pensé que, si me atrapaban, entraría y fingiría que acababa de llegar. Pero ambos estaban sentados viendo hacia la ventana, casi dándome por completo la espalda, aunque alcanzaba a verles las caras de perfil.

—¿Qué opinas? —preguntó papá—. Me pareció recordar que dijiste que querías uno así hace años. Supongo que debí comprártelo en ese entonces, pero no teníamos dinero, y luego se me olvidó. Hasta ahora.

Tenía en la mano una cajita. Mamá no prestó atención alguna, así que papá la abrió y le mostró el contenido. No alcancé a verlo, pero supuse que sería un brazalete. Mamá lo tomó y le dio las gracias, pero por la forma en que se movía se notaba que estaba bastante inquieta. Papá también lo percibió. Su voz adquirió entonces un tono entusiasta, como de maestro de primaria, el cual yo a veces también usaba al estar con ella. Luego tomó otra caja. Era más grande.

—¿Qué tenemos aquí? —dijo, y la agitó.

Jaló el cordón y arrancó el envoltorio de papel como un niño en su cumpleaños. Era un marco para fotografías negro, aunque no alcancé a ver si tenía una foto en particular.

—Me encanta —continuó con el mismo tipo de voz que usaba cuando yo le regalaba tazas por el día del padre o tarjetas hechas a mano, como si fuera el mejor regalo que hubiera recibido en la vida. Tomó la mano de mamá y la besó—. Siempre me das los mejores regalos. Feliz aniversario, amor.

Había olvidado por completo que era su aniversario, aunque, para ser sincera, no era el tipo de detalle al que solía ponerle atención. Mamá sonrió. Yo quería que hiciera algo. Que le tendiera la mano o que se inclinara hacia él y le besara la mejilla. Pero no hizo nada por el estilo. Se puso de pie y se alejó mientras mascullaba algo que no tenía nada que ver. Sentí una punzada muy dolorosa en el pecho y me dieron ganas de entrar y hacer algo al respecto, porque era una escena insoportable.

Con los ojos llenos de lágrimas, regresé tan rápido como pude al vestíbulo. Al ver a Nora de nuevo la detuve y pasé saliva con dificultad.

—¿Alguien llevó a mi mamá de compras para que le comprara un regalo a mi papá? —pregunté.

Nora negó con la cabeza.

—No, corazón. Eso no está dentro de nuestras responsabilidades —contestó con dulzura.

—Pero le dio a mi papá un regalo de aniversario. ¿De dónde lo sacó?

Nora sonrió.

—Bueno, si no me equivoco, tu papá también recibió un regalo en su cumpleaños, hace unos meses. —Al ver mi confusión, se llevó una mano ahuecada a los labios y empezó a susurrar, como si fuera a contarme un secreto muy tierno—. Creo que él compra las cosas y se las da a ella para que ella se las dé a él. Me parece muy tierno.

Papá siempre firmaba mis tarjetas de cumpleaños de parte de los dos: «Con amor, mamá y papá». Siempre había creído que era algo que hacía por mí, por costumbre o por compasión. Entonces lo imaginé paseando por distintas tiendas y eligiendo regalos para él de parte de mamá, envolviéndolos y escribiendo tarjetas a su nombre, pues mamá nunca habría querido perderse un cumpleaños o un aniversario. Lo hacía por ella. Un extraño vacío me inundó tanto que fue doloroso.

No pude decir una palabra. Simplemente asentí, y Nora se fue y yo me quedé parada en la recepción, limpiándome las lágrimas con la manga de la camiseta.

21.

(Por desgracia no) 3. Karaoke. En donde una o dos personas revelan sus talentos ocultos para el canto o su pésima voz (como
lo viste en *La boda de mi mejor amigo* y *500 días con ella*).

Caminé de un lado al otro de la sala, alternando entre frotarme la
cicatriz de la palma de la mano y secarme el sudor frío en la nuca.

Papá tarareaba mientras ponía un par de velas sobre la mesa. Se veían un poco incongruentes sobre el mantel con coronas
navideñas en las orillas.

Estábamos a media hora del desastre que sería la cena. O sea,
papá y Ruby en la misma habitación. Pasé los últimos días intentando zafarme del plan, cada vez con más desesperación. Le dije a
papá que Ruby había cancelado, pero no me creyó y amenazó con
llamar a casa de los Quinn e invitar a toda la familia. Él sabía que
yo no quería que ocurriera el encuentro, pero seguramente creía
que era solo porque me avergonzaba. A Ruby le dije que papá
tenía que trabajar, pero ella sugirió visitarme de todas formas,

ya que estaríamos solas en la casa, y no se me ocurrió una razón para decirle que no, así que al día siguiente le dije que al final papá no había tenido que trabajar. Después de eso pareció sospechar algo. Incluso me paré al pie de las escaleras y contemplé aventarme, puesto que quizá una pierna rota me salvaría, pero a sabiendas de lo decididos que estaban ambos, no aceptarían como excusa nada inferior a una herida de muerte. Lo único que no consideré genuinamente fue decirles la verdad a los dos.

—Prohibido hablar de cualquier cosa... polémica —le dije. Llevaba ladrándole órdenes todo el día—. No intentes comenzar un debate, ni tener una «conversación seria» ni nada por el estilo.

Intenté convencerme de que era posible pasar la noche entera sin que papá mencionara a mamá. ¿Por qué habría de mencionarla? La arrumbó en una residencia para poder olvidarse de ella.

—Esta será una cena *casual* —dije, casi estallando—. No le hagas muchas preguntas. No necesitas saber toda la historia de su vida, ¿de acuerdo? Te estoy haciendo el favor de dejar que venga a conocerte. No hagas que me arrepienta.

Papá hizo una mueca sarcástica. Tuve la sensación de que estaba arremedándome.

—Gracias, Su Alteza, por el gran honor que me ha concedido esta noche. Habré de terminar de preparar los alimentos para usted y su invitada para luego ocupar mi lugar con la frente en la pared.

Hizo una reverencia en silencio y se fue hacia la cocina, cojeando y encorvado, como Quasimodo. Mamá solía decir que él y yo teníamos el mismo sentido del humor. Pero no podía haber estado más equivocada.

Empecé a ponerme nerviosa con el arreglo de la mesa; enderecé los tenedores y cambié el salero de lugar. El estómago me daba vueltas. Y más vueltas. Algo no se veía bien.

—¿Por qué hay cuatro lugares? —dije, agudizando la voz—. No invitaste a Beth, ¿o sí?

—Claro que la invité —dijo papá, sacudiendo la cabeza como si mi inquietud fuera absurda.

De verdad que él no entendía nada. Ni siquiera se preguntaba si yo quería que Beth estuviera. Nada más porque la acompañé a ver su tonto vestido ahora él piensa que todo está de maravilla. O, más bien, *quiere* pensarlo así e ignorar felizmente cualquier evidencia que indique lo contrario. Eso era culpa de Beth, por no acusarme por mi pequeño exabrupto. Se esforzaba demasiado.

—Está muy emocionada de conocer a Ruby.

Beth y Ruby. Ay, Dios. Ni siquiera había pensado en eso. Ruby no sabía quién era Beth. Ni siquiera le había mencionado su nombre. Se preguntaría quién era esa mujer. ¿Le había contado siquiera que mamá y papá no estaban juntos? Ruby pensaría que Beth era mi mamá. Tal vez la llamaría señora Clarke, y entonces habría un horrible silencio incómodo y alguien tendría que explicarle. Era imposible que no hablaran de la boda. Y no había duda de que, después de eso, Ruby preguntaría dónde estaba mi mamá.

No. Eso no podía ocurrir. Tenía que hacer algo. Lo que fuera. Aun si a Ruby le parecía sospechoso. Me estaba engañando si creía que podíamos pasar la noche entera sin que alguno de mis estúpidos secretos saliera a la luz.

Podía fingir que cambiaríamos la fecha de la cena para luego encontrar otra forma de zafarme después. No era una solución perfecta ni permanente, pero me daría algo de tiempo. Quité las velas de la mesa y las escondí detrás de un cojín.

—Eh... ¿dónde están las velas? —le pregunté a papá, como si me preocupara que a la mesa le faltara un elemento decorativo vital—. Las tenías en la mano hace un minuto, ¿no?

Papá frunció el ceño al mirar hacia la mesa.

—Pensé que las había sacado. —Deambuló hacia otra parte de la casa para buscar sus decoraciones extraviadas.

Aproveché para tomar el teléfono y marcarle a Ruby. Respondió al primer timbrazo.

—¿Saoirse? —sonaba confundida. Tosí de forma dramática en la bocina—. ¿Estás bien? —preguntó, preocupada. Casi me sentí culpable, como si estuviera recibiendo compasión robada.

—Tal vez no deberías venir. Me siento muy mal. Creo que puede ser contagioso... Tengo, umm... —Retorcí la cara. No podía decirlo. Pero tenía que decirlo. Era por un bien superior. Beth y Ruby no podían conocerse. Mi delicado sistema de reglas y límites se derrumbaría si no tomaba medidas drásticas. Aun si eso implicaba quedar en ridículo—. Tengo diarrea —chillé al teléfono.

—¿Y por eso estás tosiendo? —La compasión se esfumó y fue reemplazada por una buena dosis de escepticismo.

Sonó el timbre. Contuve la respiración y supliqué que Ruby no lo hubiera oído.

—¿Puedes abrir, por favor? —gritó papá como el absoluto idiota que era—. Quiero darle una llave a Beth, pero nos vamos a mudar muy pronto.

—Eh... sí, algo así. También me duele la garganta. Estoy en la cama. Me siento fatal —le susurré al teléfono.

Distraída, abrí la puerta con el teléfono acunado entre el hombro y la mandíbula. Y, claro, Beth estaba ahí parada con una botella de vino en la mano.

A su lado estaba Ruby.

Llevaba puesto un vestido de cachemira a las rodillas, decenas de collares de cuentas en el cuello y una expresión que no había visto antes, pero que era de una prima mucho más furiosa de la que había visto aquel día en que estábamos en el autocine y perdí la compostura.

Papá apareció con los brazos abiertos y una sonrisa enorme.

—¡Ruby! Me moría por conocerte.

Las facciones de Ruby se transformaron en una sonrisa; le dio a mi papá un manojo de flores rosas y esponjosas que traía consigo. Beth nos miraba con nerviosismo a cada uno. Papá no tenía idea de qué estaba pasando. El corazón me latía tan fuerte que pensé que se me iba a escapar del pecho. Existía la posibilidad latente de que vomitara en ese momento. No me habría venido mal, de hecho. Me podría haber ayudado a salirme con la mía después de la mentira de haber estado enferma.

—Son del jardín de mi tía. Me iba a robar una de sus botellas de vino, pero no sabía si se iban a enojar, con eso de que Saoirse solo tiene diecisiete años. No quería que pensaran que soy mala influencia. —Ruby dijo todo eso en el tono más genial, y me hizo dudar de que realmente estuviera tan enojada.

—Ah, no, en todo caso sería al revés. Gracias, Ruby —dijo papá.

—Vamos a buscar un jarrón —dijo Beth, y me lanzó una mirada inescrutable, luego tomó a papá del codo y lo llevó a la cocina. Era obvio que Beth había escuchado la llamada. ¿Cuánto tiempo había estado ahí afuera? ¿Qué podría haber dicho?

—Llegaste temprano —dije, con una media sonrisa tentativa, como si todo fuera un bobo malentendido.

—Qué grosera soy —respondió Ruby. No me devolvió la sonrisa. Nop. Estaba enojada. El silencio cayó como un telón entre nosotras—. Debería irme —dijo al ver que yo no abría la boca. Se veía enojada, pero sonaba dolida. Y, aunque fui yo quien entró en pánico e intenté que no viniera, no había querido lastimarla. No me gustaba verla así y mucho menos me agradaba saber que era por mi culpa.

—No te vayas, por favor —dije, sorprendida y avergonzada de oír que la voz se me quebraba. No iba a llorar. Eso sería una estupidez.

—Es obvio que no me quieres aquí.

—No. No es eso. O sea, sí. Intenté que no vinieras. Pero estaba nerviosa. Mi papá. Es raro y molesto, y tengo miedo de que, si lo conoces, no vas a querer terminar la lista.

Era una verdad a medias. Claro que podía hacer o decir algo que pusiera fin a las cosas de tajo. Pero me di cuenta de lo mucho que quería que todo continuara cuando pareció que Ruby podía irse.

—¿Porque tu papá es raro?

—Bueno, si lo dices así, suena tonto.

—No, créeme, también suena tonto cuando tú lo dices —respondió con una sonrisa burlona.

Me reí y la tomé de la mano.

—Por favor. Soy una imbécil, ya sé, pero te prometo que no tiene nada que ver contigo.

Ruby me miró, evaluando mi excusa. Bastante endeble.

—Bueno. Pero más te vale que me lo compenses.

—¿Ah, sí? —Moví las cejas de forma sugerente.

—Ya quisieras. ¿Qué te parece si la próxima vez que estés nerviosa por algo me dices la verdad y hablamos del asunto en vez de que inventes alguna historia ridícula?

—Bueno, bueno, eso no sería muy propio de una comedia romántica, ¿o sí? El chico siempre se mete en un problema idiota por decir una mentira ridícula. Para que veas que estoy muy comprometida con nuestro juego.

—No eres el chico —señaló Ruby—. Ese es el punto. Ninguna de las dos es el chico. En la comedia romántica lésbica discutiríamos todo lo que sentimos hasta que la garganta se nos secara y el cuerpo se nos encogiera.

—Te lo prometo. No más mentiras —mentí.

—¡Encontré las velas! —anunció papá. Apareció con dos velas completamente distintas. ¿Por qué tendría dos juegos de velas pero solo un mantel, y con temática navideña, por si fuera poco?

—¿Qué vas a estudiar en la universidad, Ruby? —preguntó papá tras un bocado de salteado insípido.

—En serio, papá. Basta de interrogarla —dije, torciendo la boca—. No eres orientador vocacional.

Moví el pie, nerviosa, preguntándome cuándo terminaría todo y si sobreviviría a la cena o no, con mi relación intacta. Sí, le pedí a Ruby que se quedara, pero eso significaba que tendría que estar más atenta que nunca. Mis secretos eran bombas que podían detonar en cualquier momento y la única cosa en el mundo que me hacía feliz en esos días explotaría.

—Ay, por Dios. Es la primera cosa que pregunto.

—No pasa nada —Ruby me puso una mano en el brazo antes de responderle a papá—. No entraré a la universidad este año. Me tomaré un sabático —dijo. Me volteó a ver con una expresión apaciguadora. Y yo que creía que estaba intentando protegerla del interrogatorio de mi papá.

—Bien por ti. ¿Vas a viajar un poco o algo así?

—No exactamente. Me voy a quedar en casa.

Yo no sabía eso. Había creído que Ruby iba a viajar, y más o menos había decidido que esa era la verdad, sin volver a pensar en ello. No se lo pregunté por obvias razones. Ya sabes, porque me gusta vivir en el momento.

Bueno, sí. Fue porque quería evitar cualquier conversación en la que me pudiera salir el tiro por la culata.

—¿Vives cerca de Oxford? —preguntó papá, señalándome. La garganta se me cerró. Había llegado la catástrofe. Miré a todos en la mesa como si un sutil cambio de tema de conversación fuera a ocurrir de la nada. Vi que Beth me observaba.

—No mucho —dijo Ruby, con algo de tristeza, según yo—. Pero es muy impresionante que Saoirse vaya a estudiar ahí.

Me llevé las manos a la cara. No podía hacerlo. No podía seguir con la pantomima. Les estaba mintiendo a papá y a Ruby (sí, bueno, y a Beth) al fingir que estaba emocionada, porque ¿quién no estaría emocionada de ir a Oxford? Sentía que el mundo se derrumbaba a mi alrededor y yo tenía que poner una sonrisa. Papá lo descubriría todo. Se iba a poner lívido y exigiría saber por qué no quería ir. Y yo me quedaría paralizada. Entre la espada y la pared, con los dos encima de mí. Él diría: «¿Es por lo de tu mamá?» y Ruby diría: «¿Qué pasa con tu mamá?». Papá se lo contaría y luego Ruby me miraría con cara de lástima y haría algún comentario compasivo. Mientras tanto, papá se llevaría la mano al pecho y dejaría de respirar por un infarto provocado por el descaro absoluto de alguien que quiere renunciar a su admisión en Oxford. Colapsaría sobre la mesa y moriría con la cabeza hundida en un platón de fideos de huevo. Yo quedaría casi huérfana y Ruby estaría furiosa porque le mentí y no volvería a hablarme.

No, no estoy siendo dramática.

En serio, cállate.

En ese momento, Beth saltó de su silla con un alarido.

—¡Ay, no! —chirrió—. Rob, ve por el extintor.

Del otro lado de la mesa, las velas se habían volteado y (con una lentitud cómica) una flamita había comenzado a devorar el horrendo mantel de papel.

Papá miró a Beth, quien parecía estar en crisis, y se rio.

—No creo que haga falta un extintor, mi amor.

Golpeó la flama con un trapo que todavía tenía sobre el hombro después de cocinar la cena.

Beth se llevó una mano al pecho y respiró muy profundo unas cuantas veces.

—Ay, Dios mío —dijo, abanicándose con una mano—. Qué susto. Oye, Rob, ¿no estabas diciendo que crees conocer al papá de Ruby?

—Sí, mi hermano Vincey era amigo de tu papá. Mike, ¿cierto?

Miré a Beth, quien ya estaba feliz llenándose la boca de vegetales aguados como si nada hubiera pasado. Miré las velas. Miré a Beth de nuevo, quien me regaló una sonrisita.

—¡Sí, es mi papá! No sabía que lo conocías. —Ruby parecía estar encantada. Si yo conociera a alguien que dijera que conocía a mi papá, lo más probable es que me disculpara o saliera corriendo.

—Mike es un buen hombre. ¿A qué se dedica hoy en día?

—Pues trabaja en la administración pública, pero tengo la impresión de que preferiría ser comentarista de fútbol. Practica bastante.

Papá se rio.

—Es el sueño.

En una muestra de extraordinaria madurez, decidí no comentar que papá acostumbraba decir que el fútbol era solo rugby para niños llorones.

—¿Y tu mamá? —intervino Beth.

—Eh, no está trabajando ahorita —Ruby carraspeó. Como que quería decir algo más, pero guardó silencio.

—Qué bien —dijo papá en tono alentador—. Es muy lindo siempre tener a tu mamá en casa cuando vuelves de la escuela.

—Ruby asintió, pero su sonrisa era bastante tensa; luego, se llenó la boca con pedazos de brócoli marchito—. La mamá de Saoirse empezó a trabajar desde casa cuando ella era pequeña para poder estar cerca. Creo que es bueno que los niños tengan a su mamá en casa.

Dios mío. Basta. Me hirvió la sangre. Interrumpí a papá.

—Recuerda lo que dijimos, papá —le advertí, pero intenté mantener un tono jovial.

—¿Eso qué tiene de polémico? —preguntó papá, desconcertado.

—¡Estás siendo sexista! —anuncié. *Sí* estaba siendo sexista, pero no me habría molestado en señalarlo; solo quería desviar la conversación de las mamás.

—¿En serio? —dijo, mirando a Beth en busca de confirmación. Para mi sorpresa, Beth asintió y se puso de mi lado.

—O sea, ¿por qué dijiste que era bueno que los niños tengan a su mamá en casa? ¿No pudo haber sido «uno de sus padres»? Si tuviéramos un hijo o hija, ¿querrías que yo me quedara en casa mientras tú sales a trabajar?

—Ehh… —balbuceó papá—. No, no dije eso. No es como si pensara que las mujeres deberían dejar el trabajo y dedicarse a lavar platos. No soy un dinosaurio.

—Qué bueno, porque yo gano más que tú.

Se me escapó una risotada antes de que pudiera evitarlo. Me sentí extrañamente orgullosa de Beth por un momento.

—Por mí está bien. Yo me quedo en casa comiendo chocolate y atendiendo al bebé imaginario —bromeó papá.

En respuesta no recibió más que miradas frías.

—¿Porque eso es lo que hacen las mamás? —dijo Beth, con una ceja arqueada.

¿Por qué todo mundo menos yo podía hacer eso con la ceja?

El fantasma de las otras mil conversaciones en la cena asomó la cara: papá decía algo estúpido que en realidad no creía y mamá lo ponía en su lugar. Un espectro de mamá podía estar sentado justo donde Beth estaba en ese momento.

—Es un chiste —dijo papá.

—Los chistes también pueden ser sexistas —respondió Beth, con una simpleza que parecía decir que el comentario de papá había sido tan estúpido que no ameritaba más explicaciones. Y tenía razón.

Papá ondeó su servilleta para pedir tregua.

—Bueno, bueno. Solo dije que era lindo. No dije que era obligatorio. Veo que estoy en la minoría. No me quemen en la hoguera.

—Eso también es sexista —dijo Beth, despreocupada, como si estuviera señalándole que tenía espinaca entre los dientes—. Estás insinuando que estás en peligro físico porque hay mujeres que están en desacuerdo contigo. Sin mencionar que sacaste el tema de una pena capital históricamente usada contra las mujeres que no se sometían a los estándares patriarcales.

—La amo —susurró Ruby en voz muy, muy baja.

Un pensamiento indeseado me vino a la cabeza, pero sabía que era verdad: en un universo paralelo, mamá y Beth habrían sido mejores amigas. Sentí como si tuviera algo atorado en la garganta.

—Tienes razón, soy un idiota —dijo papá, aunque alcancé a verle un destello en los ojos que indicaba que lo estaba disfrutando—. Iré a preparar una ofrenda de paz. Con helado. —Le dio un beso en la frente a Beth antes de ir a la cocina y guiñarme.

Beth sacudió la cabeza.

—¡Hombres! —dijo, exasperada—. Para ellos todo es un chiste porque no hay consecuencias.

Tuve la impresión de que las consecuencias serían una buena reprimenda de parte de Beth después de la cena, y eso me hizo sentir mejor.

—Sip. Es un verdadero tonto. Pero tú fuiste la que decidió salir con él. Yo no tengo opción, por eso de que «es mi papá» y demás. Nunca deja de recordármelo.

Beth se rio. Por un instante sentí que estaba de mi lado, o que yo estaba del suyo.

—No es perfecto —dijo Beth con un aire de empatía—. Pero se preocupa y está dispuesto a cambiar de opinión. Esa es una gran cualidad.

Estaba a punto de argumentar que lo mejor sería que no fuera un idiota desde el principio, pero Ruby se adelantó.

—¿Y tú a qué te dedicas? —preguntó.

—Hago consultoría para publicidad ética —respondió Beth—. Las empresas me contratan para ayudarlas a crear campañas éticas y eliminar los estereotipos en su publicidad. Somos un equipo completo. Nos ocupamos de distintos temas según nuestras áreas de especialidad.

—Eso suena superinteresante. ¿Cómo llegaste a ese trabajo?

Ruby miraba a Beth como si fuera una estrella de rock o algo así. Yo no sabía que a eso se dedicaba Beth. Lo único que había logrado escuchar hasta entonces era «publicidad bla bla bla».

—Pues hice la carrera de Estudios de Género en la universidad. Hace siglos. En Estados Unidos, en una universidad solo para mujeres. Me interesaba en especial cómo la publicidad puede crear y perpetuar narrativas patriarcales. Y me preguntaba si existía alguna forma de contrarrestarlo o usar ese mismo poder para algo positivo.

—¿Crees que yo podría conseguir un trabajo así? —preguntó Ruby, con ojos de borrego a medio morir.

Beth se rio.

—No veo por qué no. Pero debo advertirte que no sé qué tan productiva sea mi misión. A veces siento que solo estoy cambiándole piezas a la máquina, cuando debería estar desmantelándola. Pero también hay días en los que hacemos algo increíble y lo lanzamos al mundo, y siento que tal vez sí estamos haciendo el bien.

Ruby asintió con mucha seriedad.

—Todo ayuda, ¿no crees? Como esos anuncios de tampones en los que los chicos menstrúan y todos hablan de su periodo como si fuera algo de lo que están orgullosos y luego aparecen datos sobre las desigualdades en la menstruación y la pobreza alrededor del mundo…

—¡Ese lo hicimos nosotras! —dijo Beth, emocionada.

—¿En serio? Todas las chicas de la escuela estaban hablando de ese anuncio. La misma semana en la que salió teníamos que decidir cuál iba a ser nuestro proyecto para la clase de Ciencias de la Salud. Comencé una campaña sobre pobreza y menstruación, y recaudé fondos para una organización que distribuye productos sanitarios a mujeres de escasos recursos.

Observé el rostro animado y resplandeciente de Ruby mientras hablaba. ¿Cómo era que alguien tan linda y considerada quería estar conmigo, con todo mi sarcasmo y egoísmo? Ruby era increíble. Beth estaba tan feliz que parecía estar a punto de llorar. Papá se acercó a la mesa y, al escuchar las palabras «productos sanitarios», volvió a alejarse mascullando algo sobre haber olvidado la salsa de chocolate.

22.

Ruby y yo nos escapamos a mi cuarto después del postre para ver *Problemas de alcoba*, a pesar de que es un vejestorio y además bastante homofóbica. Papá gritó en broma que teníamos que dejar la puerta abierta.

—No quiero ser abuelo tan joven —aullaba.

—Lo que hiciste en tu escuela es increíble —dije mientras cerraba la puerta—, con la campaña.

Pensé que si yo empezaba la conversación y la dirigía, podría distraer a Ruby de la vibra extraña de lo que había pasado abajo. Para mis adentros, le agradecí a Beth por tener un trabajo interesante.

Ruby se sonrojó.

—Era algo importante para mí.

Esa chica era demasiado buena para mí. La misma chica que ahora estaba inspeccionando las cajas abiertas llenas de cosas mías.

—Eh… ¿qué haces? —pregunté, mientras me acomodaba con las piernas cruzadas en la cama.

—Husmeando —respondió.

—Ah, bien, siempre y cuando lo tengas claro.

—Me gusta tu cuarto —dijo mientras observaba una jirafa de cerámica que había estado conmigo desde que tenía memoria.

—Es un cementerio de cajas que no se parece mucho a tu cuarto —dije, pensando en los techos altos y los muebles caros del cuarto de Ruby.

—Ese no es mi cuarto —dijo—. Mi cuarto de verdad no se parece en nada a la casa de Oliver.

—¿Cómo es?

Lo pensó un momento.

—Claustrofóbico. No porque sea pequeño, aunque *sí* es pequeño.

Eso no tenía sentido. Tenía una imagen mental del cuarto de Ruby y, si bien tenía el tacto decorativo de la cueva de Aladino, supuse que tenía más o menos los mismos metros cuadrados.

Tenía que dejar de inventarme cosas en la cabeza y luego creer que eran la realidad.

—¿Por qué es claustrofóbico, entonces?

—¿De verdad quieres saber? —Dejó de escarbar en las cajas y volteó a verme, con las manos sobre la cintura.

—Sí, claro que quiero saber —dije.

Sentí una oleada de calor en el pecho. Obviamente había evitado preguntarle a Ruby cualquier cosa sobre su vida en Inglaterra, y obviamente ella lo había notado, porque no es tonta. Sin embargo, si lo evadía en ese momento parecería muy raro.

—No es *divertido* —dijo, y percibí un toque de amargura en su voz.

—Está bien —dije. Tal vez tendría que ser un poco más flexible o terminaría resaltando lo elusiva que estaba siendo *yo*.

—¿Sí está bien? Digo, tú no me contaste que tu papá se iba a volver a casar, lo que es muy raro. Y nunca mencionaste a Beth.

No me gustaba la dirección que la conversación estaba tomando. Se suponía que íbamos a hablar de *su* familia. Me sentí engañada.

—Para mí también fue una noticia reciente. Y te lo iba a contar —intenté que mi voz sonara lo más paciente posible—. Pensé que podríamos ir a la boda juntas antes de que te vayas —le ofrecí—. Así también podemos tachar el baile lento de la lista.

Claro que nunca planeé contarle sobre la boda, pero ya lo sabía, así que bien podía usarlo a mi favor.

No respondió a mi invitación. Qué grosera.

—¿De qué más no hablas? ¿Me has dicho algo real alguna vez? Te portas muy extraña siempre que alguien menciona Oxford.

Supongo que era mucho pedir que no lo notara, a pesar de las tácticas de distracción de Beth.

Ruby no me miraba; se veía las manos y se retorcía los dedos como si no estuviera acostumbrada a la confrontación y no le encantara. Sentí que el corazón se me abría y dejaba entrar algo que había estado intentando bloquear. Podía decírselo. Merecía saber algo, incluso podríamos hablar de ello. Quizá lo entendería. Eso no significaba que tendríamos que hablar sobre mi mamá. Pero podía dejar pasar una cosa, y así tal vez dejaría de sentir que estaba manteniendo demasiadas cosas atrapadas dentro de mí.

Respiré profundo.

—Envié mi solicitud a Oxford hace un año. Pasé la entrevista. Lo más probable es que saque las calificaciones necesarias, pero creo que ya no quiero ir, aunque no se lo he dicho a mi papá. Se va a volver loco.

Era una tontería, pero me sentía nerviosa diciéndolo y la voz me temblaba al enunciar las palabras. ¿Cuándo me volví tan incapaz de ser honesta?

—¿Ajá…? —estiró la palabra, como en una pregunta—. Y, ¿por qué no podías decírmelo? ¿Por qué es un secreto tan grande?

Me reí; de pronto me sentí más liviana.

—Supongo que no lo es.

No se me había ocurrido que podía decirle a Ruby que no quería ir a Oxford y que a ella no le parecería tan extraño para hacer mil preguntas más al respecto.

Luego yo me preguntaría si no había una parte de mí que quería que me hiciera esas preguntas, que quería que ella me sacara la verdad a tirones cuando yo no lograba decirla.

Se sentó junto a mí en la cama y jugó con un par de mechones de cabello suelto cerca de mi cuello.

—Me puedes contar lo que sea —dijo—. Y a tu papá se le va a pasar. Es obvio que te adora. Si quieres te puedo ayudar a pensar en una manera de decírselo. Hasta puedo estar contigo cuando lo hagas, si me necesitas. —Me besó la nariz.

Las cadenas que me asfixiaban el pecho se aflojaron un poco. Sentí como si me hubiera salido con la mía con algo enorme, e incluso logré quitarme de encima algunas de las preocupaciones que había estado cargando.

—Dime lo tuyo —dije, y hablaba en serio. No solo porque la curiosidad tenía semanas quemándome, sino porque al fin sentía que podíamos compartirnos *algunas* cosas sin que la tierra se abriera y me tragara. Torcer las reglas sin romperlas por el bien de la lista.

—¿En serio? —preguntó con dulzura, al fin mirándome a los ojos.

—Sí. Por favor, cuéntame. —La tomé de la mano—. Si quieres, claro.

—No es un secreto, aunque llevo tiempo sintiendo como si lo fuera —comenzó a decir—. La única razón por la que no te lo conté fue porque pensé que no querrías escucharlo. Nunca me has preguntado por qué estoy aquí o por qué mi mamá está en Estados Unidos, aunque yo mencioné las dos cosas. Me hizo pensar que no querías saber nada sobre mi vida familiar.

213

Lo había estado ignorando por mis razones egoístas. Más culpa que enterrar y nunca examinar.

—Lo siento. No quería ser intrusiva —dije, con la esperanza de que fuera explicación suficiente de por qué había sido tan desconsiderada.

—La razón por la que me estoy quedando con la familia de Oliver es porque mis papás están en Estados Unidos. Mi hermano menor necesitaba una cirugía que el sistema público en Inglaterra no ofrece. No tenemos dinero, así que mi tío Harry pagó todo, y mis papás se fueron con mi hermano a Estados Unidos porque ahí está el cirujano. Mi tío Harry insistió en que fueran con el mejor doctor. Yo acepté quedarme aquí hasta que regresen, así no tendrían que preocuparse por mí ni gastar más del dinero de mi tío para pagar mi viaje.

Lo dijo todo en un solo aliento, como si llevara conteniéndolo desde que nos conocimos.

Me vinieron a la cabeza miles de preguntas que ni siquiera sabía si debía hacer. ¿Qué tenía su hermano? ¿Podía morir? ¿Siempre había tenido lo que tenía o se enfermó de pronto? ¿Le habían hecho ya la cirugía? ¿Funcionó?

—¿Cómo se llama?

—Noah.

—Cuéntame de él.

Ruby me contó todo sobre Noah. Me contó que tenía un tipo muy particular de parálisis cerebral y que la cirugía era para mejorar su equilibrio y su capacidad para caminar y para reducir su espasticidad muscular (luego también tuvo que explicarme qué era eso). Después de la cirugía tendría que hacer mucha fisioterapia. También me contó que Noah era el fan número uno de Ariana Grande y que usaba un disfraz de Spiderman seis veces a la semana. Su familia se había ido unos días antes de la operación para pasear y descansar un poco, y se quedarían un tiempo más para la recuperación y los cuidados postoperatorios. Me contó que, aunque las complicaciones eran poco frecuentes, entraba en pánico cada vez que veía que su mamá le llamaba. Cuando volvieran, Noah pasaría mucho tiempo recibiendo fisioterapia intensiva en un centro de cuidados en Londres. Ruby aplazó la universidad un año porque quería estar cerca de su familia para ayudar y para conseguir un trabajo que le permitiera contribuir con los gastos de traslados y otras cosas que necesitaran. Me sorprendió descubrir que su familia no tenía dinero. Por alguna razón supuse que, dado que la familia de Oliver era rica, la de Ruby también debía de serlo. Lo que no me sorprendió fue descubrir que Ruby haría todo eso por su familia. Recordé su historia sobre las clases de gimnasia, la forma en que rescataba gatitas (robadas), su campaña menstrual y cómo, a pesar de que le mentí y me equivoqué, quiso quedarse conmigo y ayudarme con papá. Ruby haría lo que fuera por las personas a las que quería.

A diferencia de mí.

Era muy alegre y positiva y, aunque era obvio que estaba triste porque su hermano tuviera que enfrentar cosas tan difíciles, no podía ver en ella las cosas horribles que yo veía en mí: la frustración, el cansancio, la autocompasión. La vergüenza, la rabia, la desesperanza.

—Creo que el año que viene, cuando las cosas se tranquilicen un poco, intentaré hacer algo en la universidad como lo que Beth nos contó. Tomé un bloque de psicología en la preparatoria. ¿Crees que sirva de algo? Suena increíble. ¿Crees que me dejaría acompañarla a una junta o algo así? —parloteaba y se veía más feliz y ligera que nunca. Y era la primera profesión que consideraba por más de quince segundos.

—Yo creo que sí —dije, y me tragué los horribles pensamientos que me pasaban por la cabeza.

215

Ahora que Ruby por fin había podido decirme algo que era muy importante para ella, se sentía desprendida y libre, como si fuera a salir volando con una brisa. Pero la ligereza que yo había sentido se desvaneció. Una tonelada de culpas me mantenía pegada al piso.

—Deberías preguntarle —agregué, y me guardé todo—. Tal vez podrías conseguir un trabajo con ella después de la universidad. Podrías expandir tus horizontes al cine y la televisión, y contribuir a mejorar la representación de las lesbianas en los medios.

—No más suicidios ni transformaciones en halcones al final.

—Y mil besos más.

En un arranque espontáneo, me rodeó con los brazos y me abrazó con fuerza.

—Me alegra mucho habértelo contado, Saoirse. No se siente bien ocultarte algo tan importante.

—A mí también me alegra que me lo hayas contado.

Puso sus labios sobre los míos. Cuando nos separamos, sus ojos con pequeñas manchas color avellana se posaron sobre los míos, y eso hizo que la piel me cosquilleara sin siquiera tocarme.

—Si alguna vez quieres hablar de cualquier otra cosa, yo también quiero escucharte. Incluso si no es algo «divertido». —Hizo las comillas con la mano, como si el juego bobo que habíamos estado jugando se hubiera terminado.

Pero esto que Ruby me contó solo la hacía ver más hermosa y me enseñaba lo fuerte que estaba siendo porque su familia estaba bajo presión. Si yo le contara sobre mamá, vería las partes más horribles de mí, y no quería que eso ocurriera. Mientras ella iba a quedar en casa para ayudar a su familia, yo había buscado huir del país sin pensar en mi propia madre. No podía revelarle más de lo que ya le había mostrado. No tenía caso dejarle ver mis defectos y problemas, y arruinarlo todo cuando iba a terminarse tan pronto.

—Creo que no hay nada. —Sonreí.

Nada por aquí. Nada por allá.

Ruby vaciló.

—¿Dónde está tu mamá? —dijo en un tono casual forzado, como si la pregunta hubiera salido de la nada.

La mandíbula se me tensó de forma involuntaria y me esforcé por relajarla.

—Por ahí. Mis papás están divorciados, nada más.

Era la verdad.

—¿Aún la ves? —preguntó Ruby.

—Todo el tiempo.

También era verdad.

Ruby frunció el ceño.

—Ah, okey. ¿La conoceré antes de irme?

—Sí, claro.

Eso, en cambio, era mentira.

23.

SAOIRSE

¿Crees que dos personas que llevan años de amistad se puedan enamorar?

SAOIRSE

P.D. En serio, ¿cómo lo hiciste esta vez?No te veo desde hace siglos.

MI SEÑOR Y SALVADOR, OLIVER QUINN

Saoirse, me halagas, pero no me gustas.

MI SEÑOR Y SALVADOR, OLIVER QUINN

Un pajarito me ayudó.

SAOIRSE

Estoy viendo *Cuando Harry conoció a Sally*. Él le confiesa su amor con una lista de cosas que ella hace. Ah, y dile a Ruby que es una maldita traidora.

SEÑOR DE LAS MOSCAS, OLIVER QUINN

Por favor, mantengan sus conversaciones sucias entre ustedes, gracias.

SAOIRSE

¿De verdad? ¿Crees que dos mejores amigos puedan de pronto gustarse? O sea, si no te interesaba la persona al principio, entonces, después de años y años de amistad, ¿no es más bien que te estás conformando?

SEÑOR DE LAS MOSCAS, OLIVER QUINN

Pero la gente cambia. Tal vez cuando se conocieron no hacían una buena pareja, pero con el tiempo y la experiencia crecieron juntos. Digo, hay gente que se casa, se divorcia y se vuelve a casar. Todo es posible.

SAOIRSE

No sabía que eras un romántico empedernido.

SEÑOR DE LAS MOSCAS, OLIVER QUINN

Soy un ser de profundidades insospechadas.

SAOIRSE

¿Y por qué no tienes novia, entonces?

SEÑOR DE LAS MOSCAS, OLIVER QUINN

No lo sé. Supongo que nadie me ha visto así. Soy el chico de las fiestas, no el chico de las relaciones.

SAOIRSE

Creo que vas a ser un buen novio un día.

SEÑOR DE LAS MOSCAS, OLIVER QUINN

¿Gracias a mi incomparable guapura y mis refinados métodos para hacer el amor?

SAOIRSE

No, gracias a tu auto genial y tu bóveda llena de monedas de oro.

24.

Aún no tachábamos de la lista el ítem que una le enseñara a la otra una habilidad. Ya sabes, como cuando el personaje deportista (que suele ser el hombre) le muestra al personaje adorablemente torpe (que suele ser la mujer, obvio) cómo hacer algo, por ejemplo usar un palo de golf. O como cuando el rico y culto lleva a la chica promedio al teatro y le enseña a apreciar la belleza de la ópera. Descubrimos que ninguna de las dos era deportista, a menos que tomáramos en cuenta el pasado gimnástico de Ruby, pero yo no estaba dispuesta a intentar pararme de manos. Tampoco éramos ricas ni cultas. De hecho, éramos dos chicas con una distintiva carencia de habilidades y sin talentos notorios. Ninguna tenía una pasión por la pintura al óleo ni por el violín ni por el canto, ni mucho menos por los videojuegos o la grabación de podcasts o las publicaciones de *zines* de zombis. Básicamente carecíamos de todo lo que hace inusual e interesante a un personaje de comedia romántica.

—¿Crees que somos dos personas muy aburridas? —me lamenté mientras veía el helado de vainilla a medio derretir que sostenía en una mano sin mucho entusiasmo.

Estábamos sentadas en un mantel para picnic sobre la arena, bajo la tenue luz de la tarde, yo bocabajo, Ruby sentada y abrazando sus rodillas. De fondo sonaba el zumbido de la gente que empezaba a empacar sus cosas de playa y arreaba a sus hijos que no querían dejar de jugar.

—Claro que no —contestó Ruby y negó con la cabeza—. Siempre llegas a las conclusiones más catastróficas.

—¿Segura? Porque las dos estamos comiendo helado de *vainilla* —señalé—. De hecho, nunca he probado la mayoría de los otros sabores.

—Bueno, técnicamente la única que está comiendo soy yo.

Volteé a verla y luego me miré las manos. Sin que me diera cuenta, me había robado la bola de helado.

—¡Ladrona! —exclamé y traté de arrebatarle mi helado.

—Olvídalo. Estabas dejando que se derritiera.

—De acuerdo —accedí, y me di por vencida—. Debo tener alguna habilidad o pasatiempo. Sé… sé… no, no sé. No se me ocurre nada.

—Estoy en las mismas —dijo Ruby mientras lamía la cuchara con alegría.

—¿Y dices que no somos aburridas?

—No, somos normales.

—En las comedias románticas, las chicas siempre tienen una habilidad especial.

—Sí, bueno, pero esas mujeres suelen ser asistentes personales o periodistas de moda.

—Cierto. ¿Crees que debería ser periodista de moda? —pregunté. Empezaba a sonar como Ruby.

—¿Has leído alguna revista de moda?

—No. Pero me sé de memoria los noventa y nueve consejos para traer a tu hombre hecho una bestia en la cama. —Me di vuelta, me senté y me puse un suéter sobre los hombros. La brisa fresca de las olas empezaba a desplazar el calor del día.

—Tal vez debamos encontrarte otra pasión, nena.

—Nenawww —la remedé, imitando su acento inglés. Ella respondió mostrándome el dedo medio—. ¿Qué hacemos entonces? Ninguna de las dos tiene algo que enseñarle a la otra. A menos que quieras saber lo que aprendí sobre Prusia para el examen final de historia. Para ser sincera, siento que los exámenes fueron hace miles de años, así que ya no me acuerdo de muchas cosas —dije.

—¿Por qué no aprendemos algo nuevo las dos? —sugirió. Estiró los pies y enterró los dedos en la arena, mientras los últimos rayos de sol la iluminaban como si la luz proviniera de su interior.

—¿A tocar el ukulele? —dije.

—No, algo práctico que podamos usar en la vida real.

—¿Finanzas personales?

—Bueno, quizá algo un poquitín menos práctico. Algo como… ¿cocinar? Podríamos tomar una clase de cocina. —Se le iluminó la cara—. Es una gran idea. Es algo que las dos podremos practicar después, será divertido, y cada vez que hagas fetuccini fresco pensarás en mí.

Me imaginé de adulta en la cocina de un departamento acogedor. Habría música y velas, y Ruby jugaría con el perro mientras yo flambeaba algo.

¿Un perro? Qué ridiculez.

Sin duda alguna Ruby preferiría una gata.

Debía reconocer que una clase de cocina era buena idea. No había pensado aún en cómo resolvería el tema de mi alimentación si me iba a la universidad o si me salía de casa. Todavía no me ofrecían ninguno de esos trabajos, pero seguramente pronto alguien necesitaría una adolescente sin aptitud alguna, ¿no? Aunque me quedara en casa, me vendría bien saber hacer algo que no fuera pizza congelada. Debí hacerlo hace muchos años para evitar la tortura de tener que deglutir las cosas que papá hervía hasta que se desintegraran.

—Eres brillante —le dije, y le di un beso en la nariz pecosa, que ahora tenía más pecas que cuando recién nos conocimos.

—Lo sé. —Me contestó el gesto mordiéndome el labio inferior—. Deberías conmemorar la fecha en que me conociste.

—Y lo hago —contesté con absoluta seriedad—. Es la fecha en que obtuve una botella de vodka gratis.

—Uy, qué romántica eres. —Me volteó a ver y agitó las pestañas—. Y por eso te a... —Ambas nos paralizamos a tal grado que dábamos risa—. Por eso te *aseguro* —empezó de nuevo, y el momento anterior se perdió en el olvido, como un error en la mátrix— que a nadie le ha salido la secuencia del amor tan bien como a nosotras.

Pocos días después empezamos el paso 2 en la cocina de la materia de economía del hogar de mi exescuela, junto con otras cuatro parejas heterosexuales de más de treinta, cuyos integrantes se miraban con adoración (y cuyos anillos deslumbrantes en la mano izquierda de cada una de las cuatro mujeres nos dejaron casi ciegas), así como con un hombre bastante viejo que iba solo. Ruby me dio un codazo al verlo y puso cara triste, así que nos sentamos en la banca que estaba atrás de él. Quedamos nosotras y él de un lado de la habitación, y las parejas de enamorados en la otra.

Volver a la escuela era extraño. Tenía la vibra inquietante de abandono veraniego, pero además me di cuenta de que probablemente sería la última vez que pondría pie en ese edificio, sin contar el día en que iría a recoger mis resultados. No lo pensé el último día de clases, quizá porque sabía que en un par de semanas volvería al salón de exámenes o quizá porque estaba demasiado enfocada en que sonara la alarma para que llegara la hora de irme.

Todo el mundo había estado disparando serpentinas en espray por los pasillos y pidiéndoles a los demás que les firmaran las camisetas con marcador permanente. Yo solo quería salir de ahí, terminar de estudiar y evitar a las amistades que ya había dejado atrás. Mientras bajaba las escaleras de la entrada principal espié a Izzy de reojo. Traía un marcador en la mano y me dio la impresión de que iba a pedirme que firmara su camiseta, aunque lleváramos meses sin hablar. Así era Izzy. El sentimentalismo de la fecha la había hecho creer que de alguna forma podíamos reconciliarnos. Pero luego vi a papá en el estacionamiento y prácticamente me eché a correr hacia allá. Ya no estaba enojada con Izzy. Antes sí, porque ella sabía que me iban a romper el corazón y no me lo advirtió. Pero ya no era mi amiga, así que ya no me importaba. No quería ser grosera ni negarme a firmar su camiseta, pero tampoco quería firmarla y fingir que atesoraba los recuerdos de nuestra amistad, como si los últimos ocho meses no hubieran existido.

Las relaciones cambian, el pasado no es algo estático que puedes conservar para siempre como una foto. Pero nadie parece entenderlo. Que algo haya ocurrido no quiere decir que significará lo mismo para ti por siempre. Los recuerdos cambian conforme cambias. La amistad que atesoraste, la esposa que adoraste, la hija que criaste. Todo eso se puede volver insignificante en un abrir y cerrar de ojos, lo que significa que fue insignificante desde el principio, pero no te habías dado cuenta.

Sin embargo, si todo es insignificante, al menos puedes pasarla lo mejor posible.

Estrujé la mano de Ruby y ella me dio un beso en la mejilla. No pude evitar preguntarme si las otras parejas nos habían visto.

A veces se me olvida que soy lesbiana. O sea, se me olvida que en un nivel estadístico es inusual y que algunas personas tienen sentimientos muy incendiarios al respecto. Aunque recibí algunos comentarios insensibles o de plano crueles cuando recién salí del clóset en la escuela, para la mayoría de la gente en mi vida mi sexualidad es irrelevante. Aun así, la gente voltea a ver. Lo notaba cuando Hannah y yo caminábamos por las calles. La gente nos miraba de reojo cuando nos tomábamos de las manos. Era momentáneo. Algunos sonreían, unos pocos fruncían el ceño y la mayoría seguía su camino y se fijaba en cualquier otra cosa, pero no por eso me sentía menos observada. A veces son los detalles nimios, las cosas que habrían pasado inadvertidas si hubiera estado con un chico.

—Buenos días a todos. Soy Janet y seré su instructora el día de hoy. —Una mujer petisa y robusta, con una gran sonrisa entusiasta, entró al salón frotándose las manos. La pareja que estaba en el extremo opuesto al nuestro de inmediato dejó de hacer lo que estaba haciendo y prestó absoluta atención. El viejo que estaba enfrente de nosotros le subió el volumen a su aparato de audición.

—Aquí todos son principiantes, ¿verdad? —preguntó la mujer. Tenía el fervor de un predicador estadunidense, y me dio la impresión de que cocinar era su vida entera. Además, no esperó a que le contestáramos—. Para cuando termine esta clase ya no serán principiantes. Hoy aprenderán habilidades básicas que podrán practicar en casa, y si para el final del día sienten que nunca han amado algo tanto como aman la cocina, se podrán inscribir a mi curso de seis semanas que empieza en septiembre, en el cual resolverán esas dudas candentes como ¿qué demonios es una vieira?, ¿puedo prepararla en casa en lugar de pagar veinte euros por una entrada en un restaurante? y ¿por qué todo mundo dice que hacer risotto es tan difícil si no es más que arroz pastoso?

Miré de reojo a Ruby, quien ocultaba su sonrisa detrás del puño.

—Pero hoy... —La mujer bajó tanto la voz que el anciano empezó a darle golpecitos a su aparato de audición por temor a que se hubiera descompuesto—, hoy aprenderemos a hacer... —Hizo una pausa dramática. Yo me mordí el labio para contener la risa—. ¡PASTEL DE POLLO! —gritó, y el anciano se sobresaltó. La pareja de lambiscones que estaba del otro lado empezó a aplaudir, pero perdieron el entusiasmo al ver que nadie les hacía segunda.

—No es necesario emocionarse tanto por un pastel de pollo —le dije a Ruby.

—Tal vez sea el mejor pastel de pollo de nuestra vida —contestó ella mientras agitaba las manos, y las tres parejas de lambiscones nos callaron al mismo tiempo. Fue un poco inquietante.

Janet nos leyó los pasos para hacer la masa y para pelar las papas. Aunque estuvieran escritos en el cuadernillo, Janet dedicó unos minutos frente al grupo para explicar por qué las papas se deben cocer en agua fría en lugar de verter agua hirviendo en la olla. Los lambiscones tomaron notas; Ruby y yo revisamos el manual.

—¿Quieres pelar las papas mientras yo transformo esto en migas de pan de alguna manera? —dije mientras examinaba con suspicacia los ingredientes para la masa.

—Okey, pero ¿qué hay de él? —Ruby señaló con la cabeza en dirección del anciano, quien tenía el pelador de papas en una mano y el manual pegado a la nariz en la otra.

Ella me miró con ojos de cachorro, así que suspiré y asentí.

Media hora después, Ruby y yo no podíamos parar de reír.

Morris, nuestro nuevo amigo anciano, era un tipo encantador, pero sospechaba de la gente tan animosa como Janet. Cuando ella aplaudió al ver la salsa comestible de los lambiscones, Morris intentó susurrar en plan conspirador, aunque en realidad exclamó por encima del escándalo de la cocina.

—Creo que está en el viaje de una de esas drogas legales de las que hablan en las noticias.

Por un momento pensé que Janet contestaría algo así como que su droga era la vida misma, pero cordialmente fingió no haberlo escuchado. Cuando eres viejo puedes salirte con la tuya en muchas cosas.

—¿Cómo terminaron ayudando a un anciano a aprender a cocinar en sus vacaciones de verano, muchachitas? —preguntó Morris mientras esperábamos que la tarta se enfriara lo suficiente para probarla. Se veía dorada y hojaldrada, y el borde perfecto que logré en las orillas hizo que la profesora casi se meara de alegría. Tenía grandes esperanzas. Tal vez no tendría que cargar con la maldición de cocinar como mi papá.

—Saoirse quería aprender una habilidad que le sirviera en la vida y yo quiero poder ayudar más en casa —contestó Ruby.

—Qué suerte tienen tus padres. Cuando mis hijos vivían en casa jamás pusieron un pie en la cocina. Muchachos malcriados. Pero bueno, eso fue culpa de mi Anna. Los consentía demasiado.

Ruby y yo intercambiamos miradas. Supuse que Morris había enviudado hacía poco, puesto que se había inscrito solo a una clase de cocina, pero no había querido decir nada al respecto.

—¿Cómo era ella? —pregunté con voz dulce.

—¿Anna? Era una vieja gruñona. Pero me hacía reír. Se la pasaba maldiciendo por angas o por mangas. Así era ella. Pero era una madre devota.

—¿Cómo se conocieron? —le preguntó Ruby mientras le daba un picotazo a la tapa del pastel para ver si seguía demasiado caliente.

—Nos conocimos en una fiesta. Creo que fue en 1962. Por un amigo en común. Ya no me acuerdo cómo se llamaba. Yo tenía 19 y ella 17. Era la más hermosa del lugar. Y yo no estaba de mal ver, la verdad.

No era precisamente el tipo de respuesta que esperaba escuchar. Por alguna razón no podía imaginar a Morris en una fiesta echándose unas cervezas. Tal vez, más que una fiesta, era una reunión.

—¿La sacaste a bailar? —preguntó Ruby con voz anhelante. Se notaba que lo estaba imaginando como una escena de película en blanco y negro.

—¿Qué? No. No sé bailar para nada. Y no quería que ella se enterara. No, no. Anna se emborrachó y me besó, y luego tuve que llevarla a casa. Al día siguiente le llevé un agua mineral y una aspirina, y un año después nos casamos.

—Qué... eh... romántico —tartamudeó Ruby, sin atreverse a verme a los ojos.

—¿Cuántos hijos tienen?

—Como a los seis meses después de eso tuvimos gemelos. Y ahora ya saben por qué nos casamos tan pronto. —Morris nos guiñó el ojo y yo no pude contener la risa—. Antes de conocerla no creía en las almas gemelas. Pero bueno, ya saben cómo es eso. Dormimos juntos todas las noches, desde que nos casamos hasta que falleció. A veces la vida te da las cosas que más te convienen sin que te des cuenta. —Morris guardó silencio. Ruby tosió y empezó a limpiar la mesa; me dio la impresión de que estaba conteniendo las lágrimas. Instantes después, la voz alegre de Janet rompió la tensión.

—Muy bien, clase. Los pasteles deben estar lo suficientemente tibios para probarlos. Veamos cómo les fue. En lo personal, ya no puedo esperar. —Se frotó las manos y fue directo hacia la mesa de una de las parejas de lambiscones. Como no fueron los primeros, la pareja de enfrente puso los ojos en blanco.

—Es la hora de la verdad —dije, e hice círculos con el cuchillo afilado por encima del pastel brillante. Pero luego me vine abajo. Era demasiada presión—. No puedo. Hazlo tú.

Ruby ignoró el cuchillo y metió un tenedor en el centro de la tarta. Luego se llevó un trozo a la boca.

—Eh... mmm... ¿se te olvidó algún ingrediente?

—¿Qué? ¡No! ¿Qué tiene de malo? —Le arrebaté el tenedor y probé un bocado. No era horrible, pero tampoco sabía muy bien que digamos. Era nada. Sabía a nada—. La maldición. Heredé la maldición. Soy genéticamente incapaz de preparar comida que sepa a algo —dije con voz lastimera.

Ruby me frotó la espalda para consolarme.

—No es tu culpa. Yo también contribuí.

—Pero mis poderes son tan potentes que cancelaron tu contribución.

—Está bien. Para la próxima intentaremos hacer algo más sencillo —continuó y me dio palmaditas en la espalda mientras yo me dejaba caer en un banco—. Como sopa. De lata.

Se me salió una triste risita mezclada con hipo, pero luego me asomé por encima del hombro de Morris para ver su pastel.

—¿Qué tal salió el tuyo?

—¿Crees que tu presencia también lo arruinó? —Con el ceño fruncido, Ruby me dio un empujón.

—No pueden probar el mío —dijo, y lo cubrió con gesto protector—. Lo necesito para esta noche. —Olvidé por un momento mi incapacidad para hacer pasteles, y se me estrujó el corazón al imaginar a Morris solo en su casa, con su pastel—. A mi invitada le va a encantar.

—¿Qué? —dije y alcé la cara—. ¿Tienes una cita?

—Morris tiene alma de conquistador —dijo Ruby entre risas.

—Anna falleció hace cinco años, niñas. Tarde o temprano tenía que salir al mundo.

—Pero dijiste que era tu alma gemela —intervine.

No quería que sonara como una acusación, pero no pude evitarlo, así que Ruby me dio un puñetazo en el brazo para que dejara de hacer sentir culpable al anciano por no pasar el resto de su vida llorando por su pérdida.

—Lo fue —dijo Morris, sorprendido—. Pero creo que hay otra alma gemela en el mundo y estoy dispuesto a encontrarla. Y buscarla es divertido.

—Solo nos toca un alma gemela en la vida y ya —dije, un poco molesta. Era obvio que Morris era un descarado y un infiel.

—¿Según quién? —Mi arrebato no pareció molestarle. Simplemente soltó una risita sibilante—. Niñas, no acostumbro ir por la vida dando consejos que nadie me pide porque creo que cada quien tiene que cometer sus propios errores, pero déjenme decirles una cosa: No creo que haya una persona indicada para todos, y yo pasé cincuenta y un años con la misma mujer. Lo que sí creo es que hay una persona indicada para distintos momentos de tu vida. Y no importa si la relación dura una semana o cincuenta años.

25.

La última noche antes de la mudanza, Ruby y yo nos instalamos por última vez en mi viejo cuarto para ver la única comedia romántica con protagonistas lesbianas que era medianamente decente, *La novia de la novia*, rodeadas de comida chatarra y series de luces parpadeantes. Era un poco extraño saber que papá estaba en casa y oírlo hacer sus habituales chistes de anticonceptivos. Pero después de la cena, que se quedara a dormir no parecía gran cosa. Tanto ella como papá habían tenido la oportunidad de husmear en la vida del otro y yo le había pedido a Ruby que viniera lo suficientemente tarde para que no tuvieran mucho tiempo de interacción. Además, ella insistió en ayudarnos con la mudanza al día siguiente porque es un ángel, un ángel entrometido que no acepta un «No, en serio, no hace falta» por respuesta.

Para ser honesta, me agradaba la idea de pasar mi última noche en la casa con ella. Papá había sugerido que pasáramos la última noche viendo una película de terror y consumiendo nuestro peso en Gansitos, pero esa escena en mi cabeza venía acompañada de mamá en el fondo, burlándose de nuestros gustos cinematográficos y culinarios. La casa estaba embrujada con recuerdos de mi infancia y no quería pasar mi última noche ahí con fantasmas.

En mi cabeza, esa noche con Ruby parecería algo salido de Pinterest: iba a encontrar montones de series de luces e iba a construir un fuerte con cobijas bohemias. En la realidad, no logré descifrar cómo rayos hacer que las cobijas se mantuvieran paradas. Intenté usar las cajas, pero no tenía cobijas lo suficientemente grandes, por lo que la estructura se desplomaba en el centro. Tampoco tenía las series, así que compré un par en una de esas tiendas de todo por un euro. Sin embargo, cuando iba a ponerles las baterías, recordé que las había empacado con otras cosas del cajón de los tiliches y no estaba dispuesta a volver a la tienda. Al final, puse todas las almohadas que encontré sobre la cama, hice las cajas y las bolsas de basura llenas de mis porquerías a un lado, y puse mi computadora en una silla.

—Sabes, esta película casi no tiene besos —señaló Ruby—. ¿Qué clase de comedia romántica no tiene besos?

Estábamos apretujadas en mi cama, ella acurrucada debajo de mi brazo. Tenía una pequeña dotación de chocolates sobre mi estómago que desaparecían de a poco.

—Una comedia romántica gay. ¿Esa escena en el partido de fútbol en la que le enseña a gritarle al número nueve? Ese era un momento para un beso. Por lo menos al final no vuelve a la heterosexualidad.

Te estoy hablando a ti, *Besando a Jessica Stein*.

—Sí, pero ¿por qué tenía que haber un hombre ahí? Aunque Matthew Goode es adorable, quiero una película en la que la protagonista no se dé cuenta de que es gay solo por la chica linda a la que conoció. Digo, tiene treinta años: ¿en serio no había conocido a otra chica antes? ¿Ni siquiera lo había pensado? Toda la situación parece tenerla perpleja.

—Pero eso también pasa en la vida real—señalé.

—Sí, yo sé. Pero me gustaría que hubiera una gran producción de Hollywood sobre chicas que ya saben que les gustan las chicas. Que no haya hombres en el camino y que, de preferencia, esté protagonizada por Kristen Stewart. Sí, ella tiene tensión sexual con cualquier mujer en cualquier película, pero quiero que esté en el guion, ¿sabes?

—Tienes opiniones muy firmes al respecto —dije—. Tal vez *esa* es tu futura carrera.

—¿Cuál?

—Escribir guiones. Ni siquiera tienes que esperar a ir a la universidad para empezar a hacerlo. Podrías ser la Nora Ephron de las lesbianas.

Ruby arqueó una ceja.

—¿Nora Ephron?

—Ahora sé cosas —dije, a la defensiva. Cuando menos, era capaz de buscar cosas en internet.

—Suena increíble. Todo el mundo cree que debería ser enfermera porque tengo un hermano discapacitado. Como si eso significara que quiero ser enfermera, doctora o investigadora médica. —Hizo una mueca de hartazgo—. La gente siempre quiere limitarlo y decirle lo que no puede hacer. Él no hace caso y yo tampoco. Si mi hermano es más que su discapacidad, yo también soy más que lo que la gente cree que soy.

—¿Por eso sigues pensando en qué quieres hacer? —pregunté, y recordé las múltiples carreras que Ruby había sugerido.

—Por eso estoy dispuesta a considerar cualquier cosa. No quiero que me encasillen. O sea, sí, me encanta poder estar con él y quiero hacer todo lo posible por contribuir a su rehabilitación. Pero también quiero averiguar para qué más sería buena si tengo la oportunidad de intentarlo.

La entendía. Los maestros que sabían lo de mi mamá a veces me sugerían lo mismo: trabajo social o enfermería. «Podrías ayudar a otras personas como tu mamá». Incluso papá lo mencionó alguna vez cuando recibí mis calificaciones. Pero yo cuidaba a mamá porque era mi mamá, no porque yo fuera la Santa Patrona de la Demencia. Quería decírselo a Ruby, mostrarle que la entendía. Pero no pude.

—¿Cómo está Noah? —pregunté.

—Parece que va muy bien. Mamá me llamó como a las dos y media de la mañana. Parece que no entiende el concepto de diferencia de horario o, más bien, no piensa en él. Lo bueno es que pude hablar con Noah. Sonaba feliz. Dijo que me extrañaba. Yo también lo extraño mucho. Estoy acostumbrada a pasar casi todo mi tiempo libre con él.

La abracé con más fuerza.

—Va a volver pronto. El tiempo se va a pasar volando —le dije.

Pero luego se me ocurrió que, si Noah no tardaría en volver, eso significaba también que nuestro tiempo juntas estaba por terminar. Nuestras miradas se encontraron y me pregunté si ella estaba pensando lo mismo. Me sonrió y luego se puso un puñado de dulces en la boca.

—¿Y tú? —preguntó, con la boca llena de chocolate.

—¿A qué te refieres? Ya sabes lo que siento sobre Oxford.

—Sí, pero de todas formas tienes que hacer *algo*. ¿Qué ibas a estudiar en Oxford? —hizo un falso acento esnob cuando dijo «Oxford».

—Sí sabes que no tienes que fingir un acento inglés, ¿verdad? ¡Ya tienes uno! —bromeé.

Pero lo que en realidad estaba pensando era que nunca planeé nada más allá de *ir* a Oxford. Sí, llené las solicitudes para universidades irlandesas, pero solo porque la consejera vocacional de la escuela no me dejó en paz hasta que lo hiciera. Oxford, para mí, representaba la experiencia universitaria completa. Cuando decía que no quería ir, a lo que me refería era a que no quería ir a ningún lugar. Sí, estaba en Inglaterra, lo que era una desventaja adicional ahora que ya no quería huir de Hannah. Pero ¿qué caso tendría un título? Lo más probable de cualquier manera era que terminara en un asilo a los cincuenta años o antes, ya que no tendría una familia que me cuidara.

—Sí, pero mi acento no es de gente rica. Y no cambies el tema.

—Derecho, creo. —Recuerdo vagamente que mi razonamiento fue que iba a ganar mucho dinero y podría gastarlo en un muy buen lugar para mamá.

—¿Qué te hizo elegir derecho?

—Nada en particular —dije, empezando a perder la paciencia—. No quiero hablar de esto. ¿Qué más da? Todas las carreras son iguales. Estudias, consigues un trabajo y te mueres.

Ruby parecía desconcertada con mi repentina conversión al nihilismo.

—Perdón, no quise molestarte —dijo en voz baja.

Me froté la cara. Me estaba portando como una imbécil. No era culpa de Ruby no saber lo poco que yo quería pensar en el tema ni que para mí no importara mucho qué estudiara porque lo olvidaría todo. No sabía que la única razón por la que me había esforzado tanto en entrar a Oxford era porque tenía la idea infundada de que mi mamá estaría orgullosa. Sin embargo, el día que le conté que había recibido una oferta condicionada, me dijo «Qué bien» y luego lo olvidó minutos después. Oxford ya no era un lazo que nos unía, un futuro compartido. Ahora lo que teníamos en común eran genes defectuosos. ¿De qué le habían servido todos sus grados y títulos?

—No, perdóname tú. Es solo que me estresa no saber qué voy a hacer. Pero no debería reaccionar así; no es tu culpa.

—Te entiendo. De seguro sueno como tus papás: ¿Qué vas a hacer de tu vida, bla, bla, bla? —Hizo una cara. Yo no merecía su empatía—. No tienes que saberlo en este momento —continuó—. Estoy convencida de que cualquier persona que diga que sabe qué va a hacer el resto de su vida se equivoca. Yo tampoco tengo idea.

Tenía razón. Pero no era reconfortante, porque la situación de Ruby no era igual a la mía. Yo no me estaba dejando llevar por la corriente ni enamorándome de mil posibilidades distintas. Ruby necesitaba una forma de canalizar su energía y entusiasmo. Pero yo no tenía ni energía ni entusiasmo. Estaba perdida. Había pasado la mayor parte de los últimos años cuidando a mi mamá y estructurando mi vida en torno a las visitas a la residencia. Antes de que se pusiera muy mal, mi vida giraba en torno a Hannah. Y mira cómo terminó eso.

A veces pensaba que tal vez no terminaría como mamá, que podría pasar décadas esperando a que la enfermedad se apoderara de mi vida y que nunca llegara. No sabría que había desperdiciado la mitad de mi vida hasta que fuera demasiado tarde. ¿Qué era peor?

—Yo sé. Todo estará bien. Estoy segura de que sabré qué voy a hacer cuando me den mis calificaciones —mentí, intentando sonar despreocupada—. Solo me alegra haber salido con vida del bachillerato. Ahora solo tengo que escapar de papá y Beth y su manía de intercambiar saliva.

El día anterior los había descubierto en una sesión de «cómo traumar a tu adolescente» cuando se suponía que estarían resolviendo el dilema de las mesas y los invitados a la boda. Por fortuna, solo llegaron al primer nivel: besos y babeo con efectos de sonido. Pero de todos modos me iba a tener que lavar el cerebro con cloro.

—Seguro extrañas algunas cosas de la escuela, ¿no? Yo estaba muy triste el último día porque sabía que no iba a ver a mis amigos tanto como antes.

—Créeme, no voy a extrañar a nadie —bromeé—. Dejé de hablarles a mis amigas mucho antes de que terminaran las clases. También me alegra escapar de eso.

—Parece que estás escapando de un montón de cosas —dijo Ruby con mucha seriedad—. ¿A qué te refieres con que les dejaste de hablar a tus amigas?

Ups. Se me salió. O más bien, olvidé que no debía decir ese tipo de cosas.

—Eh, nada. Me peleé con algunas de mis amigas hace tiempo. Luego tuve que convivir con ellas en la escuela ocho meses más. Fue incómodo.

—¿Por qué se pelearon? —dijo Ruby, sin reconocer mis intenciones de minimizar el asunto.

Una picazón en la nuca comenzó a molestarme.

—Una tontería. En serio. Drama de chicas, eso es todo.

—Cuéntamelo, entonces —dijo ella. Parecía una prueba. Y ya había metido la pata esa noche.

—Una relación que terminó. La gente tomó partidos. Todo fue muy dramático.

—¿Una relación? ¿De quién?

—Mía —dije, con la garganta casi cerrada.

—Okey... ¿con quién?

—Con nadie —contesté.

Ruby resopló. Me imaginé que, si no le daba algunos detalles, comenzaría a salirle humo por la nariz.

—O sea, sí hubo alguien. Lo que quiero decir es que ya no importa. Se llamaba Hannah.

—¿Y qué? ¿Sus amigas la escogieron a ella?

—Pues, sí, nuestra mejor amiga, Izzy. Ellas dos fueron amigas primero, supongo. Me sacó mucha ventaja con esos dos primeros años de primaria. —Intenté reírme, pero lo que me salió de la boca fue pura amargura.

—¿Las tres eran amigas desde tercero de primaria? ¿E Izzy dejó de ser tu amiga porque terminaste con Hannah?

—Sí, algo así —mentí otra vez.

Sentí que la compasión de Ruby estaba a punto de florecer, pero prefería eso a decirle la verdad. Las palabras me daban vueltas en la cabeza. «Yo boté a Izzy porque no me dijo que Hannah me iba a romper el corazón. La boté porque me avergonzaba haber dicho que Hannah y yo íbamos a estar juntas para siempre, que éramos almas gemelas, cuando Izzy sabía que Hannah no sentía lo mismo. La saqué de mi vida porque ella escogió a Hannah y yo sentí que no le importaba». No podía decir esas cosas en voz alta. Ruby no lo entendería.

—No te preocupes. Ya lo superé. No es importante.

Ruby parecía no saber bien qué decir después.

—¿Quieres que las mate? —dijo al fin.

Una oleada de alivio me inundó el cuerpo.

—Terminemos de ver la película y luego lo decidimos. Es muy difícil cometer un homicidio doble cuando estás llena de chocolate.

Arqueó el cuello para besarme y al poco rato ignoramos la película en favor de una bruma de respiración entrecortada, piel suave y pestañas que me rozaban la mejilla cuando nos besábamos.

Ruby se quedó a dormir. Pero he de aclarar, por si queda duda, que no hicimos nada que conllevara quitarse los pantalones. Después de que se quedó dormida yo di vueltas en la cama y tardé una eternidad en conciliar el sueño. No dejaba de pensar en eso que me dijo de que estaba escapando de muchas cosas. Sonó a algo que mamá me habría dicho. Pensé en todas las cosas de las que había querido escapar ese verano. Pensé en lo que haría con el resto de mi vida, en cómo se vería ese resto de mi vida si heredaba la demencia de mi mamá, en la boda de Beth y papá, en dejar a mamá atrás. Había llenado todos esos espacios con Ruby. ¿Qué iba a hacer en unas semanas, cuando Ruby se fuera y yo tuviera que enfrentar sola todo eso?

26.

A la mañana siguiente, aún adormilada y con lagañas en los ojos, nos preparé un té a Ruby y a mí. La tetera, una caja de bolsas de té y unas cuantas tazas era lo único en la cocina que no estaba envuelto en periódico y dentro de una caja. Había unas cuantas cosas grandes que papá había decidido reemplazar en lugar de llevarse al nuevo departamento y que al día siguiente recogería el servicio de recolección para reciclaje: el sofá viejo, el horno con la puerta desvencijada y nuestros colchones. De lo demás tendríamos que encargarnos nosotros.

—No es necesario que me ayudes hoy, ¿sabes? —Le besé la mejilla a Ruby e intenté darle a entender con mi tono de voz que no quería causarle molestias—. En realidad no es tu responsabilidad.

En el fondo, me sentía culpable de no ir a visitar a mamá, pero no podía desaparecerme una hora sin que Ruby se diera cuenta. Si se fuera ahora, todavía podría llegar a la residencia a tiempo.

—Pero quiero hacerlo. Así puedo pasar más tiempo contigo. —Sonrió y se pasó el cabello de un lado al otro, lo que me provocó un dolorcito interno. De verdad era la chica más hermosa que había visto en la vida real. Durante las últimas semanas me había acostumbrado a verla, tanto así que para mí ya solo era Ruby. Pero algunas veces, como en aquel instante, volvía a verla como una desconocida. Me percataba de su lunar azul y de la forma en que se veía su cabello cada vez que se lo peinaba con los dedos. Veía sus enormes y soñadores ojos color avellana; veía la curva en donde su cintura se fusionaba con su cadera, y me daban ganas de jalarla hacia mí, sin poder creer aún que me dejaba besarla y tocarla y hacerle todas esas cosas que provocaban que el aire a nuestro alrededor se volviera caluroso y denso.

Supuse que por un día que no fuera a ver a mamá no pasaría nada. Me incomodaba que mis dos vidas estuvieran cada vez más cerca, tanto que se me aceleraba el corazón y la nuca me sudaba de pura ansiedad. Intenté enfocarme en que Ruby se iría dentro de cuatro semanas y todo volvería a la normalidad. Sin embargo, esa idea no me consoló como creía que lo haría.

Aunque sentía que llevaba como seis meses empacando, aún había cosas por toda la casa. Había que arreglar y limpiar todo antes de irnos de forma definitiva, lo que implicaba tallar el interior de los cajones de la cocina y apretar los tornillos de la puerta del baño.

Beth se había mudado al departamento hacía tres días, desde entonces había empezado a ayudarnos. Se veía entusiasmada todo el tiempo, lo que a una parte de mí le daba ternura, muy a mi pesar. Era obvio que le emocionaba la mudanza, pero también estaba decidida a asegurarse de que no se cumpliera mi deseo de no volver a ver a papá besándose con alguien. Los sorprendí en el baño, apoyados contra la regadera; Beth tenía a papá abrazado del cuello con una mano, mientras con la otra sostenía una bolsa en la que había cepillos de dientes y varias botellas de champú.

—Necesito cambiarme el tampón —gruñí en voz lo suficientemente alta.

No era verdad, pero disfrutaba avergonzar a papá. En ese instante se separaron. Se veían sorprendidos, mas no avergonzados. O al menos no porque los hubiera sorprendido besándose. Papá salió del baño, no sin antes murmurar que el feminismo le estaba arruinando la vida. Me pregunté si acaso papá pensaba en la suerte que tenía de que mamá hubiera hablado conmigo de sexo antes de que su salud empeorara.

—Ah, toma. Empaqué un papel de baño —dijo Beth mientras rebuscaba dentro de la bolsa y extraía un rollo de papel que me presentó como si fuera una ofrenda.

—Creo que no está mal que dejemos uno de esos aquí. Podemos comprar más papel de baño para el departamento nuevo después.

—Gracias por la sugerencia, listilla —contestó Beth.

—Miren, si no pueden estar suficiente tiempo sin meterse mano, tal vez lo mejor es que nos ocupemos de una zona a la vez. Ruby y Beth podrían desarmar los marcos de las camas en el piso de arriba, y papá y yo nos encargaremos de lo de la planta baja.

—Sus deseos son órdenes, capitana —contestó Beth con un saludo militar y luego me dio un empujoncito juguetón en el hombro antes de salir del baño dando brinquitos.

Qué raro. Por lo regular ansiaba mi aprobación y se sentía herida de muerte si le hacía el más mínimo comentario sarcástico. Si Beth había empezado a acostumbrarse a mí, en verdad iba a extrañar esa carita fruncida que ponía cuando yo me comportaba como una cabrona.

—¿*Dsamrís l scritor?* —me preguntó papá mientras pasaba por la cocina, encorvado por el peso de una caja llena de libros y con un desarmador entre los dientes. Yo estaba preparándome otra taza de té. Me hacía falta la cafeína para sobrevivir al resto de la tarde.

—En cristiano, por favor —dije, le quité el desarmador de la boca y le limpié la saliva de la camisa—. ¡Qué asco!

—¿Desarmarías el escritorio? ¿El que está en mi estudio?

—¿Es en serio? ¡Te dije que lo hicieras ayer! —gruñí.

—Pero necesitaba usarlo —contestó.

—Pues hazlo ahora —gimoteé.

—Estoy ocupado. —Cambió el peso a la otra pierna y reacomodó la caja de libros—. Y tú estás aquí de perezosa dizque preparando té. Otra vez.

Qué infantil. Si encontraba la forma de zafarse de una obligación, lo hacía, y creo que ambos estábamos hartos de desarmar muebles durante los últimos días. Yo ya había desarmado el gabinete de la cocina, un mueble de cocina con rueditas y una cajonera que hacía una década había arruinado pegándole calcomanías del equipo olímpico irlandés de natación femenil durante mi fase de entusiasta de la natación. Ahora que lo pienso, quizá fue el primer indicio de mi lesbianismo.

El escritorio estaba en el estudio de papá, el cual solía ser el estudio de mamá, como también solía serlo el escritorio. Estaba chueco, así que los cajones se atoraban todo el tiempo. Como en el nuevo departamento no había espacio para una oficina, habíamos acordado deshacernos de él. Empecé sacando los cajones y desatornillando las manijas. Era una tarea que requería mucho esfuerzo físico, e incluso uno estaba tan apretado que gasté una botella entera de Aflojatodo para zafarlo. Me limpié las gotas de sudor de la frente y saqué con fuerza el último cajón. Sin embargo, se atoró en las guías metálicas. Suspiré. Si en ese instante la vida hubiera considerado pertinente dejarle caer un yunque gigante a mi papá en la cabeza, no me habría molestado en absoluto.

Metí el brazo hasta el hombro en el hueco del cajón y busqué con la mano algo que lo estuviera atorando. No veía nada, así que metí el desarmador y lo pasé un par de veces por detrás del cajón hasta que sentí que algo se soltaba. Después de eso, el cajón salió con facilidad y una carpeta azul cayó al suelo. La reconocí de inmediato. Eran las que usaba mamá para guardar las notas y los expedientes de sus pacientes.

Cuando ella dejó de trabajar, por necesidad y sin querer, nos olvidamos de los expedientes. Después de que se mudó a la residencia nos dimos cuenta de que no podíamos seguir guardándolos. La mayoría de los pacientes a quienes atendió hasta que dejó de trabajar solicitaron que les enviaran sus expedientes a los nuevos terapeutas, pero había muchos expacientes que habían seguido con su vida con alegría y no tenían idea de lo que le estaba ocurriendo a mamá. Consultamos a una de sus excolegas para saber qué hacer y ella nos explicó que por motivos de confidencialidad había que destruirlos. Por lo visto, este había escapado de aquel destino.

Hace unos meses, cuando papá trituró los expedientes, no me pregunté ni por equivocación qué habría en ellos. No me interesaban en absoluto, pues no eran más que un montón de papeles de trabajo viejos y mohosos. Pero esta vez, mientras desarmaba el escritorio de papá, me entró una curiosidad insaciable de saber qué había dentro.

El ángel sobre mi hombro me dijo que era algo privado y que no debía husmear. Mamá me mataría si supiera que había leído el expediente de un paciente, aunque ocasionalmente los hubiera mencionado. Alguna vez me llegaba a contar chistes que le contaban sus pacientes u oía que le contaba a papá sobre pacientes específicos que le preocupaban, pero jamás mencionaba sus nombres, además de que el consultorio tenía una entrada separada, por lo que lo más cerca que estuve de identificar a alguno de ellos fue cuando los veía rodear la casa para llegar a la puerta lateral. Una imagen borrosa entre las persianas revelaba si era una persona rubia o morocha, el color de sus prendas y nada más.

En la esquina de la carpeta había un nombre escrito con plumón indeleble: Dominik Mazur. Se me aceleró un poco el corazón, como si fuera posible que de pronto entrara mamá y me descubriera, pero igual abrí la carpeta. Las primeras páginas eran formularios estandarizados, así que las pasé sin prestarles mucha atención.

Dominik inició la sesión diciendo que esa semana le había ido bien. Habló sobre el trabajo nuevo de su madre. Dice que le está gustando. Dominik se siente aliviado de que su hermano menor esté contento en la escuela. Cuando se le pidió que hablara de su propia experiencia durante la semana, al principio se mostró reservado. Después reconoció que unos compañeros lo encerraron en un baño y se metió en problemas por faltar a clase. No le contó a su madre lo que había ocurrido porque no quería angustiarla. Hicimos una conversación simulada con su mamá. Es evidente que D no quiere discutir sus dificultades por temor a molestarla. Le pregunté qué tendría de malo que su madre se perturbara.

Regresé al comienzo del expediente para ver qué edad tenía Dominik. Quince. Al parecer, terminó en terapia después de una sobredosis. Pero eso había ocurrido hacía diez años. Dominik debía tener veintitantos. Después de eso, me salté a la mitad del expediente.

Dominik expresó ansiedad con respecto a presentar sus exámenes finales del bachillerato en la que es su segunda lengua. Dijo que temía cometer errores de gramática y puntuación. Luego discutió la ansiedad que le causaba olvidar el polaco. Despertó a la mitad de la noche, sin poder recordar vocabulario poco común. Se rio, pero al parecer le causa inquietud. Dijo que le pidió a su madre que hablaran más polaco en casa y que ella estuvo de acuerdo. Antes, su madre le había insistido en que practicara su inglés para que perfeccionara su segunda lengua, pero ahora piensa que ya se expresan con suficiente fluidez. Expresé lo increíble que era que él hablara inglés con fluidez, en vista de que es su segunda lengua. Pareció avergonzarse. Discutimos su inclinación hacia el perfeccionismo y si era probable que otros estudiantes también cometieran errores de puntuación y gramática.

Estuve media hora revisando el expediente de Dominik y repasé un año de su vida a través de las notas de mi madre. Lo molestaban en la escuela, era ansioso y se sentía solo. Lo imaginé yendo a mi casa cada semana y conversando con mamá. Y me pregunté si le había ayudado.

Sesión final. D trajo sus resultados de los exámenes finales. Se veía orgulloso y complacido. Habló de forma animada sobre el año de transición. Decidió cambiar de escuela para empezar de cero. La semana pasada fue a visitar St C y habló de sus experiencias pasadas con el director y con sus padres. Expresó su inquietud de que lo molestaran en su nueva escuela, pero dijo que, en caso de que ocurriera, se sentiría más cómodo comentándoselo al nuevo director, quien le agradó. Hay tristeza por el fin de las sesiones (¡de parte de ambos!), pero D se ve contento de seguir adelante y muestra mayor confianza y apertura para discutir sus dificultades con su familia.

Busqué a Dominik en internet. Encontré muchos hombres con ese nombre, pero solo uno proveniente del mismo condado que yo. Entré a ver su perfil en algunas redes sociales, pero los tenía configurados en modo privado. Sin embargo, había algo de información personal disponible: Dominik Mazur. Veinticuatro años. Profesor de inglés como lengua extranjera en la escuela internacional de Singapur. En una relación con Chloe Durand. Su foto mostraba a un chico bronceado y atractivo que abrazaba a una muchacha de baja estatura y cabello rizado. Parecía que estaban en un bar. No soy tonta y sé que las redes sociales solo muestran una parte de la historia de vida de las personas. Y claro que no esperaba que subiera fotos en las que se viera deprimido. Pero estaba vivo. Enseñaba inglés en Singapur y tenía novia. Así que al menos algunas cosas en su vida eran buenas, y quizá en parte se lo debía a mamá. Parpadeé para contener las estúpidas lágrimas que intentaban escapar.

—¿Por qué no has terminado aún, Saoirse? ¿Es uno de los expedientes de tu mamá? —El tono de voz de papá pasó de la frustración al regaño en la misma oración. Se me acercó con el ceño bien fruncido después de dejar un espejo apoyado contra la pared del pasillo.

—Eh…

—¡Saoirse! Eso es confidencial —dijo, y me arrebató el expediente—. Tu mamá no te lo perdonaría.

Bajé la mirada. Sabía que técnicamente estaba mal, pero no quería sentir que estaba espiando a un desconocido, a un muchacho de quince años, sino a una versión de mi mamá que a veces se me olvidaba que había existido. No me arrepentía de eso, pero, a juzgar por la expresión de escepticismo de papá, mis actos habían sido excesivos.

—Despabílate y ponte a trabajar, que ya es tarde —dijo entre dientes. Pero su enojo no parecía genuino.

Sin querer, se me escapó una pregunta.

—¿Crees que de verdad ayudaba a la gente?

Papá se quedó quieto en el umbral de la puerta; su expresión se relajó.

—Claro que sí. No a todo mundo, claro. Liz era la primera en decir que no era la terapeuta indicada para todo mundo, pero sí era la terapeuta perfecta para algunas personas.

—Qué lindo. Creo.

—¿Por qué lo preguntas?

Me encogí de hombros.

—No sé. Supongo que es lindo saber que hay gente en el mundo que la recuerda y que está viviendo mejor gracias a que la conoció.

Papá atravesó la habitación en un segundo, me jaló hacia él y me abrazó. Luego me dio un beso en la frente. Cuando se separó me di cuenta de que tenía los ojos llenos de lágrimas, pero desaparecieron con un parpadeo.

Retrocedió hasta salir al pasillo y se sobresaltó.

—Ay, Ruby. Perdón. No te vi.

Escuché que Ruby le dijo que no había problema y que si sabía dónde había un recogedor. La agudeza de su voz me hizo preguntarme qué tanto había escuchado. Otra vez volvieron las palpitaciones incómodas. Era como si estuviera en una habitación que se iba haciendo más y más pequeña. Era esa pesadilla infantil en la que te están aplastando las paredes.

Pasé el resto del día tratando de dilucidar si sabía algo por la manera en que me miraba o me decía las cosas, pero Ruby actuó normal, me besó en la mejilla al pasar a mi lado con una caja de tazas, me interrumpió mientras barría la cocina casi vacía para mostrarme una foto de Noah y sus padres comiendo hamburguesas gigantes. El ambiente se relajó. Había más oxígeno a mi alrededor. Quizá no escuchó nada.

Cuando papá y Beth se subieron a la camioneta para hacer el último viaje al departamento eran más o menos las nueve de la noche y empezaba a oscurecer. Los músculos ya me dolían por las ansias del día siguiente y porque pensar en tener que desempacarlo todo me hacía querer llorar. Papá me llamó para que me acercara a la camioneta y bajó la ventana. Luego, meció un juego de llaves frente a mi cara.

—¿Cierras y nos alcanzas?

Miré las llaves y volteé a ver a Ruby. La última vez que nos habíamos llevado el auto casi chocamos y nos quedamos varadas. Pero lo de en medio había estado bien. Vimos a papá y a Beth alejarse, y Ruby me abrazó por la cintura y apoyó la cabeza en mi hombro.

—¿Qué tal si no vamos directo al departamento?

—¿Adónde quieres ir?

—A ningún lado todavía —contestó y me jaló hacia la casa, entrelazando sus dedos con los míos mientras me guiaba hacia el sofá.

27.

Un anhelo intenso me recorrió el cuerpo. Se me entrecortó la respiración y la oleada de cosas que deseaba me inundó la mente. Me acosté encima de Ruby, me recargué sobre los codos y la miré directo a los ojos por un instante. Y reconocí esa mirada. Una mirada de entendimiento mutuo que no necesitaba palabras. Luego me acerqué y la besé, primero con suavidad, pero luego fue como si diminutas llamas se encendieran en todo mi cuerpo y ella fuera el agua fresca y oscura capaz de salvarme. Su boca encontró mi cuello y me recorrió un escalofrío que se extendió como ondas. Mis manos encontraron el dobladillo de su camiseta y lo jalaron hacia arriba; luego me quité la mía y la tiré al suelo. Ella me acarició la espalda, me desabrochó el sostén y se quitó el suyo. Me daba un poco de pena mirarla por temor a que notara lo mucho que la deseaba y se riera. Pero ella me acarició primero y la sensación se apoderó por completo de mi cuerpo. Entonces, su cuerpo se presionó contra el mío, su piel se adhirió a la mía gracias a la humedad del verano y así nos derretimos hasta fusionarnos.

Veinte minutos después resurgimos despeinadas, sin aliento y sin poder borrarnos la estúpida sonrisa de la cara.

—No quiero que mi primera vez sea en un sofá viejo y destartalado —dijo Ruby, y se sentó para recobrar el aliento. Verla desaliñada de esa forma me hizo sentir mariposas en el estómago—. Preferiría algo más tradicional.

—¿Como después del baile de verano? —sugerí, haciendo ilusión a las comedias románticas.

—Como en una cama —contestó.

—Ah, claro.

Mi colchón seguía arriba, a la espera de que lo recogiera el camión del reciclaje al día siguiente, pero ya nos habíamos llevado el marco de la cama, y las sábanas y las almohadas estaban empacadas. No creía que un colchón desnudo en un cuarto vacío fuera a resultarle romántico a Ruby, y para ser sincera a mí tampoco me agradaba la idea. Imaginé sábanas suaves, luz tenue y música seductora.

¡Nunca le digas a nadie que dije eso! ¡Qué vergüenza!

Pasamos un segundo en silencio, recobrando el aire y tomadas de las manos aunque tuviéramos las palmas sudorosas.

—Pues… —dije en tono casual y no en una voz más aguda de lo normal—. Cuando dices «primera vez», ¿quieres decir primera *primera*, o primera vez *conmigo*?

Ruby se pasó el cabello de un lado a otro, pero unos cuantos mechones se le pegaron a la frente.

—Primera *primera*.

—Primera vez con una chica o…

—Primera en todo sentido. He tenido algunas novias, pero nada serio. Y nunca he besado a un chico.

—¡Dios! ¡Tal vez eres hetero en secreto, pero el rayo *homose-*

xualizador te volvió lesbiana antes de que tuvieras tiempo de averiguarlo! —dije en broma, pero era más bien un intento por no pensar en las otras chicas. Todos sabemos que ponerte celosa de alguien del pasado es una estupidez, pero eso no hace que dejes de sentirlo.

—No lo soy —contestó con voz ronca y me besó de nuevo. Sentí el calor proveniente de su boca, de su piel—. O hicieron un excelente trabajo implantándome pensamientos superlésbicos en la mente en este instante. —Parecía redundante sonrojarme en ese momento, pero mis mejillas no recibieron el memorando a tiempo—. ¿Y tú?

—Bueno, ya sabes que besé a Oliver una vez. Digo, es algo que borraría de mi memoria con mucho gusto, pero por desgracia todavía no inventan la tecnología para lograrlo.

De inmediato me arrepentí de lo que había dicho. Pero Ruby no pareció notarlo.

—Se me había olvidado que me lo contaste. Se me hace rarísimo.

—Teníamos como once años. No fue uno de los momentos más eróticos de mi adolescencia.

—¿Y Hannah y tú...?

—No. —Sentí que me congelaba al oír su nombre, pero intenté recordar que nada de eso era culpa de Ruby. Ella no sabía lo mal que me ponía hablar de Hannah—. No me he acostado con nadie.

No me había acostado con Hannah y obviamente tampoco lo había hecho con ninguna de las chicas hetero a las que había besado entre Hannah y Ruby. ¿Sería excesivo acostarme con Ruby? ¿Rompería las reglas si lo hacía? No era precisamente un jinete del apocalipsis, pero era cosa seria, ¿no? ¿Tendría un significado especial por ser la primera vez? Si de verdad todo lo que había oído al respecto era correcto, la primera vez la recuerdas para siempre. Era algo importante. Sin importar si era buena, mala o extraña, no la olvidarías jamás. Por otro lado, sabía que era posible olvidar hasta las cosas más importantes, como tu esposo, tu hija y treinta años de tu vida.

Ruby sonrió y me besó.

—Creo que debemos irnos. Tu papá se preguntará dónde estás.

No quería irme, pero igual me puse la camiseta y vi a Ruby ponerse la suya. Ver a alguien vestirse tenía algo más íntimo que verla desvestirse. Por un instante nos visualicé en nuestro departamento imaginario, en nuestro futuro imaginario. Imaginé despertar a su lado y vestirme antes de bajar. Era el tipo de momento que solo compartes con una persona y que la mayoría de la gente probablemente no se detiene a pensar.

De camino a llevar a Ruby a casa de Oliver, el auto solo se me apagó cuatro veces. Me estacioné en la entrada y nos besamos hasta que el sensor de movimiento apagó la luz. Luego acordamos que definitivamente era hora de que me fuera a casa, antes de que papá llamara para preguntar si habíamos tenido un accidente grave.

—Oye, ¿y por qué los expedientes de tu mamá están en tu casa? —preguntó Ruby mientras se giraba para alcanzar su bolso en el asiento trasero. Sonaba deliberadamente casual, como si siempre le interesaran detalles tan mundanos como ese.

—Se quedó atorado al fondo del escritorio. Eso es todo —dije, pero la ensoñación alegre se desvaneció, como si la hubieran succionado, y me quedé fría.

—¿Por qué tu papá dijo que tu mamá no te lo perdonaría?

—Porque son documentos privados. —No me atreví a verla a los ojos. En vez de eso, fingí revisar los espejos. Sentí una opresión en el pecho.

—No, o sea, dijo que no te *perdonaría*, en lugar de decir «perdonará». Y le preguntaste si había ayudado a la gente. Como si ya no lo hiciera. Pero no está…

—¿Muerta? —Terminé su oración con frialdad, en un intento por disimular la sensación vomitiva de que aquello que había intentado ocultar a toda costa estaba a punto de escaparse y atraparme—. Si lo estuviera, tus preguntas serían muy insensibles. Además, ¿por qué te pusiste a escuchar nuestra conversación? Y memorizaste las palabras exactas como para ponerme una trampa, como si fueras Jessica Fletcher o algo así.

Me crucé de brazos y deseé que se bajara del auto. ¿Por qué lo estaba arruinando todo? Pero eso no la iba a parar.

Ruby resopló y lanzó las manos al aire.

—No seas ridícula —reviró—. Nadie quiere escuchar tus conversaciones secretas. Fue casualidad.

—¿Que no sea ridícula? —parpadeé sin poderlo creer y fui alzando la voz—. ¿Que no sea ridícula? ¿Cuántos años tienes? ¿Doce?

—¿Ahora resulta que yo tengo doce? No seas inmadura, Saoirse. Guardar secretos no te vuelve interesante ni misteriosa, ¿sabes? Pero bueno. Sé que algo pasa con tu mamá, pero no entiendo por qué no me cuentas. Yo te conté lo de Noah.

El corazón se me paralizó un momento antes de empezar a latir al doble de velocidad. La ira hirviente me revolvió el estómago y un fuerte zumbido se apoderó de mi cabeza.

—¿Cómo sabes que pasa algo con mi mamá? —pregunté entre dientes.

De pronto recordé la cena a la que Beth y Ruby llegaron al mismo tiempo. ¿Habrían tocado el tema antes de entrar a la casa? ¿Ruby lo había sabido todo este tiempo?

—Porque es obvio —dijo Ruby como si hubiera que ser tonto para no darse cuenta—. Nunca hablas de ella y sé que estabas mintiendo cuando me dijiste que me la presentarías, así que le pregunté a Oliver...

Oliver.

Después de que hablamos sobre la privacidad y la ética y todo eso, igual fue con el chisme. Sentí que ambos me habían traicionado.

—¿Le preguntaste sin mi consentimiento?

—Pues quería preguntarte *a ti*. —Me señaló con el dedo. Tenía el ceño fruncido—. Pero es imposible tener cualquier tipo de conversación seria contigo.

—Entonces, en lugar de respetar mi privacidad, ¿le diste la vuelta? Qué simpático —le reclamé.

Ruby hizo una pausa y luego suspiró. Era la segunda vez que yo tenía ventaja en la discusión. Después me pregunté por qué insistía tanto en ganar.

—Está bien. Tienes razón. —Inhaló profundo y me tomó la mano—. Fue mezquino de mi parte. Pero no entiendo cuál es el gran secreto.

Le arrebaté mi mano.

—¡No es un secreto! Simplemente no quiero hablar de eso *contigo*.

Fue como si la hubiera abofeteado. Punto para mí.

—Porque solo soy una chica para pasar un verano divertido y luego olvidarme —dijo en voz baja.

Me encogí de hombros.

—¿Qué quieres que te diga? Lo supiste desde el principio. —Golpe al hígado.

—No hablas en serio —susurró—. Pero está muy jodido que finjas que sí.

—¿Cómo sabes si hablo o no en serio? No me conoces —grité, y ella reculó—. ¡Esa era la puta idea desde el principio! —Se me quebró la voz y las lágrimas de furia me cayeron por las mejillas. No pude pararlas. Lloré y lloré hasta quedarme sin aliento.

—Saoirse, inhala profundo —dijo Ruby con firmeza—. Inhala por la nariz. Exhala uno, dos, tres por la boca. Vamos.

Hice lo que me dijo. Ella contó las respiraciones hasta que pude hacerlo por mí misma. Vi cómo se crispaba su mano. Sabía que quería tendérmela y acariciarme la espalda o el brazo para reconfortarme, pero temía que la volviera a rechazar. Quería decirle que no lo haría, pero las palabras se me atoraron en la garganta.

—Lo siento —dije mientras me limpiaba las lágrimas—. No lo dije en serio. Pero se suponía que no se trataba de esto. Se suponía que íbamos a divertirnos. No quiero venir a llorar contigo por la demencia de mi mamá. Quería pasármela bien con la única persona que no siente pena por mí.

—¿Demencia? —dijo Ruby y se quedó boquiabierta.

—Oliver te lo contó, ¿no?

—No, no me quiso decir. Me dijo que te lo preguntara a ti. ¿Por qué no me dijiste? No tienes por qué avergonzarte.

Cerré los ojos. Aunque no fuera un secreto, sentía que había perdido algo al contárselo. Ya tendría tiempo después para pensar en la integridad de Oliver. Pasé saliva con dificultad. Ruby ya lo sabía, y había sido mi culpa. Pero, para ser sincera, ¿de qué otro modo habría podido terminar esa discusión?

—No me avergüenza —contesté—. Pero no quiero hablar contigo sobre el hecho de que mi madre vive en una residencia para viejitos y no me reconoce.

Ruby tenía los ojos abiertos como platos, con la mirada triste. Se mordió el labio.

—No quiero hablar del hecho de que fue mi culpa que terminara en una residencia porque no pude estar al pendiente de ella y se lastimó.

Ruby abrió la boca para decir algo, pero seguí hablando para no tener que escucharla decir las palabras que todo el mundo me decía. «No es tu culpa». Porque las mentiras no me hacían sentir mejor.

—Y definitivamente no quiero decirte que es algo que solo va a empeorar. Algún día se le olvidará cómo comer o cómo limpiarse, y tendrá que usar pañal y la van a tener que bañar las enfermeras, a pesar de que solo tiene cincuenta y cinco años.

Ya no podía mirar a Ruby porque, para ser sincera, sí me avergonzaban esas cosas, sin importar si estaba bien sentirse así o no, pero sabía que a Ruby le repugnaría que yo lo reconociera.

—Ahora dime que no sientes pena por mí —concluí con amargura, sin querer mirarla a los ojos. De reojo la vi abrir la boca y volver a cerrarla. Luego se le salieron las lágrimas en silencio.

—Okey. —Se sorbió la nariz y agitó la cabeza para despejarla—. Okey. Lo acepto. Me da pena por ti. A cualquiera le daría pena. Pero ¿qué tiene de malo? Me importas. Al carajo la secuencia de película. Eso no importa.

—A *mí* me importa. —Golpeé el volante con la palma de la mano y sentí una punzada de dolor que me subió por el brazo mientras el claxon sonaba, y Ruby se sobresaltó, pero no sé si por el sonido o por mi reacción. Ahora que sentía pena por mí, ¿cómo reaccionaría si supiera que yo podía terminar igual que mamá? Me negaba a contárselo.

—Te dije que no quería nada serio. —La ira resurgió—. Acepté hacer lo de la secuencia porque se suponía que nos íbamos a divertir. —La cabeza me iba a explotar. No era una sensación agradable, así que hice un gran esfuerzo por esconder el enojo tras una puerta cerrada con llave. Era experta en hacerlo cuando era necesario—. Y sigo queriendo hacerlo —dije finalmente—. Nos quedan cuatro semanas. ¿No podemos pasarla bien? —Me volteé para mirarla de frente y tomarla de las manos—. Terminemos la lista y olvidemos esto. ¿No podemos seguir como antes? Podemos fingir que esto nunca pasó. —Me avergonzó el tono suplicante de mi voz, pero igual lo dije.

Ruby miró hacia otro lado y mantuvo la mirada perdida un largo rato que pareció eterno.

—No —contestó al fin. El corazón se me paralizó y se me hizo un nudo en el estómago. Apenas me di cuenta cuando me soltó las manos—. No puedo. Sé que acepté los términos, pero ahora las cosas son distintas para mí. Quiero todo, lo bueno y lo malo. —Se pasó los dedos por el cabello y se lo peinó hacia el otro lado. La voz le temblaba al hablar—. Si tú no quieres eso, entonces tenemos que terminar. —El labio inferior le temblaba, pero tenía los hombros tensos y los brazos cruzados, lo que significaba que ya había tomado una decisión.

Asentí. Me sentía paralizada.

Le dije que habría querido que las cosas no fueran así.

Ella contestó que tenía que ser sincera conmigo y consigo misma.

Parecían palabras sacadas de un guion. Dejé que se me resbalaran.

Ruby abrió la puerta del auto. La miré a los ojos. Con la mirada le supliqué una última vez que no hiciera esto, y ella titubeó. Por un instante pensé que cambiaría de opinión. Pero luego se limpió los ojos con el dorso de la mano y esbozó una sonrisa triste.

—Mira, el problema de la secuencia del enamoramiento —dijo con voz ronca— es que, para cuando termina, los personajes ya se enamoraron.

28.

Papá y Beth estaban acurrucados en el sofá cuando al fin llegué al departamento. Estaban viendo un *talk-show* estadunidense. Había cajas por todas partes. Estaba harta de ver cajas en todas partes.

—Estaba a punto de llamar a la policía, señorita —dijo papá.

Gruñí y fui por agua a la cocina. No había vasos. Los vasos estaban en alguna maldita caja en algún lugar.

—¡Por el amor de Dios! ¿Desempacaron *algo*? —estallé. Su estupefacción me dio cierta satisfacción perversa.

—Pues déjame decirte que desempaqué tu edredón y tus almohadas, y puse las sábanas de tu cama nueva mientras tú vagabas por ahí para que no tuvieras que hacerlo cuando volvieras.

—Genial. Bueno, me voy a la cama entonces. Y bajen el volumen, ¿sí? Las paredes de esta pocilga son como de papel.

Caminé por el pasillo a pisotones, como una niña insolente, cosa que tenía permitido hacer porque *era* una niña insolente. Me quedaba un año y fracción de insolencia admisible y la exprimiría hasta la última gota.

Papá me siguió con la mirada, pero yo sabía que no iba a decir nada. Me metí debajo del edredón sin cambiarme la ropa. Pero sí me quité el sostén, porque no soy masoquista. Dormir con eso habría sido una tortura. Me quería quedar dormida. Estaba exhausta. Una mudanza y una ruptura en el mismo día me habían dejado exhausta.

Mi cerebro no cooperaba.

En cambio, decidió repetir la discusión una y otra vez, hasta que los detalles comenzaron a hacerse borrosos en mi memoria. No podía recordar bien qué había dicho Ruby ni lo que yo dije en vez de lo que me habría gustado decir.

Me pregunté si esa era una señal de que mi memoria comenzaba a irse.

A la mañana siguiente, el sol que entraba por la ventana me caló; desperté sudada y agitada. Aún no tenía cortinas o persianas; me quedé recostada en una posición incómoda unos minutos, hasta que el hedor de mis axilas insistió en que era hora de bañarse. En algún momento entre la decimocuarta repetición de la pelea en mi cabeza y la millonésima vez que consideré escribirle a Ruby, decidí que no me iba a desmoronar. Esto no era como lo de Hannah. No había compromiso. Solo nos estábamos divirtiendo. No me iba a convertir en un desastre patético. Recordé a la Saoirse que había sido un desastre patético. Ella era precisamente la razón por la que no quería entablar relaciones de pareja.

Después de Hannah, lloré en la cama. Lloré en los baños de la escuela. Lloré en la mesa durante la cena y de camino a casa de la escuela. Envié mensajes que hacían que mis glándulas de vergüenza estuvieran al borde de estallar; cosas como «Todavía te amo», «¿Qué puedo hacer para arreglar las cosas?» y «¿Me amaste alguna vez?». Al principio, Hannah respondía de inmediato con alguna tontería sobre querer ser mi amiga. Luego, las respuestas comenzaron a tardar cada vez más en llegar y comencé a imaginar qué estaría haciendo en el tiempo que tardaba en contestar. La espiaba en Facebook e Instagram. Pasé un tiempo intentando ser su amiga y mostrándole que aún podía amarme. Terminaba siempre diciendo algo que me hacía ver necesitada, o mencionando alguno de nuestros chistes privados para recordarle lo bien que estábamos juntas. Ella sonreía y cambiaba el tema. Lloré con Izzy una y otra vez, y la aburrí hasta la muerte con preguntas como «¿Dijo algo sobre mí?», «¿Crees que vayamos a volver?», «¿Está saliendo con alguien más?». Todo eso antes de descubrir que supo desde un principio que Hannah iba a terminar conmigo, claro está. En ese momento las saqué de mi vida. Solo me hubiera gustado haberlo hecho de inmediato y ahorrarme la humillación.

Esa chica me quebró y no estaba dispuesta a volver a pasar por algo así.

¿Y si sí tenía yo demencia y mi estúpido cerebro decidía estancarse en este año, como el de mamá estaba atorado en su juventud? Si me ponía a tristear por Ruby, podría quedarme atorada en una depresión postruptura por siempre.

¿Había funcionado el experimento de la secuencia del enamoramiento? No del todo. Técnicamente nos quedaban cuatro semanas, pero ¿qué más daba? Habríamos terminado en ese momento de cualquier forma. Así tendría más tiempo para prepararme para lo que vendría después. No me iba a obsesionar con el pasado, aun si ese pasado era apenas ayer.

Dejé que la ducha me enjuagara la noche anterior y pensé en las semanas siguientes: resultados de los exámenes, la boda… y lo que fuera que viniera después. Estaba muy consciente de que seguía sin decirle a papá que no estaba del todo convencida de ir a Oxford. Cada vez que él lo mencionaba le recordaba que tal vez no iría, pero sabía que era porque él creía que yo estaba siendo precavida con mis calificaciones. Habría una fiesta la noche de los resultados, por supuesto. Podría embriagarme y besar chicas.

Pero la fiesta seguramente sería en casa de Oliver, y tal vez no debía ir ahí. No quería que pareciera que estaba siguiendo a Ruby. Aunque, si *no* iba, estaría evadiéndola de forma consciente, y entonces parecería que no la había superado.

Ya sé qué estás pensando: «¿Por qué te importa tanto lo que piense la gente, Saoirse?». Pero en ese momento no se me ocurrió que estaba pensando solo en las apariencias y no en lo que en verdad estaba sintiendo. En ese momento me parecía que eran la misma cosa. Si Ruby creía que ya la había superado, entonces la habría superado. Las apariencias eran la realidad. Y ¿qué hacía la gente que definitivamente no estaba deprimida por su *ex-no-novia*? Seguían con su vida, y eso es lo que yo iba a hacer.

En la cocina encendí la sofisticada cafetera de Beth. Estaba deshecha por haber pasado la noche en vela, pero planeaba visitar a mi mamá como todos los días. Por primera vez en mucho tiempo, no había ido a verla el día anterior a causa de Ruby, así que no volvería a faltar. ¿Y después de estar con mamá? Ese era un problema para la Saoirse del futuro. Un paso a la vez.

Encontré vasos y tazas en la alacena. Seguramente Beth y papá se habían quedado despiertos hasta tarde para guardar algunas cosas de la cocina. Sentí una punzada de culpa por haberme desquitado con ellos, pero no era una sensación con la que me sentía cómoda, así que la ignoré. En realidad no tomaba café; no sé qué esperaba, pero me supo horrible y terminé tomándomelo como un *shot* de tequila. Entonces Beth entró a la cocina con un camisón horrible y unos calcetines felpudos. Era extraño verla en la mañana. No sabía qué sentir. Era como si creyera que tal vez debía de estar enojada con ella o con mi papá, pero el enojo no llegaba. Quizá era solo el cansancio.

—Despertaste temprano —bostezó Beth mientras llenaba la tetera.

—No dormí bien —dije.

—Ah, sí —dijo Beth, como si se le hubiera olvidado algo en su somnolencia—. Quise subir a hablar contigo, pero tu papá dijo que lo mejor era dejarte en paz. ¿Pasó algo? ¿Te peleaste con Ruby? Estuviste afuera mucho tiempo.

Papá le dijo que me dejara en paz. Clásico. «Si no te pregunto cómo te sientes, puedo fingir que todo está bien».

—Terminamos —dije en tono alegre—. Pero no pasa nada. Fue para bien.

—¿De verdad? Qué tristeza, Saoirse. Se veían muy lindas juntas. ¿Qué pasó?

—No era nada serio —dije—. No pasó nada. Duró lo que tenía que durar.

Beth empezó a ladear la cabeza; su mirada empezó a suavizarse.

—No me veas así, Beth. En serio, estoy bien. No es gran cosa.

—Si tú lo dices —dijo, mirándome como si estuviera a punto de derrumbarme.

—Sí, lo digo.

—Muy bien. No diré nada más. —Se encogió de hombros. Pero me quedé con la sensación de que no iba a dejar el tema por la paz—. ¿Quieres una taza de té? —preguntó mientras sacaba tazas de la alacena.

—No. Voy a ir a ver a… mamá. —Tropecé con la palabra *mamá*, como si al mencionarla pudiera ofender a Beth de alguna manera, pero en realidad no se dio cuenta de nada.

—¿Tienes planes para después?

—No, supongo que no.

—Bien. ¿Quieres acompañarme a buscar tu vestido de dama? Ya falta muy poco y no hemos buscado nada. —Se frotó la sien; era obvio que estaba estresada—. Sé que has estado ocupada y no quería molestarte, pero ya vi un par de cosas. Tienes que probártelas, claro está.

—¿Cómo que vestido de dama?

El rostro se le afligió.

—Tu papá dijo que ya te había preguntado...

—Eh... no —contesté. Intenté descifrar a toda prisa cómo me hacía sentir que Beth quisiera que fuera su dama de honor. No me encantaba la idea, pero no me causaba la potente repulsión que creí que sentiría. ¿Cansancio otra vez? —. ¿Y te dijo que yo acepté?

—Sí —contestó de forma enfática—. Dijo *específicamente* que te encantaba la idea. Si no quieres... —se detuvo. Parecía un cachorro herido.

—Está bien —dije, frotándome la nuca. «Paciencia, Saoirse»—. Claro que sí. Pero nunca confíes en que papá va a hacer las cosas. Lo suyo es más bien decirte lo que quieres oír.

Beth hizo una mueca.

—Entendido. Lidiaré con él más tarde. Pero, fíjate que vi un vestido color lavanda lindísimo en Debenhams que creo que se te vería muy bien.

Tomé la nota mental de asesinar a papá. Por lo menos sería una buena distracción.

Mamá seguía en pijama cuando llegué con mi bolsa de provisiones. Un par de días antes la había visto un poco molesta con su cabello. Cuando abrió la puerta, vi que la cama estaba destendida y la televisión encendida.

—¿Qué ves? —pregunté, pensando que de seguro sería algo terrible, pero era una transmisión de un festival de música clásica, algo que a mi mamá le habría gustado mucho hacía un tiempo—. Se ve aburridísimo —dije a manera de aprobación, pero la apagué, pues les es más difícil concentrarse en la conversación cuando hay ruido de fondo—. Ese fleco está tan largo que no sé cómo puedes ver —agregué—. Vamos a recortarlo un poco. —Fui al baño por una toalla y se la acomodé metiéndola bajo el cuello de la pijama. Mamá se relajó y cerró los ojos—. Ruby y yo terminamos —dije—. Pero está bien. O sea, íbamos a terminar pronto —dije, mientras le recortaba las puntas del cabello.

Mamá dijo que eso era terrible y me preguntó si estaba bien. Pero entonces me di cuenta de que no quería hablar de ello, ni siquiera con mi mamá. Cambié el tema de inmediato y le pregunté por su día. No siempre podía seguir su hilo de pensamientos, pero al menos hacía los ruidos y las respuestas apropiados cuando podía.

Un rato después, el cabello de mamá volvió a verse limpio y lleno de vida. Tal vez debía convertirme en estilista. Mi propia idea me hizo retorcerme. Apreté los ojos para bloquear las palabras que me hacían pensar en Ruby.

Mamá me llevó su libro de recuerdos. Estaba en la mesita de centro, como si alguien lo hubiera estado ojeando. Sabía que no había sido papá porque, aunque nunca lo admitiría, odiaba ver esas fotografías viejas. Probablemente fue alguna de sus cuidadoras. Era lindo, pensé, que alguien pasara tiempo con ella haciendo algo así.

—Quiero mostrarte algo —dijo.

—Muy bien —contesté a regañadientes, sobándome la cicatriz de la mano sin notarlo. Si eso la hacía feliz...

Me enseñó una foto de ella con Claire y me contó una historia que había oído mil veces ya. Pero no me importó, puesto que no puse atención a sus palabras, más bien le miraba el rostro, resplandeciente y feliz, y un dolor abrasador en la garganta me amenazó con una marea de lágrimas. Se suponía que me iría del país en unas semanas y aún no le decía a mi papá que no quería hacerlo. Temía terminar yendo por defecto, arrastrada por la inercia de sus expectativas, siguiendo un plan que hice cuando tenía el corazón roto y estaba intentando escapar. Pero si me iba, no podría verla a diario, ni siquiera una vez por semana o por mes. Cuando llegué esa mañana, mamá no estaba ni sorprendida ni alterada por verme en su puerta. Me dejó pasar y estuvo relajada mientras hablábamos. ¿Y si todo eso desaparecía cuando yo no pudiera continuar con la rutina? Sabía que ella no recordaba que tenía una hija, pero la mayor parte del tiempo me veía como si fuera alguien conocido. Eso era algo. Era una patética migaja de algo, pero para mí era todo. ¿Me convertiría en una extraña si no iba todas las mañanas? ¿Por qué abandonar a mi madre se sentía como si ella me abandonara a mí?

Pensarlo hizo que me inundara una soledad abrumadora. Luego pensé en papá envolviendo regalos para sí mismo y me pregunté si él sentiría lo mismo, si éramos dos personas que sentían una soledad idéntica. ¿Me dolía tanto que él la dejara porque sabía que, si quería tener la libertad de hacer mi propia vida, yo tendría que hacer lo mismo?

—¿Quién es ella? —le pregunté, señalando una fotografía de ella con Claire. Estaban sentadas frente a un espejo, maquillándose. Mamá parecía como si se negara a que la fotografiaran, mientras que Claire se acicalaba para la cámara.

—Soy yo —dijo mamá entre risas.

—¿Y quién es ella? —dije, señalando a Claire.

Mamá inspeccionó la fotografía. Se acercó el álbum a la cara y arrugó la frente en señal de concentración. Me miró, un poco perdida.

—¿Eres tú? —preguntó.

La fotografía era de, más o menos, 1985. Era una fiesta. Claire tenía puesto un vestido resplandeciente bastante feo y guantes de encaje. Para nada mi estilo.

Le pasé un brazo por los hombros y la acerqué para abrazarla.

—Son Claire y tú —dije antes de besarle la cabeza, que le olía a champú de manzana. Mamá intentó pasar la página, pero cerré el libro. Papá no era el único al que no le encantaba repasar fotos viejas. Me sabía el álbum de memoria. Yo le ayudé a hacerlo—. Suficiente por hoy.

29.

Pasé dos semanas sin pensar en Ruby. No pensé en ella cuando recibí *spam* en mi correo del lugar de karaoke al que nunca fuimos. Tampoco cuando pasé frente a la rueda de la fortuna, ni cuando pasé por la ensenada y los hidropedales. No pensé en Ruby mientras cenaba, ni cuando me lavaba el cabello o me cortaba las uñas de los pies. Dejé de ver estúpidas comedias románticas, no solo porque los finales felices hacían que me doliera el corazón, sino porque no me gustan las comedias románticas. Son estúpidas y sexistas y perpetúan la idea de que solo importamos como personas si alguien está enamorado de nosotras. Ignoré los mensajes de Oliver, no porque tuviera miedo de que mencionara a Ruby, sino porque Oliver era un fastidio y siempre lo había sido.

¿Qué hice entonces si no estaba haciendo esas cosas? Vi muchas películas de terror. Vi a personas morir en una infinidad de maneras: empaladas, decapitadas, defenestradas, llevadas a perder la razón por fantasmas, mutantes y espeluznantes espíritus del bosque. Algunas morían despacio, otras de sorpresa. Sus

269

muertes me aliviaban el alma. Incluso ayudé con la boda. Sí, los cerdos volaban y Beth no dejaba de darme tareas insignificantes, y la verdad yo no estaba muy ocupada con otras cosas. No es como si Beth hubiera empezado a agradarme ni nada por el estilo.

Sí, sí, ya sé. Cállate.

El día de la entrega de resultados desperté atolondrada y con náuseas. El monstruoso vestido de dama color lavanda era lo único que había en mi armario, pues seguía sin desempacar. No era capaz de armarme de valor para acomodar toda la ropa en su lugar si sabía que volvería a mudarme en seis semanas. Quizá parecía mucho tiempo, pero la herida de la mudanza seguía abierta. Por otro lado, tampoco había metido nada a la maleta. Saqué un par de jeans y una camiseta de una caja.

Me negaba a ir a la escuela a recoger mis resultados a primera hora, porque todo el mundo iba a estar ahí, como perritos jadeando afuera de la sala de exámenes, esperando su pedazo de papel. Si podía esperar una hora, no tendría que ver a nadie. Ni siquiera visité a mi mamá esa mañana; estaba demasiado ansiosa y ella solía notar ese tipo de cosas. Supuse que la vería después del almuerzo. Así que pasé una incómoda mañana divagando por la casa, con papá preguntándome cada dos minutos si no quería ir ya. Estaba más interesado en los resultados que yo. Beth y él incluso se habían tomado el día para organizar un almuerzo de celebración.

A pesar de mi ambivalencia respecto a Oxford, no podía evitar preocuparme por las calificaciones. Había estudiado muchísimo y me había esforzado muchísimo, pero ¿y si mi memoria no era tan buena como yo creía? ¿Y si ya había reprobado y no podía recordar lo mal que me había ido? ¿Y si creía que había respondido todas las preguntas, pero era solo porque no podía recordar que había un montón de cosas más que debía incluir? Obtener los resultados que quería parecía más bien una prueba de si sucumbiría o no ante la demencia. Como si sacar buenas calificaciones fuera a evitarlo de alguna manera.

A las diez, papá y yo nos estacionamos frente a la puerta de la escuela. Tal y como supuse, no vi a nadie más. Con un horrible mareo y náuseas dejé a papá en el auto, tamborileando los dedos sobre el volante y aparentando tranquilidad.

Cuando al fin estuve a medio camino en las escaleras que llevaban a la puerta principal, alguien gritó con voz frenética.

—¡Te amo, pase lo que pase!

Miré a mi alrededor, fingiendo buscar a quién le estaban gritando, porque, obviamente, yo no conocía a ese loco, en caso de que alguien anduviera por ahí.

—¡Saoirse! —Louise, la secretaria de la escuela me sonreía de oreja a oreja cuando crucé la puerta—. No me digas que te quedaste dormida.

Hice mi mejor esfuerzo por verme «avergonzada», como si estuviera arrepentida de haberme quedado dormida el día de la entrega de resultados. ¡Carambolas!

—Espera… llevé los resultados a la oficina para ustedes, los rezagados —dijo.

Tenía una pila con unos diez sobres en su escritorio. Los revisó y me entregó uno que estaba en el centro. La sonrisa en su cara indicaba que, sin duda, quería que lo abriera frente a ella. Sonreí con amabilidad y guardé el sobre en mi bolso. La sonrisa se esfumó.

—Gusto en verte —dije ya cuando estaba a centímetros de la puerta—. Uf —jadeé mientras la puerta me golpeaba. Alguien intentó entrar al mismo tiempo que yo quise salir.

—Ay, Dios, perdón —dijo la persona. Y luego—: Saoirse.

—Izzy. —Me sorprendió verla, pero logré recomponerme y acomodar la boca abierta en forma de sonrisa amable, pero vacua—. Tenemos que dejar de casi matarnos así.

Comedia romántica, tragedia, pantomima. Lo único que me faltaba era conocer en la cantera a un hombre con cuchillos en vez de manos para poder completar mi metáfora de vida-como-película.

Izzy contestó con una sonrisita discreta. Dejé que pasara un segundo entero de silencio incómodo antes de intentar escabullirme por la puerta. Ella se dio vuelta y me puso una mano sobre el hombro.

—Espérame un minuto, ¿sí?

—Eh… mi papá está… —Hice un gesto en dirección al estacionamiento.

—¿Por favor? —dijo en un tono suplicante—. Solo un segundo.

Negarme sería más que descortés. De cualquier modo, miré hacia la puerta, considerando huir. La cabeza me decía que sería lo más infantil, pero mis piernas estaban listas para entrar en acción. Pero, ¡demonios!, era demasiado amable para hacer algo así, por lo que esperé a que Izzy entrara a la oficina a recoger su sobre. Me senté al pie de la escalera que llevaba al salón de artes y pensé en lo amable y educada que yo era.

Izzy salió de la oficina. Me sonrió con timidez y se sentó junto a mí en la escalera. Pasamos unos segundos sin decir nada. Se había hecho luces en el cabello desde la última vez que chocamos en la calle. Se veía muy bonita. Tenía también un bronceado intenso; me pregunté si al fin habría conseguido el trabajo de salvavidas para el que llevaba dos años haciendo solicitudes sin éxito.

—Estoy furiosa contigo —dijo al fin.

—Momento… ¿qué? ¿Tú estás enojada conmigo?

Asintió. No parecía enojada, más bien tranquila y relajada.

—Muy enojada.

—¿Qué razón tendrías para estar enojada? —pregunté, indignada.

—Me botaste, Saoirse —dijo.

—Tú... —comencé a recordarle su terrible traición.

—Sí, sé que no te dije que Hannah estaba pensando en terminar contigo. Ya sé. Me lo dijiste. Te escuché. Me disculpé un millón de veces. He pensado mucho en ello y lo entiendo. Sé por qué estabas enojada, lo sé. —Intenté interrumpirla otra vez, pero alzó la mano—. Déjame terminar. Entiendo por qué estabas enojada, pero no entiendo por qué no pudiste perdonarme. Y estoy enojada contigo por eso. Fuimos amigas durante *diez* años y de pronto decidiste que yo no era nadie para ti porque te lastimé *una* vez.

Abrí y cerré la boca como un pez en mi búsqueda desesperada de una defensa.

—No fue eso. Tú preferiste a Hannah por encima de mí. Es obvio que los diez años que fuimos amigas no significaban tanto para ti como los doce años que tenías siendo amiga de Hannah.

—Qué estupidez. Me quedé atrapada entre mis dos mejores amigas. Si te contaba lo que Hannah me dijo en secreto, la habría traicionado a ella. Al no decirte, te traicioné a ti. Estaba en una situación muy difícil.

—Eso díselo a Hannah.

—Eso hice. También estaba molesta con ella. Le dije que estaba furiosa por ponerme en una posición en la que tenía que mentirte a ti o traicionarla a ella. —No supe qué decir. Aunque no tuve que decir nada. Izzy no había terminado—: Sabes, tal vez debí contártelo. Creo que al menos Hannah me habría perdonado. Por lo menos a ella le importaba lo suficiente.

En la versión de los hechos de Izzy, yo parecía egoísta y mezquina.

Quizá tenía razón.

—La verdad es que no lo vi así. —Batallé al enunciar las siguientes palabras que me dejarían expuesta y vulnerable. Comenzaba a pensar que odiaba las conversaciones sentimentales tanto como mi papá. Tal vez fue eso lo que me convenció de escupirlo al fin—: Creí que no te importaba. Lo único que vi fue que la pusiste a ella por delante de mí cuando me había roto el corazón y sentí como si yo no te importara —dije—. Me estaba protegiendo.

Izzy parecía como si estuviera a punto de rebatirme, pero hizo una pausa antes de hablar.

—Entiendo por qué te pareció así —dijo.

—Y yo entiendo por qué tú también pensaste que no me importabas.

Nos quedamos en silencio. Los pies me rogaban que saliera corriendo.

—¿Recuerdas cuando nos conocimos? —preguntó un momento después.

—¿El primer día de clases? —pregunté de forma tentativa.

—No. —Movió la cabeza—. Pensé que dirías eso. Pero fuimos amigas todo ese verano. Vivías en la misma calle que yo y aún no empezabas la escuela.

Lo había olvidado. Antes de comprar la que fue nuestra casa, mis padres y yo vivimos en una casa rentada. Mamá me arrastró por la calle a la casa de una vecina porque había conocido a su mamá y entre las dos organizaron una sesión de juego para sus hijas.

—Ahora lo recuerdo. No quería ir a tu casa, pero cuando te conocí me llevaste a la casa del árbol, la que…

—La que en realidad no estaba en un árbol. Sí.

—Me diste una paleta helada y nos hicimos amigas.

—Eran tiempos más sencillos —se rio—. Luego, cuando empezó la escuela, conociste a Hannah. Ella era mi mejor amiga en la escuela y tú eras mi mejor amiga en la casa. En cuanto se conocieron, se hicieron mejores amigas, y yo fui la que quedó hecha a un lado.

—No fue así —contesté en automático.

—Sí, así fue. Pero no importa. Todas éramos amigas. Hasta que ustedes empezaron a salir y entonces yo fui el mal tercio.

Había demasiada verdad en esa oración para negarla. Después de eso, Hannah y yo comenzamos a pasar mucho más tiempo juntas sin Izzy. Éramos pareja y era lo normal. Pero entonces, cada vez que Izzy estaba con nosotras, se sentía como si estuviera interrumpiendo nuestra cita, aun cuando no estábamos en una cita. A veces me molestaba un poco con ella, aunque sabía que no era su culpa. Pensaba que lo había ocultado bastante bien, pues Izzy nunca lo había mencionado.

—Pero las dos te queríamos —intervine, y de inmediato me pregunté si «queríamos» era una conjugación más correcta que «queremos».

Izzy se mordió el labio.

—¿Y si te digo que una parte de mí se alegró cuando Hannah me dijo que quería terminar contigo? Dudo que eso pasara, pero ¿y si sí?

—No te alegraste —Negué con la cabeza.

—¿Cómo lo sabes? —preguntó.

—Bueno, si te alegraste, ¿qué? Tuviste un sentimiento egoísta. Te conozco, tienes menos de esos que la mayoría de la gente.

Nos quedamos sentadas en silencio unos segundos, en los que pensé que conocía bastante bien a la persona que estaba a mi lado. Conocía los contornos de su cara mejor que los de la mía. La conocía tan bien que podía encontrarla entre un mar de gente en la feria. Y sabía qué clase de persona era. Aun si las cosas cambiaban, si ella comenzaba a tejer o a bucear o si se casaba o si adoptaba catorce gatos y se iba a vivir a un faro, algunas cosas no cambiarían nunca. Los años de discusiones tontas y pijamadas, de análisis intensivos del primer amor, de notas pasadas en clase y secretos compartidos no habían desaparecido cuando nos distanciamos y no podían deshacerse.

—¿Y ahora? —preguntó Izzy.

No sabía si podíamos volver a ser amigas tras una sola conversación. ¿Había pasado demasiado tiempo o unos cuantos meses no importaban en el panorama general de las cosas?

—Ahora abrimos estos sobres —dije, tras lo cual rompí el sello y saqué la hoja de papel.

30.

—Beth, tenemos un genio entre nosotros —gritó papá en cuanto abrimos la puerta. Blandía mis resultados como si fueran un trofeo que él hubiera ganado.

Beth tenía en las manos una botella de cloro y la casa olía como si la hubiera desinfectado de cabo a rabo. En el par de semanas que llevábamos viviendo juntas, descubrí que su hábito nervioso era limpiar. También era lo que hacía cuando estaba enojada o molesta por cualquier cosa, desde no poder encontrar el reloj de su difunto padre hasta descubrir que no teníamos té después de que las tiendas hubieran cerrado.

—Déjame ver. —Tiró a un lado los guantes de hule y extendió una mano para tomar el certificado—. Ocho HS1, ¿qué significa eso? —preguntó, lo que nos recordó que era inglesa y no irlandesa.

—Son dieces —dije—. Solo seis HS1 cuentan para el resultado final. Pero, ya sabes, algunas personas nacen bendecidas con belleza y cerebro. A veces es más una carga que otra cosa.

Sin pensarlo, Beth me jaló hacia ella y me abrazó con fuerza. Olía a detergente de pino y perfume cítrico. Nunca nos habíamos abrazado. Comenzó a alejarse, con incertidumbre en el rostro, por temor a haber hecho algo incorrecto. La abracé con fuerza. Era una ocasión especial, a final de cuentas.

Pero más le valía no acostumbrarse.

—¿Entonces ya recibiste tu oferta definitiva? —preguntó.

Negué con la cabeza. Había revisado la página de mi solicitud de camino a casa.

—Creo que va a tomar un par de horas.

—Pero ya cumpliste con todos los requisitos de tu oferta condicionada, ¿cierto?

—Sí… —dije, incómoda. Tenía que decir algo pronto. Pensé que, tal vez, me sentiría distinta cuando recibiera mis resultados. Tal vez querría ir. Todo el mundo estaba convencido de que era una oferta que no podía rechazar.

—Tu mamá estaría muy orgullosa —dijo papá, mientras me asfixiaba con otro abrazo.

Quizá la madura conversación con Izzy se me había subido a la cabeza. Era la única razón lógica por la que hubiera elegido ese momento de júbilo parental para externar mis dudas.

—¿Y si no voy a la universidad?

Papá me alejó y se me quedó viendo, boquiabierto. Beth retorció un poco las manos por la incomodidad.

—¿De qué hablas? Sacaste ocho HS1 —dijo papá, como si las buenas calificaciones significaran que *tenías* que ir a la universidad y elegir la carrera con los requisitos de entrada más estrictos de todas. Sentí que mi teléfono vibraba, pero pensé que sería un mal momento para tomar la llamada.

—Espera, Rob. —Beth alzó la mano en señal de alto—. Tal vez ella quiera tomarse un año. No tiene nada de malo. O tal vez quiera estudiar algo diferente. No todo el mundo tiene que ir a la universidad. —Le puso una mano sobre el brazo.

—Sobre mi cadáver —masculló mi papá.

Los ignoré e hice todo un espectáculo de servirme un vaso de jugo de naranja. La conversación tenía que bajar de tono uno o dos niveles, y hacer cosas normales me pareció la mejor solución. «Actúa normal». Tomé un sorbo mientras papá esperaba. Al parecer quería una respuesta a lo que dijo Beth, a pesar de que era obvio que estaba en desacuerdo.

Tomar líquidos nunca había sido un acto tan antinatural.

—No es eso. Es que no creo que sea para mí —dije. Papá parpadeaba con un gesto exagerado—. O sea, siendo honestos —continué—, lo más probable es que termine siendo un desperdicio.

—¿A qué rayos te refieres con «un desperdicio»? ¿Cómo puede ser *un desperdicio* una educación de clase mundial? —Las palabras salían a gritos. Beth retorció la cara y, haciendo un gran esfuerzo, papá se contuvo un poco—. ¿Es por Ruby? Solo porque ella no va a ir a la universidad no significa que tú puedes quedarte aquí a no hacer nada. Te juro que, si no vas, Saoirse, no puedes quedarte aquí. Punto.

—Créeme que no quiero vivir contigo ni un segundo más de lo necesario —reclamé, con la esperanza de hacer el mayor daño posible. Era incapaz de escuchar argumentos lógicos. Debí haber previsto esto—. Quiero estar cerca de mamá.

—Espera un segundo, Rob. —Beth se puso por delante de papá antes de que él pudiera hablar—. Claro que te puedes quedar aquí, Saoirse. Esta es tu casa. Podemos hablarlo.

Papá abrió la boca y supuse que iba a estallar contra Beth, pero ella le lanzó una mirada que habría callado a una turba entera.

—Ni lo pienses —le dijo—. También es mi casa.

—¿Quieres permitirle que desperdicie su vida? —Luego me miró a mí—. Sal al mundo y ve qué tan fácil es conseguir un trabajo decente sin un título.

—Tú no estás titulado —argumentó Beth con brusquedad.

—Ahora es diferente. ¿Quieres tirar todo tu esfuerzo a la basura porque tu novia es una buena para nada? Yo no voy a financiar eso.

Beth parecía lista para alegar, pero yo me adelanté.

—Nadie te está pidiendo que financies nada. Puedo conseguir un trabajo.

En realidad, dudaba que eso fuera fácil, sobre todo con la economía actual. No había podido conseguir empleo para el verano; ni uno solo de los trabajos a los que había enviado una solicitud me había llamado para una entrevista. Nuestra pequeña economía costera no estaba rebosando con trabajos bien pagados para personas sin experiencia, y la gente que iba y venía de la ciudad había hecho que las rentas subieran tanto que ni siquiera sabía si podría vivir en el pueblo en el que crecí. A menos que Beth y mi papá desaparecieran y yo heredara el departamento. Era tentador, pero demasiado complicado. Pero lo iba a solucionar, ¿no? Si tuviera que hacerlo.

—Ruby no va a ir a la universidad todavía porque se va a quedar en casa para ayudar a su familia. Sé que *tú* no puedes imaginarte hacer un sacrificio para cuidar a nadie, pero ella no es así. —Papá cerró la boca y apretó los labios, pero no dijo nada—. Además, no tiene nada que ver con Ruby. Terminamos, ¿recuerdas? —añadí, a sabiendas de que Beth se lo había contado, incluso si él no había tenido los pantalones para hablar del tema conmigo.

—¿Y de dónde rayos vino esto, entonces? —dijo papá, con la furia y la bravuconería desinfladas.

—Sabes muy bien de dónde vino. No tiene caso aprender un montón de cosas inútiles si las voy a olvidar después.

Papá inhaló profundo. Vi cómo los músculos de su cara se relajaban. Beth se cubrió los labios con la boca. Se veía triste.

Por fin, él habló con voz baja, pero firme. Era como si creyera que, si hablaba de forma razonable, yo tendría que estar de acuerdo con él.

—Saoirse, no sabes si eso va a pasar. Tienes que llevar una vida normal. Eso fue lo que hizo tu madre.

¿Y eso de qué le sirvió? Terminó encerrada en un asilo y ni siquiera se acuerda de su apellido. Mi teléfono volvió a vibrar, pero apenas lo noté.

—Ella no sabía que iba a pasar. Yo sí sé cuáles son las probabilidades. Eso cambia las cosas.

Papá y Beth intercambiaron miradas por una millonésima de segundo.

—¿Papá? —De pronto supe qué significaba esa mirada. Lo supe con todo el cuerpo y comencé a sentir que las piernas me flaqueaban—. ¿Mamá lo sabía?

Lo pregunté porque quería que él lo negara.

—Deberíamos sentarnos. Voy a hacer té —dijo Beth.

La ignoré.

—No desde siempre —dijo papá—. No lo supo tan joven como tú.

Tal vez pensó que una verdad a medias me bastaría.

—¿Cuándo?

La palabra cayó como una piedra.

Papá parecía estar luchando consigo mismo, hasta que uno de los dos lados ganó.

—Como sabes, tu mamá era adoptada —dijo—. Pero en la época en que nos conocimos estaba buscando a sus padres biológicos.

Yo no sabía esa parte. Nunca habló mucho de ellos. Sus padres adoptivos eran mis abuelos y nunca se me ocurrió preguntarle si conocía a su familia biológica. Nunca parecieron importarle mucho a mi mamá, así que tampoco eran muy importantes para mí.

—Encontró a su madre, Joan. O más bien, encontró a una pariente, una prima. Joan ya había muerto. La prima, cuyo nombre no recuerdo, nos dijo que Joan murió joven. Demencia temprana. Progresó muy deprisa. Investigamos un poco y descubrimos que había posibilidades de que tu mamá la desarrollara también.

Cuando mamá me dijo que había una posibilidad de que a mí también me pasara, lo primero que pensé es que había una posibilidad de que le pasara a cualquiera. Me tomó un tiempo entender a qué se refería. Mamá y papá habían discutido al respecto. Un par de años después de que me contaron lo del diagnóstico, cuando tenía unos quince años, los oí pelear. Mamá pensaba que yo tenía derecho a saber. Papá creía que podía esperar. Mamá dijo que él esperaría por siempre si pudiera. Papá dijo que tal vez no era mala idea. Mamá dijo que no les correspondía tomar esa decisión. Mamá ganó.

—¿Sabía que eso le iba a pasar antes de tenerme?

No podía creer que hubiera sido tan egoísta.

—No —dijo papá de inmediato—. No lo *sabíamos*. Sabíamos que existía la posibilidad, así como tú sabes que existe la posibilidad. Pero el punto es que eso nunca evitó que tu mamá viviera todas las partes de su vida al máximo y tampoco debería detenerte a ti. A veces pienso que nunca debimos decírtelo. Tenía miedo de que pasaras el resto de tu vida a la sombra de algo que quizá no ocurriría. Y tenía razón.

—¿Cómo pudieron tener una hija cuando sabían lo que podía pasar? —dije con voz temblorosa. Apreté las yemas de los dedos contra el pulgar. «No llores».

—Para ser sincero —dijo papá, frotándose la cara y hablando entre los dedos—, cuando nos enteramos de que estaba embarazada le pregunté si estaba segura de que era buena idea. Tu madre insistió en que era su vida y su decisión. —La voz se le quebró—. Luego llegaste tú, y me sentí muy avergonzado por haber pensado que podías haber sido una mala idea. —Lo dijo como si fuera una disculpa.

Pero no era la disculpa que yo quería escuchar.

—Pues se equivocaron —dije entre dientes. Quité del camino a Beth, quien estaba secándose las lágrimas con la manga—. No era solo su vida.

31.

Desde antes de que yo naciera, mi madre ya sabía que existía la posibilidad de que ella perdiera la cabeza. De que yo la perdiera a ella. De que tal vez me abandonaría. Es como cuando, en la feria, te bajas de las tazas locas y tu cuerpo cree que siguen girando, pero el suelo a tus pies no se mueve. Como ese momento en el que descubrí por primera vez que mamá tenía demencia, que Hannah ya no quería estar conmigo, que mamá tenía que irse a vivir a otro lugar, que papá se volvería a casar. Una y otra vez tuve que acostumbrarme a una nueva forma de vivir. Me retraía y luego me adaptaba, y justo cuando creía que ya sabía cómo serían las cosas, la vida me lanzaba otro pelotazo. Pensé que vivía en una montaña rusa, como el resto de la gente, con altas y bajas, pero mi vida era más bien como un juego de quemados en el que la pelota siempre me pegaba a mí. Y de nuevo, como en todos los momentos de mi vida, no tenía adónde ir.

Mi celular vibró de nuevo y decidí ver la pantalla, pero más por costumbre que por interés genuino en ver qué me había llega-

284

do. Fue mientras bajaba las escaleras y al sentir la vibración tuve la incontrolable esperanza de que fuera Ruby. Pero eran mensajes de gente de la escuela que quería saber mis resultados. Eran de Shane y Georgia, con quienes me llevé un tiempo, pero a quienes no veía desde el último examen, y de otras dos personas con quienes casi no hablaba, de esas que necesitaban comparar sus resultados con los de los demás para determinar si estaban satisfechos con ellos o no. Decidí ignorarlos. Mientras los borraba, entró otro mensaje.

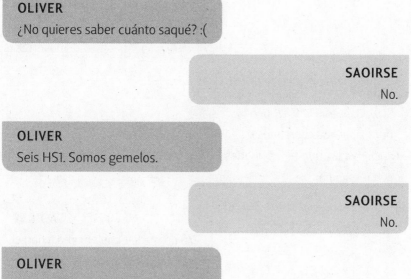

OLIVER
¿No quieres saber cuánto saqué? :(

SAOIRSE
No.

OLIVER
Seis HS1. Somos gemelos.

SAOIRSE
No.

OLIVER
¿Quieres festejar esta noche?

Por un lado, moría de ganas de emborracharme, y hacerlo en grupo sería socialmente aceptable, mientras que hacerlo sola se consideraría «un problema». Por otro lado, a pesar de intentar convencerme de lo contrario, seguía sin saber si soportaría encontrarme a Ruby, aun si eso es algo que no se preguntaría alguien que ya lo superó. Quería preguntarle a Oliver por ella, pero me rehusaba a darle esa satisfacción. No sabía si él estaba al tanto de nuestro truene. Ruby y él parecían muy cercanos y no dudaba que él le contara que yo había preguntado por ella.

OLIVER
Ruby no estará. Volvió a casa un par de días para recoger sus resultados con sus amigas. Volverá hasta el fin de semana.

SAOIRSE
Está bien. Iré, pero no tiene nada que ver con ella. Todo bien entre nosotras.

OLIVER
Si tú lo dices. Habrá muchas *heterocuriosas* con unos tragos encima a las que te les puedes echar encima.

SAOIRSE
Yo no me le echo encima a nadie. Solo acepto insinuaciones.

Mi respuesta se sentía forzada. Besar chicas a las que no les gustas en realidad, que solo quieren saber qué se siente (o sea, no entienden que mis labios son idénticos a los de cualquier otro muchacho adolescente; hasta me sale bigotito cuando se me olvida depilarme) es muy distinto a besar a alguien que te toca como si quisiera más. Aun así, traté de no pensar en ello, porque no servía de nada. Recordar a Ruby y la sensación de su piel y de sus manos sobre mi cuerpo o la forma en que me jalaba hacia ella como si quisiera que nos fusionáramos no me llevaría a ningún lugar.

Aunque había planeado ir a visitar a mamá después de recibir mis resultados, ya no tenía ganas de ir y estaba demasiado irritable para siquiera mirarla. E incluso me enojaba más saber que no podía ir a reclamarle y gritar y patalear como hacía con papá. Así que me recosté e intenté ignorar la culpa. De cualquier modo, ella no se enteraría de nada. Ni siquiera ponía mis intereses por delante en los días en los que estaba bien.

Me obligué a no pensar en ello. Tampoco en Ruby. También dejé de pensar en la pelea de papá y en los resultados de los exámenes y en mi futuro. Dejé mi mente en blanco. Las emociones están sobrevaloradas.

Tuve un *déjà vu* al llegar a la fiesta. La misma gente, la misma música, la misma casa. La principal diferencia era que, al ir vagando por la casa, cuando alguien me detenía no era para preguntarme cómo creía que me había ido en los exámenes sino para saber mis resultados. Después de unos minutos, la gente empezó a acercarse para felicitarme por mis calificaciones sin que yo tuviera que decir una palabra. Como siempre hacía en ese tipo de circunstancias, me mantuve alerta por si acaso veía a Hannah, pues mi cerebro reptiliano se activaba más de lo habitual para evitar toparme con ella por accidente.

Parte de mi cerebro también estaba alerta por Ruby, aunque de manera diferente. Pensar en toparme con Hannah me hacía entrar en pánico. De verdad no quería verla. En cambio, esa noche, a pesar de que sabía que Ruby no estaba, una parte de mí tenía la esperanza de verla. Tal vez de eso se tratan las relaciones, de llevar parte de alguien más contigo por el resto de tu vida. Me imaginé viejita y roñosa, seguida de montones de fantasmas de exnovias. En este momento, el celibato voluntario de por vida me pareció mejor opción. A menos que no llegara a esa edad. Tal vez esos fantasmas se derrumbarían poco a poco hasta que ni siquiera supiera que los había olvidado.

La alborotada bestia festiva me llevó por toda la casa hasta escupirme en la cocina, donde me serví un trago grande de la botella que estaba al fondo del congelador, aunque esta vez era un whisky barato de marca genérica.

—¡Ah! —gritó Laura al verme, una chica de mi clase de literatura, aunque su voz apenas se oía debido a la música. Me abrazó y derramó la mitad de su bebida en el piso. En realidad nunca habíamos conversado mucho, salvo por intercambios breves en clase. Había bebido, pero no estaba completamente ebria. Arrastraba un poco las palabras, pero era capaz de sostener la mirada.

—¿Cómo te va? —canturreó—. Escuché que obtuviste como… ¿todos los puntos? ¡Qué salvaje!

No le dije que había tenido mucho tiempo para estudiar porque no tenía amistades de verdad ni otras cosas que hacer.

—¿Y tú? —le pregunté.

—Más o menos. Me fue bien en mate, pero no extraordinario. Obtuve lo indispensable.

Quería hacerle entender que no era necesario que pusiera excusas, que mis calificaciones no implicaban que ella fuera tonta por no haber sacado lo mismo que yo. Pero supuse que sonaría condescendiente, así que mejor le pregunté qué planeaba estudiar después.

—Animación. Tuve que enviar un portafolio. Eso importaba más que las calificaciones —contestó.

No tenía idea de que le gustaba dibujar. Claro que no tendría por qué saberlo.

—¿Y tú? —preguntó.

—No sé.

La confirmación definitiva había llegado esa tarde, pero al verla en blanco y negro me inundó el miedo. Vi cómo Laura buscaba palabras reconfortantes que pudiera ofrecerme. Prácticamente escaneó su cerebro de cabo a rabo en busca de las palabras precisas, como una niña que elige con detenimiento de entre sus juguetes el que tendrá que compartir.

—Ya lo descifrarás —dijo—. Con tu puntuación, puedes hacer lo que quieras.

Sonreí y coincidí en que ya lo resolvería, pues ¿qué sentido tenía decirle que de cualquier modo no tenía ganas de ir a la universidad?

Esa noche, mis compañeros me escupieron al oído, con aliento a cerveza y migajas de papitas, varias opciones de carrera. Ciencias biomédicas, hostelería, filosofía, diseño gráfico, farmacología y hasta algo sumamente específico: diseño de paisajes y planeación urbana y rural.

Cada vez que lo hacían, asentí de forma educada y contesté «Eso suena en verdad muy interesante». Como no dejaban de preguntarme qué estudiaría, dejé de decir que no sabía y empecé a contestarle algo distinto a cada quien, inspirándome en las decisiones de otros compañeros. Cuando Jennifer Loughran me contó que se dedicaría a la terapia ocupacional, yo le contesté a Shane Nelson que me dedicaría a la terapia ocupacional, y así sucesivamente. A Aisling Cheung le dije que estudiaría ciencias forenses en Glasgow, pero cuando empezó a hablar de CSI fingí que necesitaba ir al baño.

Encontré a Oliver otra vez en el salón de música. Pero esta vez no estaba sentado en el piano, sino en el suelo, con la espalda recargada en la pared, leyendo un libro. A su lado había una botella de vodka y un vaso vacío.

—Supuse que aquí estaría lo bueno —dije—. Eres muy predecible, ¿sabías? —Me dejé caer a su lado.

—Es para ti —dijo, y me pasó el vaso vacío y la botella—. Hoy decidí ser abstemio. Tengo que conducir mañana en la mañana.

Apreté los labios, pero acepté el vaso y me serví un trago.

—Si ser predecible significa que las botellas vengan a mí, puedo vivir con ello. —Le di un sorbo. No era abrasivo, como el vodka barato—. ¿Adónde tienes que ir en la mañana?

Oliver se sonrojó.

—A un campamento —masculló—. Voy a ser voluntario en un campamento de verano, ¿okey? Ruby encontró un volante sobre el campamento y mis padres no me dejaron en paz hasta que acepté.

No me burlé como habría hecho antes. Imaginé a Oliver rodeado de niños, enseñándoles arquería y remo. El nombre de Ruby permaneció en el espacio que nos separaba. «Ruby, Ruby, Ruby».

—¿Qué pasó? —preguntó Oliver después de un rato.

Repasé el recuerdo de la pelea en los labios como si tratara de extraer los sabores de un vino fino, pero todo me sabía amargo.

—Creo que la cagué —contesté.

—Creo que es una descripción precisa. —asintió él—. Ruby no dijo nada al respecto. No sé si debería decírtelo, pero está muy enojada.

Se me partió el corazón en dos, una mitad se estrujó por haberla herido; la otra se emocionó de saber que le importaba lo suficiente para sentir algo.

—¿Qué clase de cagada fue? ¿Te metiste con una de las chicas de tu harem?

Le di un ligero empujón.

—No. Ruby quería algo que yo no puedo darle.

—Espero que no haya sido una ETS —dijo Oliver con una sonrisita.

—Ay, vete al diablo.

—Es broma, es broma —contestó y se puso serio—. De verdad quiero saber. Quiero mucho a mi prima.

—Ruby quería algo más... no sé... ¿serio? Pero yo no. Teníamos un acuerdo. Se lo dejé en claro la primera noche. —Me di cuenta de que sonaba como si me estuviera defendiendo en un juicio, pero quizá debía empezar a decir la verdad—. Me impuse un montón de reglas sobre lo que no debía hacer para no salir lastimada. No tener conversaciones serias. No imaginar un futuro juntas. No pelear para luego reconciliarnos. Básicamente no tener sentimientos ni enamorarme. Sabía que no iba a funcionar. No debí dejarme convencer de intentarlo.

—A lo mejor querías que alguien te convenciera de intentarlo —dijo, y me dio un golpecito con la rodilla—. Tal vez tú también quieres algo real. ¿Por qué tanta resistencia?

Contuve el impulso de burlarme de sus valoraciones psicológicas de televisión matutina e hice el esfuerzo de pensar en mi respuesta. Al principio me había parecido muy importante no contarle lo de mamá ni nada que tuviera que ver conmigo, y estaba bien porque era una aventura casual. Pero después de un tiempo empecé a sentir que le estaba mintiendo y me aferré a la regla de no hablar de esas cosas, aunque ya no estuviera cumpliendo su cometido, que era darme espacio para *no* pensar en esas cosas. Se suponía que impediría que algo me lastimara. En vez de eso, no pude dejar de pensar en esas cosas, y se acumularon, pero las aplasté para que no se escaparan.

Sin embargo, aunque tuviera estas revelaciones, no cambiaban nada. Solo me convencían más de que no era bueno para mí tener una relación de pareja. Si la hubiera dejado entrar, si hubiera sido honesta con ella, aun así se habría terminado, y habríamos perdido algo todavía más grande. Ambas habríamos salido mucho más lastimadas. ¿De qué nos habría servido ese dolor? Intenté tener una relación de pura diversión, de puros besos y citas y manos tomadas, pero no era posible seguir la secuencia del enamoramiento y saltarte el resto de la película. Aunque hubiera procurado evadir los sentimientos, siendo sincera conmigo misma, las últimas dos semanas habían sido una tortura. Si quería dejar de sentir dolor y causar dolor, debía volver a respetar la política estricta de no entablar una relación.

—Creo que fue lo mejor. De cualquier forma iba a terminar pronto, así que ¿qué más da un par de semanas antes? —dije, evadiendo la pregunta de Oliver.

—Es lo más imbécil que he oído en la vida —contestó y sacudió la cabeza—. Tienes que dejar de ser tan soberbia.

Esas palabras me hicieron recordar el episodio en el auto con Ruby, lo que me irritó mucho.

—¿Ah sí? Si se trata de psicoanalizar gente hoy, dime una cosa, señor Quinn: ¿por qué organizas fiestas en tu casa... digo, tu mansión... y luego te escondes en el salón de música y evitas a la gente? ¿Qué caso tiene?

No se veía indignado. En vez de eso, se frotó la barbilla con la mano.

—Qué bueno que lo preguntas. Yo también me lo pregunto.

Parecía que de verdad estaba reflexionando en ello, e incluso se veía un poco desanimado, lo que me hizo sentir mal por desquitarme con él.

—¿Quieres compartir alguna introspección profunda con el público? —le pregunté en son de broma, en un intento por relajar el ambiente para sentirme menos incómoda. Esperaba que también respondiera con un chiste, pero Oliver habló con seriedad.

—Creo que empecé a hacer estas fiestas para agradarle a la gente. Y ya sé que es lo más cliché del mundo. Pero creía que si hacía fiestas, la gente vendría a mí y me asociarían con la diversión.

Oliver siempre había desempeñado ese papel; siempre había sido el tipo de las fiestas, el tipo con el que *todo el mundo* conversaba en la escuela.

—Pues te funcionó —dije—. Es imposible que des dos pasos en la escuela sin que alguien te dirija la palabra.

—Sí —reconoció—. La gente me habla. Me dicen cosas como «No jodas, hermano, me di la emborrachada de la vida en tu fiesta» o «Qué fiesta tan genial, hermano». —Imitaba a los demás con una voz grave de patán. Intenté contener la risa; su forma de «imitar» a los patanes era ridícula—. Me cuentan las cosas que hicieron en mi casa. Lo bien que se la pasaron. Y, cuando dejan de hablar de eso, entonces es hora de hacer otra fiesta.

—Okey... —No tenía idea de adónde quería llegar con eso.

—Cuando Hannah, Izzy y tú se separaron, todo mundo se dio cuenta porque saben que eran mejores amigas. Y eso que no eres popular ni nada.

—Uy, gracias, supongo —dije, con el ceño fruncido.

—¿Con quién se lleva Amanda Roberts? —preguntó.

—Eh, ¿con Christina Kelly y Rani Sullivan?

—Correcto. ¿Quién es el mejor amigo de Chloe Foster?

—Daniel Campbell. Aunque creo que son algo más que amigos.

—No, Daniel es gay.

—¡¿Qué?! ¿Hay *más* gays? El complot secreto de convertir al mundo al homosexualismo está funcionando.

—¿Quiénes son mis amigos, Saoirse? —dijo, pero no sonaba acongojado, sino genuinamente interesado en mi respuesta.

—Eh, no sé —dije y me encogí de hombros—. ¿Todo el mundo?

—Sí, claro, pero ¿a quién recurriría si tengo un problema? —preguntó.

No se me ocurría un solo nombre. Oliver se llevaba con toda la escuela; nunca había tenido un grupo de amigos ni una mejor amiga ni nada por el estilo.

—Exactamente —contestó ante mi silencio—. Y ahora cada quien se irá por su lado y no hay nadie con quien pueda seguir en contacto.

—Nadie sigue en contacto con nadie. Para cuando llegue Halloween nos habremos olvidado los unos a los otros.

—Tal vez sea así —dijo, aunque eso no parecía hacerlo sentir mejor.

Nunca había visto a Oliver comportarse así.

—¿Harás otra fiesta antes de que todos nos vayamos? —pregunté.

—No creo. —Hizo círculos con los hombros y estiró el cuello—. Creo que ya me cansé de fingir. No disfruto estas fiestas. Siempre termino aquí y nadie se pregunta dónde estoy.

Se notaba que ya no tenía mucho más que decir al respecto. Me quedé sentada a su lado, sin decir nada. Moví la mano un poco hacia la izquierda y toqué su mano. Nuestros dedos se entrelazaron. Le di un sorbo al vodka y guardamos silencio hasta que vacié el vaso.

Alcé nuestras manos entrelazadas a la altura de nuestras caras.

—Sigo siendo gay, ¿eh? —dije—. Esto no significa que somos novios de nuevo.

—Está bien —contestó con voz reflexiva—. Eras bonita cuando teníamos once, pero ya no me gustas.

—Claro que sí. Soy muy gustable. Y no te culpo por sentir una atracción incontrolable hacia mí.

—Ugh, no. Debes estar llena de piojos y eres demasiado machorra para mí.

—No jodas, Oliver, creo que no sabes lo que significa ser machorra. Ve mi cabello. Soy una *tomboy femme*. Lo sé gracias a un quiz de internet.

—¿Los creadores del quiz vieron tus botas?

—No.

—Entonces exijo una revisión de los resultados.

En ese momento sonó mi celular, pero no reconocí el número en la pantalla.

—Si es otra de esas llamadas de dizque abogados que saben que estuve en un accidente que no fue mi culpa, me voy a volver ermitaña —gruñí, pero igual contesté.

—¿Saoirse Clarke?

—Sí.

—Soy Karen, una de las enfermeras del turno nocturno en Seaview. Tu mamá está muy alterada y en un estado de mucha agitación. No logro ponerme en contacto con tu padre. Quería saber si podrías venir a verla.

32.

Oliver se quedó en la recepción mientras Karen me llevaba por el pasillo hacia el cuarto de mamá y me decía con voz plana que mamá estaba siendo agresiva y violenta. A veces ocurría. Era cuando menos se parecía a la mamá que yo conocía.

Más o menos un mes antes de que mamá se extraviara, papá estaba en Dublín en una reunión con clientes. Me había prometido que volvería antes de las cinco. Yo estaba en casa con mamá, preparando la cena. O sea, había puesto hamburguesas congeladas en la parrilla, pero para mí eso contaba como cocinar. Sin embargo, mamá se movía por toda la cocina, intentando ayudar, pero en realidad me estaba estorbando. Yo había quedado de ir a casa de Hannah en media hora, pero papá no había vuelto aún, a pesar de que se suponía que él haría la cena.

—No, mamá, dame eso. —Intenté quitarle un cuchillo de las manos, pero se aferró a él.

—¡NO! —gritó—. Puedo ayudar, ¿sabes?

—Sí, lo sé —suspiré, frustrada. Por eso papá tendría que haber vuelto para entonces. Cada vez era más difícil estar con mamá y hacer cualquier otra cosa al mismo tiempo. Si la dejabas sola, corrías el riesgo de que escapara de la casa.

—No necesito nada, mamá. ¿Por qué no vas a sentarte?

Dio un pisotón y se negó a moverse. Respiré profundamente varias veces y recordé que la situación era más frustrante para ella que para mí.

—Mira —intenté hablarle en un tono más reconfortante—, ¿por qué no nos tomamos un té? Si me das dos minutos, podemos ir a la sala y puedo poner música.

Me pregunté si debía sacar la muñeca. Mamá la cargaría, le daría su botella y caminaría por la casa dándole cuerda. Pero era una de las «herramientas terapéuticas» que menos me gustaba. Me desconcertaba mucho ver a mamá pensando que un pedazo de plástico era un bebé cuando ni siquiera recordaba que la persona que tenía a un lado era su hija. Así que puse un poco de su música favorita, y cuando la acomodé en el sofá y la distraje con el álbum de fotos, al fin soltó el cuchillo. Lo levanté y volví a la cocina para voltear las hamburguesas. Estaban un poco quemadas de un lado.

Llamé a papá, mi tercera llamada de la tarde, pero no hubo respuesta. Estaba vertiendo agua hirviendo en una olla con brócoli cuando mamá volvió a la cocina.

—Necesito algo —dijo.

Mi teléfono timbró con un mensaje de papá.

PAPÁ

Perdón, cariño. Salí tarde y estoy atorado en el tráfico intentando salir de la ciudad.

Maldije por lo bajo, y su intento por hacerse el gracioso no ayudó a alivianarme. Comencé a teclear una furiosa respuesta. Escuché a mamá en el fondo, pero no le puse atención a sus palabras.

—Necesito algo. Necesito…

Le escribí a Hannah para avisarle que papá todavía no llegaba. Ella sabría que eso significaba que no podía irme. La olla del brócoli se empezó a desbordar; levanté la tapa y me quemé con unas gotas de agua. No fue nada grave, pero la sorpresa me hizo tirar el teléfono. Los ojos me ardían con lágrimas de frustración.

—¿Hola? —gritó mamá, azotando los puños en la barra.

Estallé.

—¡CÁLLATE! —le grité.

Mamá se paralizó, sobresaltada. Me inundó una oleada de culpa.

Corrí hacia ella para reconfortarla, pero la había asustado. Tomó la ensaladera de la barra y la estrelló en el piso.

Ensalada regada por todas partes, hojas aguadas de lechuga en las baldosas, pedazos de tomate por aquí y por allá como en una pintura abstracta. La ensaladera de vidrio estaba partida por la mitad. No quería que mamá la recogiera, pues podía lastimarse, así que la ahuyenté de la zona de desastre.

—No te preocupes, mamá. Yo lo recojo —dije, obligándome a sonar calmada.

Tomé el recogedor y me escurrí con cuidado en el pequeño espacio entre la isla de la cocina y la puerta del horno, que estaba abierta. Mamá no se movía y los ojos le centelleaban cuando me acercaba. Estaba alterada por el desastre, el ruido y porque le había gritado.

—¿Por qué no vas a sentarte a la sala un rato?

Pensé que era momento de sacar la muñeca, sin importar cómo me hiciera sentir. Jugaría con ella y me daría tiempo suficiente para limpiar y terminar la cena. Alcancé a oler que el otro lado de las hamburguesas comenzaba a quemarse, y pequeñas columnas de humo salían de la parrilla. Le puse un brazo en la espalda a mamá para guiarla de vuelta a la sala, pero ella se retorció para zafarse.

—Aléjate de mí —gritó, y se estremeció.

Como en cámara lenta vi que su pie se patinaba en el piso resbaladizo, debido al aceite del aderezo de la ensalada. Pensé que se iba a caer. Imaginé que en cuestión de segundos se golpearía la cabeza con las baldosas de la cocina. Me estiré para detenerla y la tomé por la cintura. Pero no se resbaló. Me gritó y volvió a zafarse de mis manos.

—*Aléjate* de mí —gritó otra vez y luego me empujó con todas sus fuerzas.

Me resbalé con las baldosas engrasadas y me caí de espaldas. De forma instintiva busqué asirme de algo para levantarme o salvarme. En ese mismo momento sentí una ráfaga de dolor al caer de espaldas sobre la puerta del horno abierta y con mi mano encima de la parrilla. La quité en menos de un segundo, pero fue demasiado tiempo de todos modos. Un aullido gutural me salió del pecho. Cuando miré, vi una franja de carne viva, rosada y brillante, que me recorría la palma de la mano.

Logré ponerme de pie aun con la mano que parecía estar en llamas, y grité el nombre de mamá, quien huyó ante la conmoción. Temía que fuera a intentar salir de la casa. No recordaba si había cerrado la puerta.

Hannah llegó diez minutos después. Debió de estar en camino cuando le escribí. Me encontró en la habitación de mis padres, acariciándole el cabello a mi mamá con la mano sana, acurrucadas en la cama como si yo fuera la mamá y ella la niña. Aún sentía la piel quemándose, una sensación terrible que calaba hasta lo más profundo de mi mano.

—Déjame ver —dijo Hannah con brusquedad. Ni siquiera parpadeó cuando extendí la mano, que estaba brillante y descarapelada. Se veía casi mojada con la capa de piel perdida—. Vas a necesitar atención profesional. Antibióticos, tal vez. ¿La pusiste en agua fría? ¿Tomaste algo para el dolor?

Negué con la cabeza. Miré a mamá, quien se aferraba a mí. Hannah entendió. No podía dejarla cuando estaba así, ni siquiera para cuidarme a mí misma. No era su culpa. Hannah me dejó con mamá y volvió un par de minutos después con un tazón lleno de agua fría, un vaso con jugo e ibuprofeno. Se sentó del otro lado de mamá y guardamos silencio. Dejé la mano dentro del agua hasta que mamá me soltó.

—El agua corriente es mejor —murmuró Hannah, su voz apenas un susurro, en el tono que usan los padres cuando no quieren despertar a sus hijos—. Pero creo que vamos a tener que llevarte a urgencias.

Hannah distrajo a mamá; su voz alegre y reconfortante viajaba por el pasillo y llegaba hasta el baño, donde yo tenía la mano debajo de la llave y el agua fresca sosegaba el fuego que se me clavaba en la piel.

Me odié por sentir miedo al acercarme a la puerta de mamá. No tenía miedo de que me lastimara. Tenía miedo de cómo me sentiría cuando la viera así. Como si no pudiera más con ella. Temía no poder ser la persona apacible y reconfortante que ella necesitaba. Temía empeorar las cosas. Cuando entré a la habitación, mamá le gritaba a una chica con un uniforme de cuidadora. Le gritaba tan fuerte que ni siquiera alcancé a distinguir qué le decía. Había arrancado de la cama sus almohadas y el edredón, que terminaron en un rincón. Alcancé a ver su libro de recuerdos volteado en el centro de la habitación y ropa y otras cosas desparramadas por todo el lugar.

Como si hubiera salido de mis recuerdos para llegar al presente, vi a Hannah parada frente a mi mamá, vestida con el uniforme. En un principio creí que lo estaba imaginando, pero luego me di cuenta de que en verdad era la chica del uniforme. Después de todo, en medio de todo, el estómago se me hizo un nudo cuando la reconocí. No parecía asustada de que mamá le estuviera gritando a la cara. No parecía sorprendida de verme.

—Liz, quiero ayudarte. Vamos a buscarla juntas, ¿sí? —dijo Hannah, con voz firme y autoritaria, pero cálida a la vez.

—Mamá —hablé tan suave como pude, considerando que ella estaba gritando. Cuando vio que yo estaba ahí, titubeó—. ¿Estás bien, mamá? —pregunté.

—Se robó mi cartera —dijo, señalando a Hannah.

Mamá no tenía cartera. No la necesitaba. No tenía dinero. Sí tenía una bolsa que llevaba consigo cuando salíamos y a veces yo le daba mi cartera para que la metiera ahí.

—Voy a buscarla. ¿Está bien?

—Se la robó.

Mamá volvió a señalar a Hannah y pateó su mesa de noche. Hice una mueca, pensando que se iba a romper un dedo. De inmediato fui hasta donde estaba su bolsa, tirada en el piso junto a la cama. Me arrodillé, saqué mi cartera de mi bolsa y la alcé.

—¿Esta es tu cartera, mamá?

Mamá la miró un minuto; contuve la respiración.

—Esa es mi cartera. Dámela —dijo. Se la acerqué y ella me la arrebató.

—Seguro se cayó al piso —dije.

301

Mamá la escondió debajo de su almohada. Tendría que esperar un buen rato para recuperarla.

—¿Por qué no ponemos música, Liz? —sugirió Hannah.

Asentí, más para mis adentros que para alguien más, y fui a encender las bocinas de mamá. Pero no estaban. Las busqué en el piso, pero Hannah ya había sacado su celular. Deslizó los dedos por la pantalla y, un instante después, comenzó a sonar una canción, con un sonido un tanto ahogado y distorsionado, pero con volumen suficiente. A mamá se le estrujó el rostro, como si estuviera a punto de llorar; la furia se había disipado, pero la energía aún circulaba dentro de ella. Tomé el álbum de fotos del piso y me senté en el sofá.

—¿Quién es él, mamá?

—Es mi papá —dijo. Se acomodó junto a mí, aunque le lanzó una mirada furiosa a Hannah mientras ella salía del cuarto—. El día que nació mi hermana. Es diez años menor que yo. Mis papás no creían que podían tener un bebé.

Pasamos las páginas y dejé que mamá me contara historias. Algunas más coherentes que otras. Ya las había escuchado todas. Llegamos a la fotografía de Claire y mi mamá en la boda de Claire. Por lo general, ahí era donde yo cerraba el álbum, pero vacilé, y mamá pasó la página. Empecé a estirar la mano para detenerla, pero por alguna razón no lo hice.

—Ahí estás con Rob —dije. Mamá le tocó el rostro a papá en la fotografía—. Ahí estamos tú y yo en mi primer cumpleaños —señalé la fotografía en la siguiente página. Yo tenía puesto un overol de algodón y todavía no me crecía el cabello.

En la página siguiente estaba una fotografía escolar mía. Luego, una foto de mamá y papá besándose. Seguía sin saber quién la había tomado. Pero se veían felices.

Cuando llegó la hora de irme, mamá me preguntó si volvería al día siguiente.

—Te veo en la mañana —dije—. Te lo prometo.

Estiré los brazos por encima de la cabeza. Estaba cansada y tan sobria que olvidé que había estado bebiendo unas horas antes. En la recepción me sorprendió ver a Hannah hablando con Oliver, con las cabezas casi pegadas y expresión seria. Dejaron de hablar en cuanto me vieron.

—Hola —dije con una timidez repentina.

—Hola —respondió Hannah.

—Eh, tengo que ir... a otro lado un minuto. —Oliver se levantó de forma abrupta y desapareció por una esquina. Tuve el presentimiento de que se quedaría ahí, esperando.

Las manos me colgaban en los costados. Sin decir nada, me senté junto a Hannah. Mis zapatos se volvieron de pronto lo más fascinante del mundo.

—Mamá ya está bien.

—Qué bueno. Ha estado alterada toda la noche. La cartera solo fue una de muchas cosas. Cuando Karen te llamó, el problema era otra cosa. Estuvo horas gritando, lanzando cosas. Creo que se tranquilizó en cuanto te vio.

Deseché la absurda proposición con un movimiento de mi mano.

—Ni siquiera sabe quién soy.

Hannah negó con la cabeza.

—Te equivocas —dijo, sin más—. Puede olvidar cómo te llamas o cómo es que te conoce, pero te ama. Que estuvieras ahí la hizo sentir más segura.

—No puedes amar a alguien si no recuerdas su nombre —dije.

En mi cabeza había sonado como un simple reflejo de la realidad. En voz alta, me avergonzó oír que mi voz temblaba con las palabras.

—No creo que sea cierto. Si en verdad amas a alguien, si esa persona fue importante para ti en algún momento, ese sentimiento no desaparece. La forma de ese amor puede cambiar, pero solo en la superficie.

La miré. Su rostro me era familiar, pero no sonaba para nada como el de Hannah. ¿Cuándo cambió? Sentí una punzada de algo, como una presión sobre un moretón, un recordatorio de que Hannah seguiría cambiando de formas sutiles y que yo no estaría ahí para verlo. Seguía doliendo, incluso después de tanto tiempo.

—En este trabajo lo veo con frecuencia. Tu mamá mira tus fotografías. Señala tu cara. Me pregunta por ti. En el fondo sabe que eres importante para ella.

Ignoré el dolor en mi pecho y me concentré en el zumbido de las luces fluorescentes.

—¿Qué haces aquí? —pregunté tras unos momentos. Tuve que empujar las palabras para que salieran por la garganta; sonaban espesas y constipadas.

—Trabajo aquí —dijo llanamente, como si mi pregunta hubiera sido una estupidez. Esa era la Hannah que conocía, literal hasta la muerte.

—No, o sea, ¿cómo es que trabajas aquí y nunca te había visto?

—Estoy en el turno de la noche. Me voy a tomar un año antes de la universidad. Necesitaba un trabajo y mi mamá conoce a alguien en la administración. Me pagan una porquería, pero me gusta el trabajo.

—¿*Tú* te vas a tomar un año?

Hannah siempre había estado tan segura de que quería ser abogada que me sorprendió saber que lo estaba postergando.

—Quería pensar bien las cosas. Papá me dejó acompañarlo al trabajo unos días para que viera cómo era. —Asentí. Recordé que se pasó una eternidad fastidiando a su papá para que la dejara ir con él. Él siempre le decía que no—. Saoirse —me miró con los ojos bien abiertos—, fue la semana más aburrida de mi vida. Ser abogada es un *horror*.

Me reí y recordé que Ruby decía que la gente que estaba segura de qué quería hacer seguramente estaba equivocada.

Hannah continuó.

—Lo pensé bien y decidí que me gustaría trabajar con algo relacionado con la demencia, aunque no sabía en qué forma. Empecé a trabajar aquí para ver si el aspecto del cuidado de la gente me interesaba más que la investigación.

—¿Quieres trabajar con personas con demencia?

—Sí.

Casi puse los ojos en blanco. ¿No se le ocurría ahondar un poco más en su explicación?

—Pero ¿por qué?

—Por ti —dijo como si fuera una obviedad—. Vi lo que la demencia le hizo a tu familia. Casi vivía en tu casa, Saoirse, ¿lo recuerdas? Tu mamá siempre fue muy buena conmigo. Quería hacer algo por las personas como ella.

Intenté procesar esto. ¿Cómo podíamos importarle tanto si me dejó?

—Cuando en verdad amas a alguien, eso no desaparece —dijo, y una vez más me sorprendió que leyera mi silencio a la perfección.

—Solo cambia de apariencia —dije. Hannah asintió.

—¿Todavía me amas? —me preguntó.

Dejé que el aliento se me escapara del cuerpo para tener tiempo para pensar en mi respuesta.

—Sí —contesté, con honestidad—. Pero no quiero. —Honestidad brutal. A Hannah no pareció ofenderla ni herirla.

—Yo sí —dijo—. No quiero olvidar lo que tuvimos. Nunca. En el pasado estábamos preservadas a la perfección, como mejores amigas, enamoradas por siempre. Eso me gusta. —Miró al techo—. Todo está cambiando muy rápido. Pronto, todas las personas que conocemos se van a dispersar por el país y por el mundo. Nuestras vidas van a ser completamente distintas a como han sido hasta ahora. —Puso una mano sobre la mía—. Me gusta tener algo que nunca va a cambiar. Porque simplemente es.

Me apretó la mano y se puso de pie para irse. Me levanté con ella y la abracé.

No dije mucho mientras Oliver me llevaba de regreso a casa.

33.

Me despertó un suave golpeteo en la puerta de mi cuarto. Abrí los ojos e intenté ajustarme a la nueva habitación. Mi cerebro dormido todavía esperaba despertar en nuestra vieja casa. Me senté en la cama y le dije a papá que podía pasar. Supe que era él por su forma de tocar la puerta.

—Hola, cariño. —Se sentó en la orilla de la cama, una posición que tenía connotaciones de «conversación seria». Gruñí en respuesta. La última vez que hubo una vibra de conversación seria entre nosotros me dijo que nos íbamos a mudar. Así que tenía derecho a sospechar de él—. Lamento mucho lo de ayer.

—¿Qué parte de ayer?

Desvió la mirada un segundo. Se refería a que yo había ido a la residencia en lugar de él. No quería hablar sobre nuestra pelea, por supuesto, pero lo supe en cuanto pregunté.

—Dejé mi teléfono en el sofá cuando me fui a dormir. No lo oí sonar. Me siento muy mal. Hablé con ellos en la mañana y les dije que no deberían llamarte si no logran contactarme a mí.

—¿Qué? ¿Por qué?

—Tú no tienes por qué lidiar con esas cosas. Esa es mi responsabilidad.

—No estuvo tan mal. Además, ¿qué se supone que hagan si alguien tiene que ir y no te encuentran?

—Pues, alguien no *tiene* que ir, cariño.

—¿A qué te refieres? Te llaman siempre que mamá está mal.

—Porque les pedí que lo hicieran. Son profesionales y más que capaces de lidiar con eso, pero no me gusta la idea de que Liz lo pase mal sin que yo esté ahí —suspiró—. Aunque no sé si haga alguna diferencia. La mitad de las veces, para cuando llego, ya está tranquila.

—¿Y para qué vas? —No sé qué respuesta quería escuchar.

—La amo —dijo.

—Más bien sientes culpa —dije—. Si fuera amor no estaría metida ahí.

—¿De verdad crees que tu mamá está en una residencia porque no la amo lo suficiente?

Parecía estar empujando las palabras por su garganta cerrada. Oí en su voz una súplica de absolución. La vi en su cara. «Dime que no soy una horrible persona». Pero la verdadera pregunta para mí era si yo creía que mi mamá estaba en una residencia porque *yo* no la amaba lo suficiente. ¿Me amaría alguien lo suficiente para quedarse conmigo cuando yo no pudiera cuidarme sola? ¿Querría yo que esa persona lo hiciera? No dije nada. Él cerró los ojos un segundo. Cuando los abrió me entregó una caja de CD que llevaba en la mano.

—Toma, lo encontré cuando estábamos empacando. Creí que te gustaría verlo. Creo que nunca te lo enseñamos. No tienes que verlo si no quieres. Pero no lo pierdas.

Cuando salió abrí el estuche. En el CD que estaba adentro había una sola palabra escrita con plumón: *Boda*.

Cuando papá y Beth se fueron a trabajar, me levanté de la cama. Sabía dónde estaba nuestro reproductor de DVD: en una caja marcada como «artefactos antiguos» que estaba en el pasillo. Lo saqué de entre una maraña de cables y dejé sobre las baldosas del suelo un Walkman, el teléfono fijo con el que llamé a Ruby y un montón de celulares viejos.

Cuando terminé de conectar el aparato, me senté cerca de la televisión, con la uña del pulgar en la boca y una sensación de incomodidad en el estómago. Quería ver el video detrás de un cojín, como veía las películas de terror cuando era pequeña.

La escena iniciaba en una casa, una de esas mansiones de campo con enormes jardines y calzadas empedradas. Un suave violín tocaba una melodía que reconocí y la cámara hizo un paneo hacia los invitados que entraban en masa, con vestidos de color pastel pasados de moda y tirantes y trajes que se parecían a todos los trajes que he visto en mi vida. No reconocí a la mayoría de la gente que estaba ahí, solo a mi tía Claire y su exesposo; a los papás de mi mamá los reconocí gracias a las fotografías. Los papás de mi papá estaban ahí, y sentí una punzada de tristeza por mi abuela, quien murió cuando yo tenía ocho o nueve años. No pensaba mucho en ella. Una mujer con un vestido plateado y luces en el cabello me pareció un tanto familiar. Tal vez se quedó un par de veces con nosotros cuando era más chica. Un recuerdo medio borroso me vino a la cabeza: ella y mi madre riéndose en la sala una noche, mientras yo rogaba que me dejaran quedarme despierta para estar incluida. El recuerdo olía a perfume para adultos y besos de vino tinto en mi frente.

Adelanté algunos minutos del video, una mezcla borrosa y retorcida de personas entrando a la casa y tomas panorámicas del lugar. Volví a reproducir el video cuando la ubicación cambió al interior de la casa. Todos estaban sentados y la cámara solo alcanzó a capturar las nucas de la gente mientras volteaban hacia la puerta. Entonces apareció mi mamá, del brazo de un abuelo al que yo no conocía. Había visto el vestido en fotografías tantas veces que era como si lo hubiera visto en la vida real. No llevaba velo. Otro recuerdo me vino a la cabeza: estaba en casa de Izzy, éramos muy pequeñas. Se puso el velo de su mamá y se paseó por toda la casa, proclamándose princesa de las hadas. Cuando volví a casa y le pedí a mamá su velo, ella me dijo que no tenía uno. Me moría de celos. Al ver el video me alegré de poder verle la cara.

Mamá tenía treinta y seis o treinta y siete años en el video, pero parecía más joven. Irradiaba cierta energía frenética. No pude evitar sonreír al verla fracasar en su intento de mantener una expresión solemne. La cámara cortó a mi papá. Solo tenía veintiséis años y se veía demasiado joven para casarse. No intentaba verse serio; sonreía de una forma que no solo le iluminaba la cara, sino todo el cuerpo. Como si fuera a estallar de alegría. Pausé el video para ver su rostro. Él debió de haber sabido en ese momento que existía la posibilidad de que mamá terminara como terminó, y busqué algún indicio de duda en su expresión. Lo único que vi fue un destello en sus ojos al mirarla a ella. Parecía como si estuvieran compartiendo un secreto maravilloso.

Cuando terminó sentí un dolor intenso en la garganta de tanto contener las lágrimas.

Luego escuché una llave en la puerta. Me apresuré a ponerme de pie. Me abaniqué la cara de forma frenética. No sé por qué creí que eso solucionaría algo.

—¿Hola? —gritó Beth. La oí dejar sus llaves en la mesita de la entrada—. Olvidé mi tonto teléfono —dijo mientras entraba a la sala—. Está hirviendo afuera. Ponte bloqueador…. ¡Ay, corazón! ¿Qué pasa?

Yo estaba parada en el centro de la habitación, sintiendo que me habían descubierto haciendo algo malo y sin saber cómo ocultarlo. Cuando Beth me miró, no pude evitarlo. La cara se me descompuso, y unas lágrimas enormes y húmedas me cubrieron las mejillas. Me llevé las manos a la cara, como si así pudiera ocultarme. Un segundo después sentí cómo los brazos de Beth me rodeaban. Apretujé la cara sobre su hombro y le manché la ropa con mocos y lágrimas. Hice ese patético ruido de sollozo que hace la gente cuando no puede respirar bien. Beth no me soltó. Me acarició el cabello hasta que las lágrimas empezaron a detenerse y mi respiración entrecortada se convirtió en hipo.

34.

SAOIRSE
Creo que cometí un error.

OLIVER
No puedo creer que hayas sacado las calificaciones más altas posibles y que te haya tomado dos semanas darte cuenta. Deprimente, la verdad.

SAOIRSE
¿Vas a ser un imbécil o me vas a ayudar?

OLIVER
Sí.

312

35.

El gran gesto romántico

Di la señal y Oliver presionó *play* en la música de fondo, luego el botón de videollamada en su teléfono. Iba junto a mí en una patineta. Era demasiado esnob para montarse en una, pero era necesario para la grabación.

—¿Qué pasa? —Oí la voz de Ruby, pero no podía verle la cara, pues Oliver tenía la cámara apuntada hacia mí. Lo único que ella podía ver era a mí corriendo.

—Solo mira —respondió Oliver.

De verdad esperaba no vomitar, ya fuera porque mi cuerpo rechazaría la actividad física, que desconocía por completo, o por los nervios que comencé a sentir desde que le escribí a Oliver.

Corrí desde dos calles atrás y el calor hizo que el cabello se me pegara a la nuca. Por eso, correr por toda la ciudad o para cruzar un aeropuerto es una parte tan importante de las comedias

313

románticas: correr es lo peor del mundo y para hacerlo necesitas un compromiso total con tu gran gesto romántico.

Llegué al fin a la calzada donde estaba Oliver, con las mejillas rojas y brillantes. Usé todas las energías que me quedaban para subirme al cofre de su Jeep, estacionado de forma estratégica debajo de la ventana de Ruby.

—Con cuidado —chirrió, y se tapó la cara con la mano.

Lo ignoré y respiré profundo, cosa difícil después del ya mencionado maratón.

—¡ERES UN IDIOTA, NÚMERO NUEVE! —grité el famoso diálogo de *La novia de la novia* tan fuerte como podía en mi agotamiento. El estómago se me hizo nudo y mentalmente crucé los dedos con la esperanza de que Ruby abriera la ventana. Tal vez no tomó mucho tiempo, pero se sintió como una eternidad antes de que abriera y se asomara. Tenía su teléfono en la mano, pero yo sabía que Oliver ya había terminado la llamada. Tenía otro trabajo que hacer.

—¿Qué estás haciendo? —Manoteó para alejar a una avispa.

—Solo soy una chica —jadeé.

Luego me doblé con dolor de caballo y levanté un dedo como para decir «un segundo, por favor». Di un par de arcadas. ¿Estaba funcionando? Me enderecé después de unos segundos y me forcé a decir las palabras entre resoplidos y jadeos.

—Solo. Soy. Una chica. Parada frente. A otra chica, pidiéndole. Que. Por favor acepte. Este gesto. Romántico. Como disculpa por haber sido una completa idiota.

Mi respiración comenzó a volver a la normalidad (más o menos) y me quité de la cara los cabellos que se escaparon de la cola de caballo. Ruby arqueó las cejas con escepticismo.

—La cosa es… —continué, con los nervios de punta. La voz me temblaba, pero fingí lo mejor posible un acento inglés de la alta sociedad—. Perdón, es que, ejem, es una pregunta bastante estúpida, so-sobre todo a la luz de nuestra reciente discusión, pero, ejem, me preguntaba si, de casualidad, ejem, digo, obviamente no, porque soy una nerd que no se ha acostado con nadie, pero, ejem… quería saber sí, ejem… de verdad siento si… en resumen… o, para condensar las palabras de Heath Ledger… —En ese momento la música estalló en las bocinas del iPhone de Oliver y terminé mi oración con un canturreado *I LOVE YOU BAAAAAA-BY* y el resto del coro de *Can't Take My Eyes Off You*. Cuando llegué al final agaché la mirada y, justo a tiempo, Oliver me entregó la vieja grabadora de nuestra caja de porquerías y un paquete de tarjetas tamaño media carta. Oliver se alejó, y yo me armé de valor. Unos segundos después llegó el agua. Unos centímetros fuera de la vista de Ruby, Oliver tenía una manguera en las manos y me estaba mojando como si estuviera lloviendo. Presioné *Play* en la grabadora y, aunque no podía levantarla, *In Your Eyes* comenzó a sonar. Volteé mis tarjetas.

Sé que esto está tomando mucho tiempo.
Así que tengo que combinar varios gestos románticos.

Adoro la forma en que usas atuendos raros
que solo se ven en Pinterest.

Me encanta cómo te echas el cabello hacia un lado y al otro
cuando estás nerviosa.

Amo que no sepas qué quieres hacer de tu vida,
pero todo lo que se te presenta es una opción.

No puedo pensar en más cosas, pero es porque amo
que no seas solo una colección de peculiaridades.

Voy a quedarme en la puerta cinco minutos.
Si aceptas mi invitación a hablar, por favor, baja.

(Beso no requerido)

Y luego la última:

Pero si estoy siendo más rara y espeluznante que Lloyd Dobler,
solo dilo y me iré.

Contuve la respiración y, empapada, me deslicé por el cofre de la camioneta y me apresuré a pararme en la entrada de la casa. Oliver comenzó la cuenta regresiva en su teléfono:

4:59

4:58

4:57

Respiré profundo con los ojos cerrados.

4:40

No tuve que esperar tanto como Drew Barrymore. La puerta se abrió. Ruby estaba en el umbral con una mano en la puerta y otra sobre la cintura.

—¿Te aprendiste de memoria todos los «ejem» de Hugh Grant en *Cuatro bodas y un funeral*? —preguntó con los ojos entrecerrados.

—Hice una transcripción.

Apretujó los labios.

—Bien, pues. Podemos hablar.

Ruby y yo nos sentamos en una banca en el jardín trasero con una considerable brecha intencional entre las dos.

—Oliver, ya puedes irte —dije, ahuyentándolo.

—Ah, ¿así que solo me quieres por mi manguera y ahora me mandas a volar?

—Qué asco. A nadie le interesa tu manguera.

Oliver se alejó dando pisotones, en broma, como un niño regañado.

—¿Así que ya son amigos o...? —Ruby sonrió.

—Amigos, aliados, enemigos que ya se acostumbraron el uno al otro. —Me encogí de hombros—. ¿Quién sabe?

Luego, nada. Por lo menos no palabras. Las abejas zumbaban, los pájaros cantaban y el pasto se volvió de lo más interesante.

—Me pediste que habláramos —dijo Ruby tras unos momentos—. ¿No tienes nada que decir?

—Sí. —Arranqué pedacitos de pintura de la desgastada banca—. Pero temo que cuando acabe de hablar no haya sido suficiente y tenga que irme. Estoy robándome unos segundos extra contigo.

La miré de reojo, pero su expresión no me dijo nada. Al menos no estaba rabiando de forma explícita, lo que tomé como una buena señal.

—Sé que puse muchas barreras entre nosotras —comencé a decir, y me senté sobre las manos para dejar de moverlas—. En ese momento creí que sería algo sano. Creí que si seguía reglas muy estrictas, no saldría lastimada. Pero no seguí las reglas al pie de la letra, y he empezado a creer que fue algo bueno. Tenía una regla sobre no involucrarme con alguien que también pudiera sentir algo por mí, pero la rompí pasando todo el verano contigo. Y la regla sobre solo divertirme con alguien, pues la rompí también.

—¿No te divertiste conmigo? —dijo, secamente.

—Eh, no. No me refiero a eso. Solo que divertirme era no tener algo serio, no hacer una conexión, no llorar en la cama cuando te fueras. Pero las cosas no funcionan así. Empecé a pensar en ti de una forma que me entristecía, porque esto no podía durar. Creí que hacer la secuencia del enamoramiento sería un paréntesis divertido, pero luego empecé a pensar que mi vida sin ti iba a ser algo mucho menor a mi vida contigo.

—Yo sentí lo mismo. Pero cuando empecé a sentirme así, quise acercarme más a ti, compartir cosas contigo, no alejarme. —Sonaba enojada, y con justa razón.

—Lo sé. Y sin duda eres más inteligente que yo. Creí que si no hacía las cosas que uno quiere hacer cuando se siente cercano a una persona, como contarle los problemas de tu maldita vida, entonces podría contener el deseo de acercarme a ti —dije. Ruby cerró los ojos y parecía que estaba intentando sacudirme por lo idiota que era—. La cosa es que las relaciones no duran para siempre —agregué—. El amor no dura para siempre. Lo sé desde hace tiempo.

—Esto se puso deprimente de pronto —apuntó Ruby.

—Todo va a tener sentido, te lo prometo —dije—. Verás, creo que el amor no es algo fijo que puede superar todos los obstáculos. Se desvanece, cambia y puede transformarse en otra cosa. Así que desde hace tiempo he creído que no tenía caso estar enamorada. No si todo va a desaparecer y a dejarte deshecha. Pensé que no valía la pena. Sobre todo si es posible que yo tenga menos tiempo que el resto del mundo.

—¿Qué quieres decir? ¿Por qué tendrías menos tiempo?

Miré al cielo y me tomé un segundo para reunir el valor. Aún se sentía poco natural hablar de esas cosas con alguien más. Pensé en echarme para atrás, en decir algo que me librara de la situación. Pero sabía que si quería tener algo real, tendría que decir lo que tenía atorado y que nunca había querido decir a nadie. Quizá me había equivocado al pensar que eso había contribuido a que Hannah dejara de estar enamorada de mí. Quizá tenía razón y la presión de todo nos oprimió de alguna manera. De cualquier modo, era parte de mi vida y tenía que decirle la verdad a Ruby. Toda la verdad.

—La demencia. Es posible que me pase a mí también. Existe una gran posibilidad, de hecho.

El rostro de Ruby cambió de impasible a afligido, solo por un segundo. Luego se recompuso.

—Saoirse, eso es... Lo siento.

—Está bien. Y no tienes que fingir que no te dejó helada la noticia.

—Un poco, sí.

—A mí también —dije. Y luego guardé silencio. Quería darle un segundo para procesarlo.

Tras un minuto se dio vuelta, subió una pierna a la banca y me volteó a ver.

—Si yo creyera que a mí me iba a pasar algo así, tal vez tampoco querría tener algo serio con alguien más. Quizá me parecería que nada valdría la pena.

Qué reconfortante era escuchar en voz alta las palabras que llevaban tanto tiempo rebotándome en la cabeza, incluso si ya no contaban la historia completa.

—Me asusta como no tienes idea. Literalmente estoy evitando tener una vida normal porque tengo miedo de perderlo todo. Y es algo en lo que tengo que trabajar. Pero estaba muy equivocada con respecto al amor, con respecto a nosotras. Solo porque algo no dura para siempre no significa que no es importante. Lo estaba viendo todo al revés —dije. Ruby contuvo la sonrisa—. Son las relaciones que no importan las que no merecen mi tiempo.

—¿Qué estás diciendo?

—Estoy diciendo que tenías razón: tengo que superarlo.

Ruby se rio.

—Cuando lo dije no tenía toda la información a la mano —protestó.

—Y de todas maneras tenías razón. Probablemente necesito ir a terapia o algo así. Sigo sin tener idea de qué va a pasar en el futuro —argumenté—. Lo que sí sé en este momento es que tenemos unos diez días antes de que te vayas y quiero pasarlos todos contigo. Quiero que vengas a la boda de mi papá. Y de verdad quiero llorar y no bañarme y no dormir y no comer y sentirme miserable cuando terminemos. Si a ti te parece bien.

Ruby se acercó y me besó. Fue un gran beso como de película que debió tener un gran clímax musical, iluminación suave y una lluvia torrencial. Pero ocurrió en un jardín, a plena luz del día. Y luego Oliver abrió la manguera otra vez.

—¿Cuenta como un beso bajo la lluvia? —preguntó Ruby.

—Podemos discutirlo después de matar a tu primo.

36.

—¿Podrías venir un momento? —Beth me llamó con voz aguda cuando pasé por la puerta de la habitación. Me asomé y vi que estaba sacando la cara por un costado del biombo plegable.

—Encontré los recuerdos; por alguna extraña razón estaban en la recepción. Tengo que ponerlos en las mesas y estoy toda cubierta de estúpida brillantina —dije, mientras examinaba la estancia con la cara menos juzgona posible.

Esa mañana, cuando llegamos, todo se veía muy elegante, con sus toques blancos y dorados, y sus muebles franceses. Y seguía teniendo los toques dorados y los muebles franceses, pero ahora parecía la zona cero de una terrible catástrofe nupcial. Había un vestido de niña de las flores en el suelo con una enorme mancha de chocolate que lo volvía inútil; maquillaje tirado por todas partes; una charola de desayuno volteada encima de la cama y una pijama brillante de satín hecha bola sobre las sábanas blancas. Aun así, a Beth nada de eso parecía molestarle. El problema era otro.

—Olvida los recuerdos. Necesito tu ayuda. Cierra la puerta.

¿Olvidar los recuerdos? Pero si llevaba una hora buscando las bolsitas esas. Aun así, entré de lleno al cuarto y cerré la puerta. Beth salió por completo de su escondite. Traía pants y una camiseta manchada de mermelada. Del cuello para arriba estaba maquillada como una princesa, incluyendo una docena de estrellitas plateadas que le adornaban los rizos.

—¿Por qué no estás vestida? —pregunté, y caí en cuenta de que yo también sonaba angustiada.

¿Acaso saldría huyendo? Digo, sé que hasta ese momento no había sido la fanática número uno de esa boda, ni apostaba por su futuro, pero jamás había considerado la posibilidad de que ni siquiera llegaran a la ceremonia. Papá quedaría devastado. Beth rompió en llanto.

—Eh… Okey. —Me abrí paso entre las ruinas para alcanzar a Beth—. Mira, si quieres escapar… o sea, no es que crea que esté del todo bien, porque papá se pondría muy mal, pero no deberías casarte a menos que estés segura. ¿Quieres que vaya por tu tía o que te ayude a escapar por la ventana?

La tía de Beth estaba abajo, en el bar. Había puesto sus medias anudadas sobre la mesa y le contaba a cualquiera que se dejara historias muy vergonzosas sobre Beth. Parecía una jipi setentera; me cayó bien aunque apenas tuviera unos días de conocerla. No obstante, no creía que fuera de mucha ayuda en estas circunstancias. Aun así, el tema del pánico nupcial debía resolverse en familia. No pude evitar imaginar cómo sería si yo me casara. ¿Quién me convencería de no aventarme del techo o anudaría varias sábanas para ayudarme a escapar por la ventana? Agité la cabeza para sacarme esas ideas absurdas de la cabeza y entendí que lo más fácil era salir por la puerta. Había visto demasiadas comedias románticas y me empezaban a afectar el cerebro.

Beth se rio en medio del llanto.

—Hagas lo que hagas, no llames a mi tía —dijo con una mano en el pecho y la otra extendida como para frenarme—. ¡No voy a escapar!

—Gracias a Dios. En serio no quería ser yo quien se lo dijera a papá. —Me dejé caer sobre la cama—. Sea lo que sea, no puede ser tan malo.

—No me queda el vestido.

—Ay. —Me puse de pie de nuevo.

Nuestras miradas se encontraron y los ojos de Beth empezaron a llenarse de lágrimas de nuevo y amenazaban con otra crisis. En ese instante me di cuenta de que era la única adulta funcional en la sala. El estrés de planear una boda en menos de tres meses había convertido a la Beth sensata en una especie de mujercita inútil.

—De acuerdo —dije, y junté las palmas de las manos—. Lo intentaremos de nuevo. Tal vez algo estaba desacomodado. Te lo hicieron a la medida, ¿cierto?

—A la medida de hace *seis* semanas —gimoteó Beth y se dejó caer en una silla mientras yo alzaba el vestido.

—Levántate —dije y adopté el tono de voz que se suele usar para arrear niños o cachorros.

Arrastrando los pies, Beth se acercó, se metió en el vestido y contuvo el aliento. Cerró los ojos con fuerza y se subió los tirantes por encima de los hombros. Empecé a abrochar los botoncitos de la parte baja de la espalda, pero no pude evitar menear la cabeza.

—Te queda perfecto —dije.

—¿En serio?

—*Sí.* ¿Quién te ayudó la vez pasada? Es obvio que algo hicieron mal.

—Sarah —contestó, con una voz menos angustiada que antes.

—¿La niña de las flores? En serio, Beth, ¿le pediste a una niña de ocho años…? —A la mitad de la fila de botones, la tela empezó

323

a tensarse. Jalé de ambos lados en un intento por estirarla y juntar ambos extremos. Beth se paralizó—. No. No entres en pánico. Espera. No… está… tan… apretado… —Jalé la tela tanto como pude, decidida a cerrar los últimos seis botones.

Beth se alejó y se dejó caer de boca sobre la cama. Por poco cae encima de la charola del desayuno. Con la cara metida en la almohada, gritó:

—¿Por qué a mí, Dios mío?

Con cuidado quité la charola y cubrí la mancha de mermelada de la cama con una toalla mientras hacía sonidos reconfortantes para darle a entender que todo saldría bien. Sin embargo, no tenía idea de cómo se podía resolver.

Y entonces tuve una revelación. Era obvio.

—Voy a llamar a Bárbara —dije alegremente—. Estoy segura de que te mandaron el vestido equivocado. Seguro otra novia compró el mismo modelo. No te preocupes.

Me di palmadas en el cuerpo en busca de mi celular y entonces se me hizo un nudo en el estómago. Me di cuenta de que el ridículo vestido color lavanda no tenía bolsillos, entonces ¿dónde diablos había puesto mi celular?

—Eh, Beth, malas noticias, no sé dónde está mi teléfono.

Beth sollozó.

Me imaginé recorriendo todo el hotel en pleno frenesí y acosando a algún desconocido en el pasillo para pedirle que me dejara usar su teléfono. «Es una emergencia», le gritaría. «Una emergencia nupcial».

—Ahora vuelvo, Beth. Te lo prometo.

—Saoirse. —Alzó la cara manchada de rímel. Pensé que iba a decirme algo como «No tardes» o «Busca alguien que nos ayude, por favor».

—Hay un estúpido teléfono en el escritorio.

Claro.

O sea, aun así había perdido el celular y esas cosas eran muy costosas. Pero no dije nada. No pensé que a Beth le pareciera muy importante en ese momento.

Alcé el auricular del teléfono de la habitación y le pedí a la persona de la recepción que me consiguiera el teléfono de Pronupcias.

—¿Quiere que la comunique? —me preguntó la recepcionista con absoluta tranquilidad, como si no fuera una situación de vida o muerte.

—Pronupcias. Soy Bárbara, ¿con quién tengo el gusto? —Bárbara contestó apenas después del primer timbrazo.

—Bárbara, soy Saoirse... de la boda de los Clarke.

—Ah, sí, la muchachita lesbiana.

—Eh, sí. Mira, no estoy diciendo que haya habido un error, pero...

—Ni una palabra más, jovencita. Yo no cometo errores. Al menos no con los vestidos. Mi tercer marido, en cambio, es otro tema...

—Sí, bueno, pero no hay tiempo para eso, Bárbara. A Beth no le queda el vestido.

—¿Bajó de peso? Las novias suelen hacer eso. Le dije que no bajara de peso. ¿Por qué insisten en reducirse a la mitad de su tamaño nada más porque van a casarse? Es inaudito...

—No, mira... está muy pequeño... en la zona de las... bubis.

—¿Se puso las tetas de látex? Dijo que no se pondría tetas de látex. Le advertí que tenía que avisarme si se iba a poner tetas de látex.

—No, no se puso... —No me atrevía a decir la expresión «tetas de látex» frente a una anciana, aunque ella la hubiera usado primero—. Bárbara, el punto es que no cierran los botones de arriba.

—Voy para allá —dijo con absoluta seriedad.

Me imaginé de pronto a Bárbara sacando un cinturón para emergencias sartoriales y subiéndose a una especie de Barbara-móvil. Un Beetle de Volkswagen con un velo enorme adherido al techo.

—No te preocupes, Beth. La ayuda viene en camino —dije.

Beth alzó la cara, con los ojos enrojecidos, pero secos, y el maquillaje embarrado por toda la cara. Ya no parecía damisela en apuros, sino más bien la enloquecida novia maligna que Bárbara-man tendría que enfrentar en la batalla final.

—Déjame ir por unas toallitas húmedas.

Bárbara irrumpió en la habitación, rodeada de humo y acompañada de música triunfante de fondo. O sea, entró con un cigarro encendido colgándole entre los labios mientras el cuarteto de violines que tocaría en la boda ensayaba afuera. Bárbara apagó el cigarro en un croissant cada vez más rancio y lo cambió por una aguja que sostuvo entre los labios como si fuera una vaquera con un palillo de dientes. Atravesó la habitación hasta donde Beth estaba parada, con el vestido medio puesto y el maquillaje ya reestablecido a su antigua gloria. Inspeccionó los botones, le dio una palmada a Beth para que se volteara y le apretó el seno izquierdo.

—Estás embarazada —le dijo en tono acusatorio.

—No creo —Beth resopló, y en respuesta Bárbara le apretó el seno derecho.

—Tres meses. No se te nota aún, claro, pero es que no hay espacio extra en el vestido para estas tetas de embarazada. Ni aunque estés en el primer trimestre.

—Pero tengo cuarenta y cuatro años. —Beth agitó la cabeza con vehemencia, como si eso lo explicara todo—. Okey, estoy un poco retrasada en mi periodo, pero pensé que sería la premenopausia o el estrés de la boda o...

—¿Se retrasó tu periodo y no imaginaste que podías estar embarazada? —Mi voz era aguda y tensa. Reprimí las ansias de agarrarla de los hombros y agitarla. «No pienses en la posibilidad de tener una hermanita o un hermanito dentro de seis meses».

—He visto cosas más inesperadas, corazón. Si no hubo gorrito, hay que asumir las consecuencias de la fiesta. —Bárbara lo enunció con el tipo de seriedad reservada para los proverbios más sabios.

—Qué asco.

Fingí arcadas junto al basurero, aunque sí existía la posibilidad de vomitar de verdad si seguíamos hablando de eso. «No imagines a papá y a Beth haciéndolo».

—Bueno —intervine, mientras me masajeaba las sienes con los dedos—, ahorita mandemos al bebé a volar. En sentido figurado, pues —agregué, al ver la mueca de dolor de Beth—. ¿Se puede hacer algo con el vestido?

Bárbara me fulminó con la mirada por encima de los lentes de pasta.

—Soy modista, querida, y siempre vengo preparada. —Le dio una palmada al cinturón de herramientas que llevaba puesto.

Bárbaraman al rescate.

Entre la crisis de Beth y la entrada de Oliver al pasillo, tuve aproximadamente treinta segundos de autoconmiseración y alivio para darme de topes contra la pared. Oliver se acercó con el inconfundible aire de un hombre decidido a cumplir su misión. Traía puesto un traje deslumbrante que debía costar diez veces más que el de papá.

—Tu papá te está buscando —anunció.

—¿En serio? Se supone que la boda empieza en diez minutos y apenas logré que la novia llorona cupiera en el vestido.

—Sugiero pasar el mal trago con una bebida refrescante que te ayude a sobrevivir el resto de la tarde —dijo, y sacó una petaca del interior del saco y desenroscó la tapa. Me llegó entonces el aroma de un buen whisky de cuarenta años, madurado en barricas de roble.

—No, gracias. Creo que tengo que mantenerme alerta esta noche. ¿No empiezas clases mañana? Además, hay un bar en la carpa. No necesitas una petaca.

—Bueno, no la *necesito*, pero me hace ver como un gran varón. Además, la primera semana en Trinity es de inducción y todo el mundo la pasa borracho. Solo me estoy adelantando un poco.

—Creo que lo que necesito es un segundo para estar lista —suspiré.

—¿Quieres música motivacional? —preguntó.

—¿Qué? —dije y lo miré con suspicacia.

—Para reunir ánimos. Como cuando hicimos la escena de la carrera.

—Esa fue música dramática de fondo.

—Espera, tengo la canción perfecta —dijo, y sacó su celular de un bolsillo. Un momento, no era su celular, ¡era mi teléfono!

—¡¿De dónde sacaste eso?!

—Lo dejaste allá abajo. De nada, por cierto.

—Más te vale no haberte cambiado el nombre otra vez.

—¿Me crees capaz de violar tu privacidad de esa manera? —Frunció el ceño y fingió indignación.

Entrecerré los ojos y le arrebaté el celular, pero él ya había presionado el botón de reproducción y entonces sonaron los primeros acordes de «Eye of the Tiger». No pude contener la risa. De hecho, hasta me sirvió un poco. La paré como a la mitad, ya que me había armado de suficiente valor, y fui deprisa hacia el cuarto del tío Vince, donde se suponía que papá se estaba arreglando.

Cuando entré, papá estaba sentado en un otomano almohadillado al pie de la cama.

—Ay, no. ¿Qué pasó? —gruñí. Papá alzó la cabeza de golpe, y entonces vi que, aunque se veía cansado, estaba sonriendo.

—No, no, nada. Tengo algo para ti.

—¿Eso es todo? —Gracias a Dios. Eso había sido fácil. Nada de disfunciones sartoriales ni bebés sorpresa. En ese instante caí en cuenta de que yo sabía que Beth estaba embarazada y él no.

—Sí, no quería ir por ahí buscándote por miedo a toparme con la tía de Beth de nuevo. Y, no es por nada, pero tampoco quería confiárselo a tu amigo Oliver.

—Entiendo por qué lo dices. Oliver tiene una vibra como de maldad general.

Se puso de pie y abrió el cierre de una maleta deportiva. Desde donde estaba alcancé a ver un par de zapatos de vestir, un par extra de calcetines y el regalo del padrino, un reloj que papá le daría al tío Vince. Rebuscó en los confines hasta sacar una bolsa de regalo color rosa con un unicornio.

—Era la única que tenían.

Al asomarme a la bolsa vi una cámara color menta, de esas que escupen fotos instantáneas. Le había pedido una así para mi cumpleaños.

—Pero mi cumpleaños es hasta dentro de dos semanas —dije, aunque no pude disimular la sonrisa al sacarla de su caja.

—No es por tu cumpleaños. Es para darte las gracias por... por no hacerme la vida tan insoportable como habrías podido. Por lo de la boda, pues.

—Pensé que sí lo había hecho.

—No, en serio, creo que si hubieras querido, habrías podido ser implacable —contestó. Después de reflexionar un segundo en silencio sobre qué habría podido hacer mejor (o peor, dependiendo de tu punto de vista), accedí y lo abracé—. ¿Para qué quieres una de estas?

Contemplé la posibilidad de mentir. Pero luego intenté pensar qué diría mamá en su inmensa sabiduría de terapeuta. Era difícil canalizar esa versión de mamá después de tanto tiempo, pero supuse que sería algo como «si le ocultas tus sentimientos a la gente que quieres, entonces no le estás dando la posibilidad de conocerte en realidad». Luego traté de imaginar qué diría Ruby. Ella diría algo así como «sé honesta; la vida es demasiado corta para fingir».

—Quería tomar más fotos. No como las del celular que luego borras o que se guardan en la nube. Quería tener fotos de esas que atesoras. Por si algún día las necesito, pues.

Hubo un instante de comprensión mutua, pero no supe si papá se atrevería a reconocerlo. En vez de eso, esbozó una gran sonrisa.

—Suena divino —dijo.

Decepcionada, mas no sorprendida, apreté ligeramente la quijada y me di media vuelta para salir de ahí. En plena vuelta, vi de reojo que su sonrisa se esfumaba y se convertía en algo triste. Parte de mí quería salir por la puerta e ir por mis zapatos y fingir que no había visto nada. Pero, en vez de eso, volteé a verlo de nuevo.

—¿Está todo bien, papá?

Se obligó a sonreír de nuevo, pero esta vez su sonrisa era débil y vacía.

—Claro —dijo, y agitó la mano, como desestimando mi preocupación.

Titubeé.

—Mira, sé que no somos muy buenos para hablar de nuestras emociones. Salvo cuando te digo las cosas a gritos. ¿Quieres escapar por la ventana?

—¿Qué? No, claro que no.

Gracias a Dios. Como ya sabía lo del bebé, no habría sido capaz de ayudar a mi papá a huir.

Volteó a verme, las arrugas finas alrededor de sus ojos se marcaron más.

—Me recuerda a mi boda —dijo. Se notaba que estaba haciendo un esfuerzo por enunciar las palabras, porque así sonaba yo cuando intentaba hablar con Ruby de mis sentimientos—. Con Liz, digo. —No sabía si estaba preparada para esa conversación—. Sé que crees que no la amo...

—No creo eso. Sé que todavía la quieres —contesté, y recordé los regalos de aniversario y las visitas que le hacía cuando ella se ponía inquieta—. La quieres a tu manera —agregué con dificultad, pues tampoco podía dejar de pensar que iba a casarse menos de un año después de haberla internado en la residencia.

Papá cerró los ojos. Su expresión reflejaba dolor.

—Saoirse, tienes un gran tino para decir las cosas más hirientes del mundo.

—No sé qué quieres que te diga. Estoy siendo honesta. Sé que amaste a mamá. Vi el video. Se notaba.

—¿Pero?

—Pero no la amaste *lo suficiente*. La dejaste ir. —Tenía miedo de seguir hablando, pero tenía que sacármelo de la cabeza y ponerlo en una conversación real entre nosotros—. ¿Me harías lo mismo a mí también?

—Saoirse, eres mi hija. Sería incapaz de...

—Bueno, pues ahí lo tienes —lo interrumpí—. Eres *capaz* de amar lo suficiente. Simplemente a ella no. —Para ser sincera, no estaba segura de creerle lo que había dicho sobre mí.

—Tuve que hacerlo —contestó con voz suplicante—. Nuestra vida se habría ido al caño si la hubiéramos seguido cuidando en casa.

No sé si se refería a su vida y a la mía, o a la suya y la de mamá.

—Quizá sea cierto. Y no sé qué habría hecho yo si hubiera estado en tus zapatos. Pero es *mi mamá*. Para mí no hay sacrificios suficientes.

Con los hombros caídos, asintió, sin voltear a verme. Tenía la mirada fija en el piso, entre los pies. Al final, alzó la cara de nuevo.

—¿Me odias por eso?

—No te odio, papá. Te quiero. Pero estoy enojada contigo.

—¿Y entonces?

—Entonces… me gustaría que fuéramos honestos sobre lo que está ocurriendo y lo que podría pasarme a mí. Pero no quieres tocar el tema. Tengo que vivir sabiendo que podría terminar igual que ella, y no sé qué se supone que debo hacer al respecto.

Papá alzó la mirada al techo y sacudió la cabeza.

—Tienes razón. Creo que si no hablo de esas cosas, y si tengo suficiente fe, no te van a ocurrir. Ver a mi esposa deteriorarse y luego ver a mi hija y preguntarme si lo mismo le va a pasar… Saoirse, no *puedo* pensar en eso.

—Pues *tienes* que hacerlo, en vez de ser un imbécil egoísta —le grité, lo cual lo sobresaltó. Intenté calmar mi ira, pues podía decirle lo que quería decirle sin tener que gritar—. Me dejaste sola en esto. Me abandonaste y tuve que enfrentarlo todo sola, y quizá eso es más jodido que lo que le hiciste a mamá. Así que, ¿sabes qué?, si quieres que deje de estar enojada contigo, tienes que empezar a actuar como si los sentimientos de los demás también importaran.

Por un instante pensé que rebatiría mis argumentos. Parecía estar procesando un montón de emociones al mismo tiempo, y todas se le mezclaban en la cara.

—Lo lamento. Intentaré ser mejor —dijo finalmente.

No era lo ideal ni resolvía nada. Y todavía tardaría mucho en perdonarlo y en perdonarme a mí misma. Pero sabía que, como fuera, papá merecía ser feliz, aunque no fuera el papá de película perfecto y comprensivo que yo anhelaba.

—¿Acaso Robert Clarke acaba de disculparse? Que alguien me traiga una placa para marcar la fecha y hora en que esto sucedió y pase a la posteridad.

—Sabes, tu sarcasmo también basta para que oficialmente estemos a mano con eso del «imbécil egoísta» —rio. Se sintió bien que la tensión bajara un poco. Su risa se disipó en el silencio y nos miramos. Este era territorio nuevo—. ¿Y ahora, qué? —preguntó.

—Supongo que continuamos con nuestras vidas, pero diferente.

Papá me abrazó y se negaba a soltarme. Recargó la barbilla en mi cabeza.

—Tu mamá siempre será parte de mi familia. Espero que al menos sepas eso.

Estaba agradecida por eso. No pensé que nuestra conversación aligerara cualquier conflicto que mi padre estuviera sintiendo, pero me alegraba saber que la situación sí le causaba conflicto. Al menos eso quería decir que le importaba.

A punto de irme, él comenzó a hablar de nuevo.

—Me alegra que regresaras con Ruby. —Sonrió—. En verdad me preocupaba que hubieran terminado.

Fruncí el ceño.

—¿Por qué estabas preocupado? Actué completamente normal. No como cuando lo de Hannah. No anduve llorando por todos lados y tampoco me quedé en cama todo el día y todo eso.

—Exactamente. Por eso me espanté. Temía que terminaras igual que yo: enterrando todos tus sentimientos. Pero ahora veo que no eres así para nada.

—¿Qué quieres decir?

—Eres capaz de hablar de tus sentimientos, aunque sea difícil. Aunque a veces, en vez de hablar, grites. —Me sonrió de nuevo—. ¿Cómo lograste desarrollar tanta inteligencia emocional con un papá como yo?

—Supongo que eso lo heredé de mamá.

37.

La ceremonia fue misericordiosamente corta gracias a la lluvia. Papá y Beth habían insistido en que se celebrara afuera. Pero la ola de calor durante el verano los engañó y les hizo pensar que estaban a salvo del cambiante clima irlandés. Nos retiramos hacia el refugio de la carpa tan pronto como pudimos. Pero ellos se veían felices. Y yo quería estar feliz por ellos. *Estaba* feliz por ellos. Mayormente.

Cuando todo terminó, encontré a Ruby sentada con Izzy y Hannah. Se estaban riendo. Fui con ellas y me dejé caer sobre una silla.

Ruby me besó la mejilla. Se veía increíble con su vestido color turquesa y falda en capas, un collar de rubís (falsos) y un hilo con cuentas en la cabeza a manera de diadema. Debo admitir que la monstruosidad morada me sentaba bastante bien. Les tomé una foto a las tres juntas. ¿Cuántas veces tendría a mi novia y a mi exnovia sentadas en la mesa? Era un momento que valía la pena recordar.

—¿Dónde está Oliver? —pregunté.

—Lo vi yendo a un arbusto con alguien —respondió Hannah.

—Les estaba explicando el asunto con Morris —dijo Ruby, asintiendo en dirección de la barra, donde él sorbía su copa de champaña.

—Sí, ¿podrías explicarme por qué invitaron a un anciano desconocido? —preguntó Izzy.

—No parece algo que harías tú —añadió Hannah.

—¿Qué puedo decir? Me ha suavizado —le di unas palmaditas en la rodilla a Ruby—. Además, Morris es divertido. Pensé que agradecería la oportunidad de poder ligar con algunas de las mujeres mayores en la boda.

Mi preferencia personal era que Morris y la tía de Beth se emparejaran.

—Creo que ya encontró a alguien —señaló Ruby. Todas volteamos hacia la barra. Bárbara estaba muy cerca de él y parecía que Morris le estaba ordenando un trago.

—No hacen mala pareja —concedí antes de tomar un sorbo de la bebida de Ruby—. Les doy un par de semanas antes de que eso estalle.

Izzy frunció el ceño.

—Ay, no. Se ven muy tiernos.

—Decir que los adultos mayores son tiernos los infantiliza —dijo Hannah.

Volvimos a mirarlos. Morris tenía la mano en el trasero de Bárbara.

—Espero que usen protección —dijo Hannah con mucha seriedad—. La clamidia va en aumento entre las poblaciones mayores.

Izzy se atragantó con su bebida.

—Es bueno saberlo.

Para entonces la lluvia había parado y se asentó una noche fresca y clara. La carpa estaba llena de luces parpadeantes y música cursi. Comencé a apagarme; se me había acabado la energía después de un día entero de resolver emergencias. El problema con el vestido y papá, claro, pero también tuve que buscar a la niña de las flores extraviada, a quien encontré dormida debajo de un piano en el hotel, y llevar a la tía de Beth a la cama como a las ocho de la noche porque estaba demasiado ebria. Incluso participé en la Macarena a regañadientes porque Ruby insistió en que no habíamos podido hacer el número cinco en la secuencia: el baile coreografiado. Tuve que hacer una nota mental para buscar a Oliver y destruir su teléfono; estaba casi segura de que tenía evidencia videográfica.

Todas las personas que aún podían mantenerse en pie estaban en la pista, bailando al ritmo de George Michael. Miré a Hannah cuando reconocí las primeras notas de la canción; aún me provocaba una pequeña punzada en el pecho, pero ya podía soportarla. Pensé que ella también me había volteado a ver, pero pudo haber sido solo una coincidencia. Estaba en la pista con Izzy, haciendo un exuberante baile con una coreografía diseñada por ella que incluía un levantamiento y un deslizamiento de rodillas. Había un campo de fuerza a su alrededor que parecían no haber notado. Les tomé una foto. Fue agridulce, como casi todo ese día. Estaba feliz de que hubiéramos encontrado la manera de ser amigas otra vez, pero me entristecía saber que las cosas no volverían a ser como antes.

Encontré a Ruby sola, sentada con las piernas cruzadas sobre un cojín, observando a los bailarines, el vestido enrollado hasta los muslos y el que me parecía su tercer plato de postre sobre el regazo. Alcé la cámara.

—No tomes fotografías de esto —me dijo, con la boca llena de *cheesecake*.

—Te ves hermosa —dije en tono zalamero.

—Ay, está bien. Lambiscona. —Me sacó la lengua cubierta de queso crema y le tomé la foto.

Le tendí una mano para ayudarla a levantarse.

—Vámonos de aquí.

Nunca me había quedado en un hotel, así que me sentía parte del *jet-set* con mi champú miniatura y mi calzador de zapatos. La habitación era considerablemente más pequeña que la suite nupcial; la cama ocupaba casi todo el espacio, así que cuando entramos, bien pudo haber un letrero neón sobre la cabecera que anunciara «la gente tiene sexo aquí». La cama soltó un gruñido obsceno cuando me senté, y de pronto me sentí incómoda cerca de Ruby.

Para nada afligida por el mismo problema, Ruby se desparramó en la cama y comenzó a cambiar los canales en la televisión.

—Están pasando *Amor a segunda vista*. ¿Ya la viste?

—Creo que sí, de hecho. Aunque no la recuerdo.

—Mejor así. Hugh Grant y Sandra Bullock en el pico de sus carreras. Debió haber sido increíble, pero es una de las pocas películas de Sandy que no soporto ver. Esa y *Poción de amor No. 9*. Créeme, no envejeció nada bien. —Hizo una mueca de asco y cambió el canal. Me acurruqué junto a ella y acomodé la cabeza sobre su hombro—. ¿Cómo te sientes? —me preguntó, mientras me hacía pequeñas cosquillas en el brazo con la mano.

Sentimientos reales.

—Confundida —fue la primera palabra que me vino a la cabeza—. Estoy feliz. Beth no es la peor persona del mundo y mi papá me cae bien… en general, así que quiero que sea feliz. Más o menos.

—¿Pero…?

—Creo que eso me hace extrañar a mi mamá todavía más. No puedo evitar sentir que las cosas no debieron terminar así; todo esto está pasando por lo que le ocurrió a mi mamá. Y eso es lo peor.

Sentirme así era inútil, pero así eran las cosas.

—Yo creo que está bien. —Ruby me besó la frente—. Sería raro que estuvieras cien por ciento feliz con esto. La situación es demasiado complicada.

Tendría que estar bien. No podía perdonar a mi papá por no hacer el tipo de sacrificio que yo quería que hiciera. Pero seguía amándolo. No era débil ni estaba equivocado. Tan solo no era el héroe perfecto de las películas románticas. No había cura para lo que había roto a mi familia, pero podía intentar encontrar algo bueno en esta nueva familia. Papá, mamá, Beth, yo y...

—Y ahora... —titubeé.

Ruby no necesitaba saber la siguiente parte. Ni siquiera estaría aquí para verlo y era muy vergonzoso. La cuestión es que, si quería que todo lo que había dicho en mi gran gesto romántico fuera cierto, tenía que decírselo. Tenía que ser honesta hasta el último momento. Así que respiré profundo.

—Beth está embarazada.

—¡¿Qué?!

Me retorcí mientras ella me gritaba la palabra al oído. Pero me alegró un poco que estuviera impactada y que yo no fuera la única.

—Sí. ¿Viste la tira de encaje en la parte de atrás de su vestido? Barb se la cosió porque los botones no cerraban.

—¿No se ha hecho una prueba, entonces? ¿Podría no estar embarazada?

—Bárbara dijo que sí estaba embarazada y confío en ella. Es excéntrica, pero creo que también podría ser mágica.

—Gracias por contármelo —dijo Ruby, seria.

Y la amé por saber cuándo estaba haciendo un gran gesto romántico, incluso si desde afuera parecía algo pequeño.

—Son noticias gigantescas —concluyó.

—Si es que decide tenerlo.

—¿Crees que no? —Ruby jugó con el arete del labio.

—No, creo que sí lo va a tener.

—Y vas a tener un hermano o una hermana.

—Y todo va a cambiar. Otra vez.

—Me encanta tener a Noah. Sé que no es lo mismo, pero tal vez llegue a gustarte.

Lo dudaba. Me preguntaba si tan siquiera se iba a sentir como si fuera mi hermano de verdad, considerando la diferencia de edad.

—Me alegra mucho que estés aquí —dije, y me estiré para besarla.

Solo quise darle un besito, pero Ruby separó los labios y pronto nos estuvimos besando de verdad.

—A mí también —me murmuró al cuello cuando nos separamos para tomar aire.

Su aliento me dejó un rastro de cosquilleos en la piel. Ya no estaba cansada. Acerqué mi cuerpo al suyo hasta que estuvimos apretujadas la una contra la otra. La besé alrededor de la clavícula y dejé un rastro de besos suaves y dulces por su cuello. Para cuando llegué a su boca todo se volvió urgente y cálido. Ruby sabía a *cheesecake* de fresa. Nuestras extremidades se entrelazaron cada vez más, en un nudo irresoluble, su muslo era un cojín entre mis piernas y sentí que ya no estaba en control de mi cuerpo, sino que se había apoderado de mí un deseo de aferrarme a ella, de explorarla, sin importar con cuánta torpeza lo hiciera. Cuando Ruby exhaló un pequeño gemido en mi oído, toda la piel de mi cuerpo se tensó, lo que desató pequeños escalofríos en mis piernas y brazos.

Pero me separé de ella de todos modos. Tenía que estar segura.

—Es nuestra última noche —dije, casi sin aliento.

El vuelo de Ruby era al día siguiente en la noche. Su familia había regresado a Inglaterra el día anterior y, aunque sabía que quería verlos, egoístamente deseaba que no se fuera.

—Lo sé —dijo.

—¿Estás segura de que quieres hacer esto? Aun si no tenemos sexo nuestra relación sigue siendo real y especial. No cambia nada.

—Estoy segura —sonrió, pero era una sonrisa distinta a la habitual, una sonrisa de esas que hace que sientas cosas en ciertas partes—. Veras, en palabras de Heath Ledger: «Te amo, nena».

—¿Nena? —me burlé.

Se rio y movió la cabeza.

—Te amo —dijo con seriedad—. Si tú quieres, yo quiero.

—Te amo —dije, y pensé en lo increíble que era que ese momento existiría por siempre. Perfecto, estático. Un momento en el que siempre estaría perdidamente enamorada de Ruby Quinn.

Si te estás preguntando si «lo hicimos», si hicimos el amor, la respuesta es sí. No fue nada como lo que se ve en las películas. Y estaba equivocada: sí cambió las cosas. A veces, los mejores sentimientos del mundo no duran por siempre. Son explosiones en el cuerpo o en el corazón, o en los dos, y sabes que no volverás a ser la misma, pero está bien, porque siempre puedes construir algo nuevo con los pedazos que quedan.

38.

—Hola, perdón. ¿Podrías decirme dónde es la feria de bienvenida? —Detengo a una chica que está caminando en la dirección contraria. Lleva un paquete de volantes en las manos y unos siete mil prendedores en la camiseta.

—Por allá atrás —me dice, y señala el lugar del que venía—. Pasando las puertas da vuelta a la derecha. No tiene pierde.

Del otro lado de las puertas, toda una aldea de puestos hechizos, uno junto al otro, adornados con tazones con dulces, fotografías de camaradería universitaria y coloridos volantes con detalles de los clubes y cuentas de Twitter.

Le prometí a papá que participaría en las cosas, que viviría la experiencia universitaria completa, pero estoy en mi segunda semana y no he congeniado con nadie todavía. Aunque los cambios a veces son una distracción, sigo bastante triste por Ruby. La extraño, pero eso es normal. O eso es lo que me dije la primera semana que pasé llorando, con la cara hundida en la almohada, aullando que nunca volvería a encontrar el amor.

Habría sido mucho más fácil hacer amigos si me estuviera hospedando en una residencia de la universidad, y a veces pienso que quizá fue un error rechazar mi lugar en Oxford. Solo tenía que salir al mundo y conocer gente. Sí, papá siempre estará un poco confundido por cómo pude dejar pasar un lugar en la poderosa Universidad de Oxford para quedarme en casa y estudiar en una universidad a la que envié solicitud solo porque la consejera vocacional no dejaba de molestarme con mantener mis opciones abiertas. Sin embargo, cuando recibí el correo de aceptación de las universidades irlandesas, me saltó a la vista; simplemente era lo correcto. Ahora me pregunto si mi subconsciente siempre lo supo. Además, University College Dublin está a una hora de casa. Lo más importante es que puedo ver a mamá todas las tardes. Es difícil porque no siempre está bien, pero me gusta saber que Hannah estará ahí durante el año que se va a tomar. A veces, papá y yo vamos juntos.

Camino entre las mesas, pero nada me llama la atención. Sociedad Vegana: lo siento, pero no puedo dejar el helado porque crecí en la playa, pero ustedes disfruten su vida plantígena. El Club de Quidditch me trae visiones de un chico demasiado entusiasta sacándome el aire porque no puede controlar su escoba. Correr y saltar están fuera de consideración, por obvias razones. No he olvidado la última vez que intenté correr. La salud cardiovascular está sobrevalorada. Y ¿el origami en verdad es una actividad grupal?

Mi teléfono vibra. Lo saco y me muevo a un espacio abierto para no estorbarle a nadie.

> **OLIVER QUINN: BESTIA INDOMABLE DEL DESEO**
> Sé que, dado tu estatus intelectual inferior, no deberíamos ser vistos juntos.

Pero ¿quieres ir a tomar algo después de tu visita?

SAOIRSE
Todo el mundo sabe que los estudiantes de Trinity College son imbéciles pretenciosos. ¿Cómo se siente estar por fin entre tu gente?

SAOIRSE
Y, sí. Vamos a tomar algo. Voy a preguntarle a Hannah si quiere venir cuando salga de trabajar.

OLIVER QUINN: BESTIA INDOMABLE DEL DESEO
Sí. ¿Puede llevar a su amiga? La linda. Comosellame.

SAOIRSE
Como si no te acordaras de su nombre. ¿O estabas demasiado ocupado haciéndole ojitos?

OLIVER QUINN: BESTIA INDOMABLE DEL DESEO
Lo que digas. Solo haz que suceda, Clarke.

Camino hacia una colorida mesa decorada con banderines rojos y negros, pensando en que es raro que esté saliendo con Hannah y en que no es raro. O sea, sí, es un poco raro, pero estamos acercándonos a un punto de no rareza, y no me disgusta. Incluso hemos hablado sobre visitar a Izzy en Cork algún fin de semana. Meto la mano en un tazón lleno de paletas, mientras me pregunto si tenía que inscribirme para poder tomar un dulce. Una mano toca la mía.

—Ay, Dios. Perdón —digo.

—No hay problema —dice con una sonrisa una chica con una camiseta blanca y labios pintados de rojo.

—¿Roller derby? —ladra una tercera voz. Las dos saltamos. En efecto, el letrero detrás de la voz (que le pertenece a una chica con shorts, mallas rasgadas y una camiseta sin mangas) dice: «Roller Derby: no se necesitan pelotas».

—Eh… —miro a mi alrededor, como si un portal fuera abrirse de repente para poder escapar de ahí. La Chica del Roller Derby tiene una mirada intensa y agresiva, y no parece que aceptará un «Gracias, pero no, gracias» por respuesta—. La verdad es que ni siquiera sé qué es.

—Sí, yo tampoco —dice la chica del labial rojo. Me doy cuenta de que tiene acento del norte. ¿Belfast, acaso?

Los ojos se le encienden a la Chica del Roller Derby como una bruja que acaba de darse cuenta de que unos niños se están comiendo su casa de jengibre. Me arrepiento de haber tomado la paleta.

—Bien, imaginen un esprint, en una pista oval —dice, extendiendo una mano. Luego, extiende la otra—. Súmenle la brutalidad del fútbol americano y… —Choca las dos manos.

Nos mira a Chica del Labial y a mí, con ansias, esperando a que exclamemos jubilosas que esa es justo la combinación de actividades que llevábamos toda una vida esperando.

—¿Tienes el tobillo roto? —Chica del Labial se asoma, un tanto insegura, por debajo de la mesa. Yo lo veo también: Chica del Roller Derby tiene un pie en una de esas botas espaciales.

—Ay, por favor —resopla—. No es nada. Unos cuantos clavos y ya. Caí mal en la pista, pero logré terminar dos sesiones más con el pie así. Voy a volver a estar sobre ruedas en un parpadeo.

—¡Dios mío!, Betty —dice de pronto Chica del Labial, tomándome del brazo—, vamos tarde a clase.

Me jala del puesto. Me despido de la Chica del Roller Derby con un gesto de la mano conciliatorio, pero ella entrecierra los ojos y creo verla murmurar la palabra *gallina* para sí misma antes de acechar a su siguiente víctima.

Al doblar la esquina, en el puesto de la Sociedad Pirática, libres del escarnio de la Chica del Roller Derby, nos detenemos para ponernos tatuajes temporales de Barbarroja. El tatuaje me hace pensar en Ruby, así que tomo uno y lo meto a mi bolsa para enviárselo por correo.

—¿Deberíamos mantenernos en contacto? ¿Instagram o algo así? —pregunté mientras comíamos un desayuno continental y compartíamos sonrisas secretas en nuestro cuarto de hotel la mañana después de la boda.

Ruby tomó un panecillo, cuyas migajas caían en su plato, aunque en realidad no estaba comiendo nada. Jugó con su arete del labio y se echó el cabello hacia un lado, lo que hizo que el corazón me doliera un poco.

—No sé si sea buena idea. No quiero estar revisando tus fotos y los comentarios en busca de pistas cada vez que agregues a una chica, preguntándome si ella es tu novia. ¿Así cómo voy a poder seguir adelante?

—Podríamos mandarnos mensajes —dije, esperanzada.

Pero incluso mientras las palabras me salían de la boca, supe que también era mala idea. Comenzaría con una oleada de mensajes diarios. Luego cada vez menos hasta que un día dejaran de llegar. Sería como intentar quitarse un curita milímetro a milímetro para que duela menos. Las cosas no funcionan así. Entendí que Ruby negara con la cabeza.

—Podríamos mandarnos cartas, a la antigua —bromeé con una risa forzada. Ruby no dijo nada por unos instantes. Luego asintió, con los ojos iluminados—. ¿De verdad? —dije, sorprendida.

—Tal vez cartas no. No creo que sean mejores que los mensajes. No necesito todos los detalles escabrosos, pero puedes mandarme cosas. Mándame una fotografía de algo lindo que hayas visto o un poema que te haya gustado o, no sé, no tiene que ser algo muy profundo. Mándame una muestra gratis de perfume que encontraste en una revista. Solo cosas de tu vida.

—Escombros de la vida —dije.

—Exacto. ¿Y si nuestra historia no es una comedia romántica? —preguntó—. Esta parte no parece muy cómica. Tal vez es un romance épico en el que las heroínas se separan, los años pasan, pero cuando el momento es adecuado, se encuentran otra vez...

—¿En la cima del Empire State?

—Sí, o en un lugar mucho menos costoso.

—¿La fila para comprar boletos para la rueda de la fortuna? Sonrió.

—Eso me gusta más. ¿En diez años?

—Que sean cinco.

—Trato hecho.

Levanté la charola del desayuno, que estaba en medio de las dos, y la puse en el piso.

—Hay una última cosa en la lista —dije.

—¿Segura? Creo que ayer lo hicimos todo —bromeó Ruby.

—No tuvimos nuestro baile lento.

—Tienes razón. —Asintió.

Me paré en la cama, un poco inestable sobre los resortes del colchón y le tendí la mano. Ruby la tomó, rebotando en el colchón. La inercia la lanzó hacia mis brazos. Con la otra mano, tomé mi teléfono y reproduje la primera canción que apareció en la lista.

Dimos vueltas, meciéndonos con suavidad al nada romántico ritmo de la música de Survivor.

—Me llamo Verónica —dice Chica del Labial.

—Bien pensado, Verónica. No sé si habría podido decirle que no.

—Creo que nos habría pedido que firmáramos con sangre si no huíamos pronto.

—Es muy probable.

—Y tú... ¿tienes nombre? —me instó Verónica.

—Ah, sí, claro: Saoirse.

—Como la actriz.

—¡No! Ella no deja de decir que se pronuncia *sur-sha*, y sé que también es su nombre, y que técnicamente puede pronunciarlo como quiera, pero es *siir-sha*, y ella tiene que cuadrarse con el resto del país.

Verónica hace un saludo militar.

—Sí, señora. No vuelvo a mencionar a Ya-sabes-quién.

—Bueno, también hay que decir que ella es un tesoro nacional. Es solo la cosa del nombre.

Llegamos a un puesto lleno de banderas de arcoíris, e intento ignorar a mi corazón acelerado cuando Verónica se acerca y escribe su nombre y dirección de correo en la lista. Yo hago lo mismo, aunque no tengo intenciones de ir a ninguna reunión. A menos que ella vaya.

Mi teléfono vuelve a vibrar.

PAPÁ
¿Puedes comprarle fresas a Beth
de camino a casa?

PAPÁ
P. D.: Internet dice que los antojos
dulces son porque va a ser niña. 😲

SAOIRSE
Muy científico. P. D.: le voy a decir a
Beth que tus emojis son misóginos.

—Y ¿qué estás estudiando? —le pregunto a Verónica después de poner mi teléfono en silencio y mientras seguimos deambulando entre los puestos. Ya ni siquiera estoy poniendo atención a los nombres de los clubes.

—Teatro —dice con un gesto exagerado de las manos.

—¿Quieres ser actriz o algo así?

—El teatro es más que la actuación —dice, y parece que no es la primera vez que tiene que explicarlo—. El teatro es historias, rituales, ejecución, realización. Es una forma de entender la experiencia humana. —Los ojos le brillan cuando habla, y me siento casi avergonzada por estar en compañía de alguien tan apasionada por algo y que no se avergüenza al demostrarlo—. Y quiero ser directora —agrega con timidez—. Tengo serios problemas con la autoridad. O soy directora o soy dictadora.

—Es bueno saberlo.

Me mira de arriba abajo.

—¿Fotografía? —Señala la cámara que llevo colgando del cuello.

—Esto es por diversión. Estoy haciendo un álbum. Recuerdos,

¿sabes? —Alzo la cámara y con mi expresión facial le pregunto si puedo fotografiarla. Verónica posa como una modelo de los años cincuenta, con una mano detrás de la cabeza y otra sobre la cintura.

—¿Qué estás estudiando, entonces? —pregunta.

—Historia.

—¿Así que quieres leer sobre gente que se murió antes de lo que puedes recordar? —dice en tono ligeramente burlón y me da un empujoncito en el brazo.

Me tomo un momento para pensar qué significa la historia para mí, para poder encontrar las palabras correctas.

—La historia es lo que somos —dije al fin—. El pasado nos moldea. Incluso las partes que no puedes recordar.

AGRADECIMIENTOS

Gracias a mi familia: a mamá, por escucharme decir lo mismo una y otra vez, como solo una madre podría hacerlo. A papá, por decirme que debería escribir un libro desde que tenía como catorce años (digo, para aclarar, no lo escribí porque tú me dijiste que lo hiciera, pero gracias de todos modos). A mis hermanos, Rory, Conor y Barry, por existir; seguro que ahora sí le dicen a la gente que tienen una hermana.

Gracias a Steph, por todo, incluyendo pero no limitando a conversaciones eternas, a secarme las lágrimas y a burlarte de mí por ser tan dramática.

A Darren, por el apoyo técnico, los juegos de palabras y por mantenerme con vida. No eres mal tipo, supongo.

A mis editoras, Stephanie Stein y Chloe Sackur, les tengo una gratitud infinita. Son maravillosas y divertidas y este libro no sería lo que es sin su talento, intuición y dedicación.

Gracias a mi agente, Alice Williams, quien hizo de mis sueños una realidad. Gracias a Allison Hellegers, por su trabajo incansable, y a Alexandra Devlin, por el suyo. Disculpas a ambas por mi incapacidad para usar el «Responder a todos».

Gracias a todo el mundo en HarperTeen: a Louisa, quien siempre responde a mis desconcertantes preguntas; a Nicole Moren y a Jessica White, por su maravillosa hechicería; a Jenna Stempel-Lobell y a Spiros Halaris, por su increíble diseño y portada; y a Meghan Pettit y Shannon Cox en marketing y producción.

Gracias al equipo de Andersen Press: Kate Grove, Jenny Hastings, Alice Moloney y cualquiera a quien Chloe le haya preguntado si entendía mis coloquialismos irlandeses.

Por supuesto, gracias a toda la gente de ambos equipos a quienes quizá nunca llegue a conocer, pero que también participaron en este libro.

Al aquelarre, gracias por las conversaciones sobre escritura y la adoración de Harry Styles. Gracias especiales a Izzy por leer mis manuscritos y por creer en todos ellos.

Gracias a mi peludo sistema de apoyo: Heidi, Harry y Albus. En verdad no sé cómo habría sobrevivido sin tenerlos pidiéndome comida, sin su necesidad de sentarse encima de mí *de inmediato*, o sin que ladraran y maullaran siempre que intentaba escribir.

A la persona que está leyendo esto y que siente que debí haberle agradecido y ahora está más que ofendida, lo siento. La verdad es que tú eres mi favorita. Ya me resarciré.

Por último, mi más sincera gratitud para cualquiera que lea este libro. Escribir un libro que nadie lea es como hablar sola. O sea, no tiene nada de malo, pero no es lo mismo que tener una conversación con un ser humano de verdad. Así que gracias por ser un ser humano de verdad.